在樓群中歌唱

東紫

人間出版社
中國作家協會

目錄

被複習的愛情

夏天有風的夜晚，是最容易讓人春心蕩漾的。梁紫月坐在陽台上，在風拂過她只穿著真絲睡衣的身體時想起了好友簫音的話——夏天是最適合做愛的季節，做愛本身就是個熱火朝天的事麼。紫月扭頭看看書房電腦前的陳海洋，他的後背正呈現出熱火朝天的景象，經過脫色處理的無袖藍色T恤中央部分此刻恢復了藍原本的深沉之色。陳海洋是個不喜歡吹空調的人，只要耐得住的熱，他都會挨著，他常說的一句話就是，人流點汗才舒服。梁紫月盯著他熱火朝天的後背看了片刻，一點也不驚訝地意識到自己的心在夏天有風的夜裡靜如止水。該睡了。梁紫月喊。嗯。陳海洋應了一聲，身體有了站起的意思。紫月盯著他的屁股，嘴巴裡早就準備好了第二聲催促。陳海洋的屁股離開椅子兩寸便靜止不動了。她知道他的屁股還會落下去，她在他把屁股落下之前用不耐煩的腔調喊，快十二點了，到底睡不睡呀。他的屁股啪地落下。梁紫月在心裡罵了聲——德性。她站起身準備獨自上床去，腋窩和乳房下出汗了，她兩隻手先是摸了摸腋下又隔衣托起乳房晃晃，拭拭汗。

風涼涼爽爽地吹進來。她托著自己沉甸甸的乳房再晃晃。涼涼爽爽的。再晃。一種讓她有點頭暈的涼絲絲的帶了點癢的感覺頓時彌射全身。沉睡了很久的春心蕩漾了。在夏天有風的夜晚裡。兩顆。一起醒來。一起蕩漾。瞬間，梁紫月的身體是被風吹皺的湖了。她有些飄忽地走到陳海洋深藍的背後說，快睡吧，夜晚都已經論星期過了，還不積極點。陳海洋關掉電腦問，什麼意思？咋不論個論星期了？

一個星期回來一回不就得論星期過麼。梁紫月說著，心裡委屈地想到她和陳海洋的夜晚早已不能用星期當量詞了，用月也不太準確，該用季度了。雖然每個週末幾乎都是固定地躺在一起，但也僅僅是躺著而已，三兩個月才有一回身體相互親近的事。確切的說是身體相互挨近的事。她知道這兩個詞差別很大。親近，是從心裡從身體內部產生的感覺，有一種不能自控的因為覺得親而必須近的欲念。她和陳海洋的身體，不知從什麼時候開始就丟失了那種從裡往外蔓延的親的念想。一般都是並排躺上十多個的週末也就是大約一個季度的週末後，有一個身體想起很久沒有和另一個身體搞搞了，他們才將兩個身子挨近。陳海洋在這件事上從不用酸溜溜的書面語也不屑於用粗鄙的語言，他只用動詞搞，或者幹。他總是說，搞搞吧，很久沒搞了。或幹幹吧，很久沒幹了。

陳海洋扯掉T恤和短褲，赤裸著倒在床上閉了眼。梁紫月看看他軟塌塌的零件知道他的赤裸僅僅是他喜歡的一種睡眠方式而已。她身體裡自己晃出來的那股蕩漾消沉下去。她脫了睡衣站在床前，腦殼裡用數學的乘除法計算了一下自己生命裡還能恣意做愛的次數：按照比較晚的絕經期五十歲計算，三十八歲至五十是十二年，按現在她和陳海洋每季度一次進行計算，十二年就是四十八次。她低頭看著自己豐滿的乳房，心裡面突然有了無限的恐慌——她就要老了，她的身體就要老了。四十八次之後就徹底老了。她要做愛，要延長她的青春，要減緩抵抗她的衰老。她把自己的身體輕輕地壓到丈夫的身上。陳海洋睜開眼睛，因為梁紫月的臉在他的胸前，因為他的枕頭很低也因為他根本不想抬起頭來，他只得使勁往下扯著嘴唇和下眼皮看梁紫月的臉。片刻，他把嘴唇和下眼皮收回原位說，今天不行，今天夏至。

什麼夏至？梁紫月問。

夏至妳不懂麼，夏至就是夏至，節氣交替的時候是不適合搞的，傷人元氣。陳海洋看梁紫月沒有下去的意思，煩躁地推了她一把。

你哪個老祖宗告訴你的？幾個月才想起來一回，再刨去夏至秋分冬至春分逢年過節初一十五，我他媽這輩子還剩啥?!你他媽的說呀！梁紫月發起潑來，眼淚滴落在乳房上，她低頭看著在乳房上流動的淚水，想到陳海洋在熱戀時對她說過的話——我一面對它們就沒了脾氣。他現在面對它們竟然脾氣暴躁。

去你媽的夏至吧，別再找藉口了，你為什麼不直說你早已不愛我了！一隻從心裡迅速起飛的蒼白色的蛾子飛抵唇邊，梁紫月慌亂地捂住了嘴巴。再一次，把牠攔截在嘴裡。牠狂扇的羽翅抖落的鱗片刺撓著她的喉嚨，她咳起來。

已經是第幾百次攔截了，梁紫月記不清了。她只知道，自己和陳海洋之間有多少次爭吵就有多少次攔截。她不敢把這隻蛾子放出來。細如蛛絲的幕簾抵擋不了牠的爪子。抓破了，就什麼遮掩也沒有了，只剩下兩個傷心的人面對同一個失敗的結局。每一次攔截之後，她都會替陳海洋反問自己——妳說我早已不愛妳了，那妳說妳還愛我嗎？每次，她都不讓自己給出答案，她僅僅是這樣問問而已。

梁紫月捂住臉哭了。陳海洋翻身而起，瞪眼吼起來——半夜三更的有必要這麼折騰嗎？不就是搞搞這麼點事嗎，來，搞！搞！搞！老子陪妳搞到底！他啪啪地拍打自己的器官。梁紫月開始以為他在抽自己的耳光，嚇得趕緊看他的臉，等發現那聲音的來源時，她愣住了，眼淚停止了流淌，她朝他喊，有必要這樣麼？陳海洋凶巴巴地把自己的器官拍打醒了，這不是妳要的麼?!他把梁紫月推倒在床上。梁紫月在倒下的瞬間看見陳海洋的眼珠子變了樣。它們陌生了。它們膨脹了。尖了。不屑了。冷漠了。邪褻了。它們把她豐腴的肉體罩住。如針，根根扎入她的眼睛。她的心。她周身的肌膚。她渾身緊繃繃地害起怕來。你要幹什麼?!她爬起身朝他厲聲吼叫。他再次推倒她，並試圖把她的雙腿分開。她手腳並用地反抗起來，你幹什麼？你瘋了嗎？跟個強姦犯似的。我還就強姦妳了，咋著?!他抓住逃離的她，扔在床上，在她的肢體試圖保護自己而出現的瞬間靜止裡，他把她壓在了身下。我還就強姦妳了，強姦妳！強姦妳！陳海洋咬牙切齒地興奮起來。

梁紫月的心突地疼了。疼得她喘不了氣了。她恐懼地鬆開四肢，大口呼吸。症狀緩解了，被強姦的屈辱翻滾上來，淹沒了她平日裡發潑使性的衝動，淹沒了她善於唱高音的喉嚨和那隻經常迅速起飛的蒼白色的蛾子。死了。死了。她屍體一樣承受著他的撞擊。一個聲音在遠處哀嚎——梁紫月妳的愛情死了——妳的婚姻死了——

陳海洋把捲筒衛生紙扯開，扯得長長的，撕斷，兩條，挽聯一樣扔在梁紫月的身上，又扯了兩條擦拭了自己的下體後，團成團扔在地上，然後，整個人往枕頭上一撲，打起了呼嚕。

呼——火柴擦響的聲音，點燃了梁紫月內心裡翻滾的屈辱恥辱羞辱和侮辱，那些用強姦兩個字澆了汽油的東西，轟轟烈烈地燃燒起來。梁紫月翻身下床，她要把這張床點了！把陳海洋點了！把她在爭吵裡維繫了十年的婚姻點了！把這個夜晚點了！把它們統統燒得無影無痕。她跑到廚房跑到陽台跑到客廳翻天覆地地找尋火柴或打火機。她和陳海洋都不抽菸，家裡要想找出此類東西是不容易的，但它們一定存在。她拉開茶几底下的大抽屜，一件一件往外扔裡面的東西。一個東西讓她停下手來。

一件栩栩如生的雕塑。

陳海洋專門為她一個人製作的雕塑。他的陽具。蓬勃的陽具。飽脹的血管在薄如蟬翼的皮膚下遒勁叢生，所有的雄壯在頂端突然用一道凹槽收住，托出一個斜面的類似於心型的圓，柔軟如綢。柔軟的斜面中心有一個尤為柔弱的裂口。像欲言又止的唇。背面，心尖的地方有一條細細的帶子從上牽扯而下，指向一行字：親愛的，我想妳了。

這件雕塑是十年前梁紫月還沒從海口調來北京的時候，陳海洋郵寄給她的。接到的時候，正是海口最熱火朝天的季節，送郵件的小夥子滿臉通紅，汗流浹背。簽收後，辦公室的三個同事知道是陳海洋寄來的，都催促她趕緊打開看看。梁紫月用鑰匙在紙盒的裂縫處嚓嚓幾下就把膠帶戳開了。裡面滿是花花綠綠的彩紙條。梁紫月把手伸進小紙箱裡，摸到它，猜測著。同事說，啥好東西呀，還不捨得讓我們看啊？梁紫月說，誰不捨得了，看吧，能有什麼好東西。伴隨著彩紙條的飛落，陳海洋的陽具雕塑完成了出場儀式。四個人都愣住了。最先反應過來的是梁紫月，她一巴掌把雕塑和紙盒子掃到了地上。緊跟著反應的是那個男同事，他動作誇張地轉身離開了。屋子裡只剩下女人了。劉姐歪著頭看了看地上的雕塑，笑起來，天啊，跟真的一樣，它還會蹦躂呢。真的會蹦躂嗎？李萌萌問劉姐。劉姐指了一下雕塑說，它落地的時候我還擔心它摔碎呢，沒想到它沒碎反而亂蹦躂呢。李萌萌說，誰問妳這個了，我是問，真的真會蹦躂嗎？劉姐說，不要臉的丫頭，才多點小人兒就這麼厚臉皮。李萌萌說，讓紫月說說誰臉皮厚啊，我倆都不敢看，就妳一個人盯著看得起勁呢。劉姐說，紫月妳還不趕緊藏起來。一句話提醒了紫月，她彎腰把雕塑塞進紙盒子裡，提著就往外走。劉姐問，幹嗎去？劉姐追到門外，拉住她小聲問，是他的嗎？紫月臉紫了。劉姐扭扭她的手臂說，這有啥害臊的，死丫頭真有福。紫月把盒子舉到劉姐眼前晃晃問，福？劉姐很認真地瞪了瞪眼說，嗯，不能說是福的全部，但必定是福的一種。

紫月提著陳海洋的雕塑跑回宿舍，反鎖了門，把它拿出來。紫月不由得暗自感嘆——竟然跟真的一樣。看到那幾個字的時候，眼淚就下來了。她想起他上次曾在電話裡說，親愛的，我想妳了，妳聽，我想妳了。他用陽具乓乓地敲擊著話筒，聽見我想妳的聲音了嗎？梁紫月擔心地說，陳海洋你要是管不住它，敢做對不起我的事，我就一剪刀剪了它。陳海洋說，梁紫月妳別沒良心，告訴妳吧，妳是第一個讓我守身如玉的女人，妳趕緊回來看看它想妳的樣子吧，是個女人就會心疼。梁紫月嘆口氣說，哪能總飛來飛去的，這剛回來還不到半個月呢。她沒想到，他把他想她的樣子製作了出來，郵寄了來。梁紫月看著看著，突然覺得理解了陳海洋守身如玉的苦楚，正如它的形狀由蓬勃欲裂突然收成一個柔軟的面，由蓄勢噴發突然改為近似無助的欲言又止，需要怎樣的一種力量來約束啊。她愛憐地用指尖撫觸著它的血管說，我下決心不再考慮專業對不對口了，只要有地方能接收我，我就調過去。

就這樣，梁紫月由海口的一名歌唱演員變成了北京一家醫院的政工科幹事。梁紫月為婚姻放棄了專業後，發現她的丈夫也放下了自己的專業。畫筆不再被他握在手裡，點點戳戳洗洗涮涮地創造了，它們像一群戰敗的士兵屍體堆積在一起。一隻安靜的老綿羊因為還沒有被畫上豐滿蜷曲的毛而皮薄如紙，蒼白無力。陳海洋搞平面設計搞室內裝修搞行為藝術搞公園設計搞城市雕塑搞藝術區，每次都是熱火朝天地開始，怒火中燒地結束。每次都有很多令人惱火的人和事阻隔著陳海洋創業的春秋大夢。

離開舞台的梁紫月猶如一隻飛舞的鳥被放進了籠子，快意人生被囚禁了。每天縮在政工科的辦公桌前，小心翼翼地看著科長的長臉，賣力地幹著費力不討好的事。政工科，一個用筆說話，用討巧的性格和靈活的手腕辦事的地方，讓梁紫月這種用嗓子用激情演繹人生的女人，在此明白了她媽媽常說的一句話——落地的鳳凰不如雞。那是因為雞能生很多蛋，鳳凰生不了。寫不了稿子生不了蛋的梁紫月在鬱悶裡一直用一個理由支撐著自己——陳海洋在繪畫上的前途比她在唱歌上要廣遠得多，為了支持他犧牲自己還是值得的。當她發現陳海洋並沒有把她的犧牲化作前進的動力時，她偷偷地哭了。哭過後，她對陳海洋說，我喜歡看你畫畫，我的工資也足夠養活咱倆了，你就安心地畫上幾年，我相信你一定能行的。陳海洋用鼻子說，妳懂個屁。從陳海洋鼻子裡出來的這個屁，有著沼氣的威力，把梁紫月熏暈了。點燃了。從這個屁開始，一個失落的女人和一個失意的男人陷入了處處隱藏了爆竹的生活中。往往都是上一分鐘還有著爆竹筒的整齊安靜，下一分鐘就是火花四濺的炸裂。

女人是水做的。搞藝術的女人大多是純淨水做的，被扔到生活的爐子上燎燒的時候只會咕嘟冒泡，卻無法在繁雜的人情關係裡涅槃新生。脾氣直爽的梁紫月沸點比別的人還要低些。泥做的男人則不同。尤其是搞藝術的男人，大都是用含金屬程度最高最複雜的泥土做的，在生活的爐子裡，往往會被燎燒出色彩和形狀。陳海洋逐漸地色彩斑斕了。葷的素的陽奉的陰違的點頭的哈腰的卑躬的屈膝的硬的軟的擦邊的，他全會了。他全能了。他既是總經理又是業務經理還是財務經理主管設計師和業務員，小到一顆釘子，大到命關他公司生死存亡的一份合同他都會親力親為。陳海洋在白天被壓縮了的自尊在晚上伸展了，在外面被磨軟了的脾氣在家裡粗硬了，在繁雜的事務裡他把看梁紫月的眼神磨利了——就上班這麼點事，都上不好，就辦公室那幾個人都擺不平，比豬還笨！在辦公室裡的梁紫月是沸騰了也不敢讓泡冒出嘴唇（幫她辦調動的籲音曾給她透信，早有人盯上了她的位子，科長只是搞不清梁紫月的後台才暫時沒敢動她），她捂蓋著自己的沸騰回到家，遭遇陳海洋那伸展了的自尊和粗硬了的脾氣銳利了的眼神。

梁紫月遠在湖南的媽媽幾年前的中午就把心高高地掛在了北京的上空。那個中午，是北京最好的中午，秋高氣爽，風和日麗，陳海洋親自下廚做菜，梁紫月陪母親坐在沙發上看電視，一副人見人羨的恩愛和諧景象。陳海洋把刀橫在空心菜上，就要下刀的瞬間問梁紫月，切多長？梁紫月說，你看著辦吧，多長都行。陳海洋的眼瞪圓了，什麼叫多長都行？上個禮拜妳也說多長都行，菜炒出來了妳又嫌短了。我嫌了嗎？我那叫嫌嗎？我不就說短了筷子夾不住麼。梁紫月的脖子直直的，手在屁股一側朝母親示意不用她管。陳海洋說，不能幹就能挑，這就是妳們南方女人的通病。梁紫月站了起來，陳海洋你不想幹就別找藉口，你別動不動就罵人，不要連我媽也捎帶上，南方女人都有病，北方女人就沒病？你媽就沒一點毛病對吧？整個一戀母狂。陳海洋把刀啪地一扔說，你他媽的那嘴是嘴嗎？是嘴咋不會說人話啊？梁紫月哐地踢翻了腳邊的垃圾桶。紫月媽媽死死拽住了女兒，喝斥說，紫月，你們就這麼過日子啊?!有你們這麼過日子的嗎?!紫月哭起來，妳以為我咋過啊，上個禮拜就因為我說鍋蓋正扣在灶台上，灶台不好擦，就這一句，他就把鍋蓋摔了。陳海洋把圍裙團成團朝梁紫月扔過來說，梁紫月妳要對妳媽說完整了，我是為啥摔的？我一再告訴妳，鍋蓋反放容易摔，妳聽了嗎？妳對我說過的話聽過一句嗎？就一個鍋蓋的放法，我說了十年妳都改不了！總以為妳自己是正確的。陳海洋摔門而去。紫月媽媽炒了空心菜，用筷子夾起來往嘴裡送的瞬間哭了——紫月啊，媽媽的心帶不回湖南了啊，就掛在這北京了。梁紫月苦笑著說，沒事，天天這樣，我都習慣了，又不是為了什麼大事。紫月媽媽說，為大事吵的日子好過，人一生能有幾件大事呀，怕就怕為雞毛蒜皮吵啊。

梁紫月對著陳海洋十年前送她的雕塑，哽咽不已。點了這個夜晚的念頭被眼淚澆滅了。她哭。哭一個傳情達意的器官竟會變成羞辱的武器。哭一分山盟海誓的愛會蛻化成相互間的憎惡厭煩。哭她有風的夏夜裡被殺滅的蕩漾。哭她轉眼將逝的青春。哭夠了，她撥了簫音的手機。

簫音妳那裡方便嗎，我想到妳那裡睡。

陳海洋那個王八蛋又欺負妳了？簫音一聽梁紫月的動靜就說，梁紫月妳告訴他，有種的就在家等著我，我馬上就到。簫音不容梁紫月再說，就掛了電話。梁紫月握著手機又哭起來，和先前的哭不一樣的是心裡舒服了很多，溫暖了很多。

梁紫月哭著想起春節和陳海洋吵架的時候，她準備了行李打算到簫音那裡躲幾天，簫音在電話裡說，妳在家等著我，我去接妳。半個小時後，簫音來了，進門沒和她說話，也沒拿她的行李，而是直奔臥室而去，她跳上床一屁股坐到正在被窩裡睡覺的陳海洋身上，掄拳就打。陳海洋被打懵了，等他醒過神來，想起身反抗又意識到自己赤身裸體，只得用被子捂了頭。簫音邊打邊罵——陳海洋你這個傻瓜，梁紫月這麼好的女人你不懂好好愛她，整天為著雞毛蒜皮的事和老婆過不去！你還算是個男人嗎？今天我非把你打殘廢不可，打殘廢了我再給紫月找個好男人。陳海洋縮在被窩裡踢蹬著，泥鰍一樣翻了身趴著，把最容易受傷殘廢的那部分壓在身下保護起來，然後放肆地一口一個瘋子罵簫音。聽了簫音這番話，他突然住了嘴。簫音以為他真的被打暈了，一時慌了神，扭頭看在一邊哭成淚人的紫月。在驟現的安靜裡陳海洋把頭從被窩裡露出來對簫音冷笑著說，簫音，妳也不問問自己，妳遇見過好男人嗎？遇見過懂得好好愛妳的男人嗎？對一直單身的簫音來說，陳海洋這話明顯地帶了刻薄和揶揄。簫音跳下床來，一手抓起紫月的包一手拉著她就撤下陣來。

這件事後，梁紫月一般不在陳海洋面前提起簫音，也儘量避免讓簫音到家裡來。就這樣，還是不能避免陳海洋常隔三差五地就簫音的行為進行評價。陳海洋堅信頭腦簡單的梁紫月一定會近墨者黑。他要讓她時刻不忘為人妻的本分。他每次都說，女人就應該像我媽一樣，我媽那樣的女人才是真正的女人，中國女人身上的傳統美德怎麼到我媽這一輩就傳不下去了呢？真是怪事，面對面地就失傳了，手把手地言傳身教就不管用了。現在的女人，一個個都虛榮，好逸惡勞。我媽她們，那才真是忍辱負重啊，上伺候老下撫養小，頂梁柱一樣撐著家。現在，竟然有簫音這樣的女人，連生兒育女最基本的事都不願意幹，婚都不結，成天在男人堆裡鬼混，花男人的錢還不承認自己在賣，以為自己了不起，也不看看後路，馬上就四十的黃臉婆了，連鬼混的資本都沒了，最終還不是落得個年老色衰孤苦無依。梁紫月一般的反應有兩種：一是質問陳海洋，我倒是結婚了，嫁人了，努力地在生孩子了，我怎麼就沒覺得自己活得比簫音好哪裡去啊？二是，天天張口閉口你媽你媽，你媽好，你乾脆跟你媽過得了，你找老婆幹嘛啊？無論哪種反應都會引發一場架勢老套的戰爭。

簫音是梁紫月藝術學院的同學，在北京的除了她倆還有辛如和張燕。

辛如嫁了一個大她二十歲的男人，有地位有錢有房有車，有前妻和兒子。男人除了辛如之外什麼也不缺。辛如嫁給男人之前在民樂團拉二胡，那時男人每逢有辛如的演出場場必到，坐到最前排使勁拍巴掌。辛如覺得終於找到了知音找到了把愛人和兄長兩個角色結合在一起的男人。她義無反顧地嫁了。成了男人的妻子後，她發現自己除了有個男人之外什麼都缺。有了辛如的男人什麼都不缺了，他有了展示美麗高雅的名片。凡是需要她出現的時候，他都會在旁邊嚴格地監督她化妝穿衣，他指點著讓她把自己化成他喜歡的模樣——上唇人中處的唇線不能太尖太硬，要有弧度——要柔和才能和妳的氣質配起來，才能夠和妳民樂演奏家的身分配起來。男人還嚴密監督辛如的另一件事是吃避孕藥。酷愛讀史書的男人知道所有歷史上為財產和地位之爭發生的兄弟殘殺。作為補償，男人任憑她在私底下撒野使性。所有見過辛如要脾氣的人都指責她怎麼能夠對那麼好的那麼疼愛她的男人那個樣子。她的父母和哥哥都這樣批評她。兩年後，等她感覺到自己僅僅是男人的一個裝飾品時，甚至連自己撒潑使性都在裝飾映襯男人的高大形象時，她把二胡摔碎，離家出走了。她的哥哥和父母輪番進行勸說，讓她看在男人對他們那麼好的分上忍忍吧，收收大小姐脾氣吧。她在眾人的勸說中意識到她離開男人就等於切斷了腎衰的母親長年透析的巨額醫療費。一週後，她在母親淚眼的凝視中起身回家了。像釘子一樣釘在了男人豪華的家裡。

張燕愛上了一個有家的男人，男人有一個體弱多病的老媽一個賢慧但容貌醜陋的老婆一個半大不小的女兒。在男人一再的承諾裡荒蕪著青春。幾個人裡，只有簫音是灑脫的，她說，現世的愛就一種解釋，是個單純的愛字，做愛的愛。

梁紫月收拾了東西，來到樓下等簫音。簫音下了車，就著慘白的路燈看見梁紫月的瞬間，她知道這不是一場普通的戰爭。簫音對梁陳之戰看得太多了，戰後的情況了然於胸——陳海洋滿臉疲憊和厭倦，而梁紫月的臉上則是激情四射，連那幾顆平日裡不顯眼的雀斑看起來都像是憤怒的種子，能發出芽開出花來。這次，梁紫月戰後的臉景色一片蕭條。是大病的大傷元氣的人才會有的。

又為啥啊？簫音不由自主地拿出照顧病人的姿勢來攙扶梁紫月。紫月順勢倒在簫音的肩上。簫音，我被強姦了！我覺得我死過了，我死過了。梁紫月泣不成聲。什麼？妳說清楚啊，來來，先坐車裡。簫音把梁紫月扶進車裡說，說清楚啊，咋回事啊？梁紫月說，陳海洋把我強姦了。

嗨，嚇我一跳，陳海洋啊，妳配合一下不就不叫強姦了。簫音開始看反光鏡打算調頭，想想又問，要不要我上去幫妳出出氣？梁紫月搖搖頭說，妳不覺得這是世界上最可悲最不幸的事嗎？簫音邊轉動方向盤邊說，不覺得，最可悲的是男人根本不屑於理妳，那就等於宣告妳在這個世界上作為女人這一性別的徹底死亡。梁紫月伸手關了空調說，我不願意吹空調，打開窗子吧。風吹進車裡，把梁紫月的頭髮吹得飛舞起來，她把手伸到窗外，讓風在指間穿過，繼續說，我覺得女人最悲慘的事就是被人強姦，當這個強姦犯是妳的丈夫時，妳就會覺得這比單純的強姦還不能忍受，因為這裡面的傷害不是路遇的不是偶然的，它是蓄意的是宣告愛已經死了連憐憫同情都死了才會發生的。簫音突然按響了喇叭，陰沉著臉按著喇叭開出許久後在路邊停下說，梁紫月妳他媽的知道妳為什麼整天活得淚水漣漣的吧？那就是因為妳老是愛來愛去，把什麼都往愛上扯！愛是什麼呀？她指指車右前方的電線杆說，是他媽的電線杆，那是用來通電的，不是讓妳用來掛心肝腸子的，沒電了，它連個擺設也算不上！連器官摩擦那麼點事都要整得這麼痛苦，妳這樣下去不被男人禍害死才怪呢！多少年前，我他媽的就告訴妳，這兒這兒這兒是什麼？她啪啪地拍著自己的身體瞪眼看著前方說，就他媽一遊戲機！往高尚裡整只能讓自己心碎！嗚嗚——簫音猛地趴在方向盤上。喇叭和著她的哭泣在凌晨的黑暗裡在汽車示廓燈的閃爍裡哀嚎不止。梁紫月被簫音哭懵了，她默默地把簫音拉到身邊，抱住她，一起哭。喇叭停止了，天地間只有她們的嗚嗚咽咽。

再有兩個小時就天亮了，睡一會吧，睡醒後，約上辛如和張燕聚聚，我們好久沒聚了。簫音說著，扔了個枕頭給梁紫月。我不想聚，沒一個活得滋潤的，聚也高興不起來。梁紫月把枕頭捂在臉上說。簫音說，要聚，今天是我生日，我眼前沒有親人總得有幾個朋友吧。梁紫月愧疚地坐起身說，妳生日？我怎麼給忘了啊，今天我請客，我就一專門給妳添堵添亂的混蛋，自己活得最不高興的時候就找妳，這麼多年該把妳煩死了。簫音笑出聲來，我受用著呢，給妳當娘家人覺得很有成就感，上次揍了陳海洋，我就覺得這拳頭強壯了不少。籲音說著笑容突然滅了，瞅著梁紫月說，我不信上帝也不信玉皇大帝，更不信愛情，但我信友誼，妳就是我信仰的那根稻草，妳要是哪天背叛了我們的友誼，我就只能沉底了。梁紫月的腦子隨著籲音的話看見了在渾濁的漩渦裡的掙扎，恐懼和疼痛從她的心裡浮出來，米粒一樣漂泊在身上。她捋捋胳膊說，妳放心吧，這輩子我都是妳的鐵杆兒，如果妳哪天需要我去揍扁誰，我也會毫不猶豫的。籲音伸手做了幾個抓的動作說，那倒不需要，我什麼事都能擺平，誰跟妳一樣啊，笨得在人前連句恭維的話都不會說，連個嗲也不會發，又不會小恩小惠送送禮，操，就妳這德性還怎麼在世上混啊。梁紫月扯了紙巾擦了鼻涕眼淚說，看來這輩子妳是用不著我了，那下輩子我給妳當驢好了。別別別，當驢還得我餵妳草吃。梁紫月笑笑說，不讓我當驢，那我就當男人，一個懂妳疼愛妳的男人，愛妳一輩子不變心。籲音拿食指指關節敲敲她的額頭說，妳這個豬腦子啥時候能吃一塹長一智啊，這輩子還沒被愛折騰夠？費力不討好的事幹一輩子還不行竟然還下輩子下輩子的，我下輩子當和尚，才用不著妳呢。紫月呵呵地說，那我就當尼姑去，和妳偷情。籲音放平身子，面朝天花板嘆口氣說，妳這被愛毒害了的女人啊，出家也逃不掉一個情字，妳這樣的人我下輩子是不願意遇見的。算了，看在妳愚蠢至極的分上，我給妳一個了結今生情緣的差事吧，等我哪天死了，妳就負責給我收屍吧。妳這臭嘴，這樣的話妳也敢說，快呸呸呸！梁說，讓我看看牌子。辛如低下頭說，看吧。籲音跺腳笑起來，辛如，妳他媽的從什麼時候開始這麼幽默了?楓葉牌，哈哈，中國字，我沒認錯吧，妳要是搞上幾個法文還能矇我一下。梁紫月和張燕一起趴到辛如的脖子上看。三個人哈哈大笑。張燕說，辛如妳他媽的守著大財主這麼摳門，是不是妳家老宋破產了?籲音鬆開手，拍拍辛如的脖子，豎起巴掌說，一百還要打五折。辛如把衣領扯正說，不騙妳們，真是兩千，我家小區西邊的夜市上買的呢。哈哈，三個人笑噴了。籲音學著辛如的聲音和腔調說，我家小區西邊的夜市上買的呢，聽起來就跟國貿賽特買的似的。辛如並不笑，她喝口茶說，我挑了半天才挑中的，那賣衣服的說，五十不還價。我說，妳說兩千不還價。賣衣服的生氣了，她說妳不想買就別挑起來沒完。我說，妳說兩千不還價。她瞪了眼說，我說的是五十不還價。我說，我讓妳說兩千不還價。她一把扯過衣服說，我憑什麼聽妳擺布，讓妳逗著玩啊?不買拉倒。我說，妳說兩千不還價我就買。女人閉了嘴盯著我。她有一個三四歲的小男孩在一邊啃著指頭看我，我對那小男孩說，你說兩千不還價。小男孩甜甜地說，兩千不還價。我就給了那孩子兩千。三個人一起愣愣地看著辛如。辛如說，你們現在這眼神跟那賣衣服的女人一個樣。梁紫月說，辛如，我明白了，妳是扮演菩薩布施呢。

我憑什麼扮演別人啊，我就這樣。

張燕說，沒人會把她當菩薩，肯定當神經病了。

對對對，他們確實當我神經病，後來我又去買東西，就聽見有人在嘀咕，那神經病又來啦！老宋也當我神經病，全家都認為我神經了，我很高興，我願意給他們當神經病啊，當神經病有什麼不好的？妳們說，當什麼不是當啊？

三個人面面相覷，無人能回答辛如的問題。辛如也不要答案，她從包裡掏出一個禮品盒遞給簫音說，親愛的，生日快樂！張燕張大了嘴說，哎呀，簫音生日啊，紫月給我電話我還以為是出來給她過放倒紀念日的呢，我還一直在納悶呢，放倒紀念日怎麼不見主角陳海洋呀？梁紫月陰了臉說，張燕妳記住今後不要再在我面前提陳海洋三個字，否則別怪我跟妳急。辛如問，什麼放倒紀念？張燕大聲說，梁紫月，妳不會又是和陳海洋鬧離婚吧？我可告訴妳，你他媽的不許離婚，這世界上誰離婚我也不許妳離婚！簫音嘿嘿樂起來，張燕妳這話說得太霸道了，妳憑什麼不許紫月離婚呀？她要是不離就會被婚姻折磨死，妳許不許她離呀？張燕說，不許！辛如說，這就怪了啊，張燕妳憑啥這麼霸道呀？

妳們問問梁紫月吧，問了就知道了，服務員，服務員，點菜呀！張燕裂開嗓子喊起來。辛如把臉轉向紫月問，憑啥呀？梁紫月朝服務員擺擺手說，過一會兒再點。她問張燕，你他媽的憑啥不許我離婚啊?!陳海洋給妳啥賄賂了？張燕啪地合上菜譜說，梁紫月妳真忘了？妳是怎麼把我帶到愛情這條深溝裡的了？簫音拿筷子敲敲碟子對張燕說，一定要切題，不要跑到妳的愛情上去。張燕拉長音說，切著呢，跑不了，我他媽的早飯還沒吃呢，讓我跑我也沒力氣。梁紫月朝籲音擺擺手說，聽張燕說，要不是今天聚一堆，我還真不知道是我把她帶到愛情的深溝裡的。張燕吸口氣說，長話短說，你他媽的當年和陳海洋談戀愛的時候是不是和我住一個屋？我他媽的那段時間就只幹了一件事——當妳的愛情觀眾，每天聽妳的愛情故事，看妳的愛情表演，妳出去約會我在宿舍裡望眼欲穿地等妳，等妳回來分享妳愛的美好愛的美妙，這些都是妳的詞沒錯吧？我永遠記得妳說的那句話，妳說我和陳海洋就是天設的一對地造的一雙，月老上輩子就拿了紅繩拴了我倆的腳脖子，想跑都跑不掉。妳要回海南的時候，妳對我說，今天是七月二十一號，我下決心不管三七二十一要把自己奉獻給愛情了，妳陪我去找陳海洋吧，陪我去放倒他吧。那時，陳海洋在大黃庄的一戶廢棄的農家院裡住著，我幫妳化妝打扮，坐那蝸牛一樣的破公交。陳海洋那裡就兩間破屋一張破高低床，一個煤球爐子在豬圈裡，咱倆在那半死不滅的爐子上炒了個土豆絲，妳還記得吧？為了慶祝，還喝了好幾瓶啤酒呢，我走的時候，妳滿臉放光地抱住我說，寶貝，祝福我吧，我現在是這世上最幸福的女人了！我他媽的眼淚差點掉下來了，在回來的路上，我一遍遍跟自己說，這才是愛情，這才是真正的愛情！我祈求會有讓我不顧一切的愛情落在我身上，我寧死無憾。後來，你他媽的又放棄了專業放棄了妳在海口打下的天下跑來北京，我替妳抱屈，妳又說愛情計較不了得失，愛情是叫人生死相許的玩意兒！

易嗎？我退出來，我受過的那些罪怎麼跟自己交代？不過，你們不用為我擔心，我相信曙光就在前頭，原來他母親和他姐強烈反對，現在都已經被我俘虜了，那女的也答應明年離，他說了如果明年那女的還不離，他就強行起訴。

張燕，那個女人會死的，我向妳保證那女人會死的，孩子大了不用牽掛了，爹死了孝不用盡了，這就是女人答應明年離婚的原因，她死了妳也過不舒服的，妳聽我的，趁現在一切還未發生趕緊撤出來吧。籲音說。

我撤不出來，除非我死。張燕眼裡有了淚。我就不信那女人會死，全國那麼多人離了婚，有幾個是用死離下來的？

籲音站起身說，我去趟衛生間。梁紫月說，我也去。兩個人朝衛生間走，梁紫月意外地發現籲音眼睛是紅的。怎麼啦，籲音？

沒什麼。籲音低頭加快了腳步，進了衛生間，見沒別人，籲音關了門，抽了牆上的擦手紙擦著眼睛說，我媽就是這樣死的。

怎麼死的？

和張燕即將逼死的那個女人一樣，我媽當年也做了一樣的傻事，她扯著頭髮求我爸，要我爸看在她滿頭白髮的分上，看在她精心地侍奉了我爺爺奶奶二十多年的分上不要離婚，她不干涉他和那個女的來往，只要不離婚怎麼都行。那女人不答應，我爸就一次次起訴，最終離了，離完的當天我媽就自殺了。我媽死的時候，我十六歲，今天我三十八歲，我成為沒人疼沒人管的孤兒已經整二十二年了。梁紫月哽咽起來，妳原來活得這麼苦啊，從來沒聽妳說過。簫音拍拍梁紫月的後背說，我跟誰都沒說過，我媽死的時候我就下決心不跟任何人說這事，我覺得我媽媽一定認為這是她最大的恥辱才死的，我不能把她的恥辱抖摟給別人看。好了，我已經好了，妳就別哭了。

兩個人回到桌子邊，張燕笑著說，他媽的，唱歌出身的女人撒泡尿也跟登台化妝一樣麻煩，磨嘰這麼半天，餓死我了。辛如看看遠處剛剛落坐的五六個男女說，我發現了一個問題，那桌上的全都戴眼鏡，咱桌上的全都一口一個他媽的。梁紫月說，咱們不是沒文化麼，沒文化的人就得說沒文化的話。簫音說，操，這不關文化的事，要我說這是施展不了暴力的後遺症，在一個充滿暴力的年代施展不了暴力的人只能來點語言暴力。辛如朝簫音低下頭說，小點聲，妳也太暴力了，操操的，那麼大聲幹嘛？張燕說，我要吃了。大家跟著吃起來。張燕吃了幾口說，我想起這他媽的來源了，是梁紫月傳染給大家的，妳們還記得吧，梁紫月參加全國歌手大賽回來後，突然就滿口我他媽的你他媽的，一開始大家都不習慣，慢慢的，全班男女都張口閉口我他媽的你他媽的了。梁紫月笑著說，張燕妳和我有仇啊，好事不往我身上按，不到一小時紫月宿舍裡的主要擺設是張大雙人床，床尾是雙人沙發，一個簡易的防雨布衣櫥縮在角落裡，挨近床頭的電腦桌上有一個打開的文件夾。籲音環顧四周說，妳搞得也太簡陋了，雖然是個宿舍，但妳大部分時間是在這裡過的呀。梁紫月嘆口氣說，我是該反省了，隨便坐，我去給妳沖咖啡。籲音在床沿上坐下來，看見了文件夾裡細密的方格紙上點點相連曲折不已的線，往後翻翻，足有七八張。她問，紫月妳這是畫的啥呀？搞科研了？梁紫月端了咖啡放到沙發前的茶几上，突然就情緒激動起來——我他媽的容易嗎？那是體溫紀錄單，為了給陳海洋生孩子，我他媽的要常年量體溫。籲音說，這麼複雜啊？梁紫月說，體溫最低的一天是排卵的日子，一個卵子被排出卵巢後，只能存活二十四小時，像我們這種週末夫妻，要是在週一到週四排了卵，等到週末回家那卵子早就死了。好幾年了，我都是早晨五點準時醒來，第一件事就是把體溫計塞到舌頭底下。幾年來，我遭了三次大罪，每次都懷個空泡，讓我白受罪。啥意思？籲音問，我還以為妳是習慣性流產呢。梁紫月說，裡面根本就沒有胎芽，沒有芽咋能長出孩子來？每次都受一場刮宮的罪，我這子宮都被刮薄了，現在想想，真就覺得是上天的安排，我們這樣的兩個人本就不配搞出孩子來的。梁紫月說著走過去，把體溫紀錄單從文件夾裡抽出來，嚓嚓幾下撕碎了，扔進垃圾筐說，我下決心了，這次一定和陳海洋離。籲音說，妳呀，記吃不記打，別過不了幾天又他媽的回去了，我倒不是鼓勵妳離婚，我只是覺得女人要活得自我一些，要愛自己，為自己活著。婚姻就是一個小公共場所，那是需要妳表演、合作的地方，妳要是適應不了就該退出來，不能死在上面。梁紫月說，是呀，對婚姻我算是想明白了，婚姻所具有的功能無非就兩點，一是光明正大地進行繁殖，二是光明正大地進行做愛，現在這兩點對我來說都不具有吸引力了，要它也沒意義，一個人也好，願意咋著就咋著。簫音說，還這麼天真，只要活在人堆裡就沒有願咋著就咋著的活法，妳要想好了，妳能不能承受不能正大光明地做愛更不能正大光明繁殖的生活。

但是能正大光明地戀愛啊。話一出口，梁紫月就知道簫音會用它來嘲笑她，不等簫音張嘴就趕緊問，妳最近怎麼樣？還和張月明在一起嗎？簫音搖搖頭。紫月說，我覺得他對妳倒是有真情的。不等紫月說完，簫音擺手示意她打住——又說廢話，妳知道我是不會要婚姻的，更不會從別人手裡搶。紫月嘆口氣說，其實婚姻還有最重要的一個功能，那就是能給人提供一個肩膀一個懷抱，能讓人病了累了老了的時候靠一靠，依一依。雖然我自己的婚姻裡沒有，但我見過別人有，就說醫院門口賣餛飩的吧，去年冬天我趕材料半夜出去吃餛飩，我吃完，人家就收攤了，女的空手在前面走，男人在後面蹬了三輪拉著爐子什麼的，那男的突然就停下三輪車脫了身上的大衣邊跑邊喊——老婆，老婆，穿上這個。我他媽的不騙妳，我當時就哭了，我就想我他媽的怎麼就沒遇著這樣的男人呢？簫音冷笑著說，在我面前把妳的自來水龍頭擰緊了，我最不願意看妳動不動就流自來水。妳為什麼沒有這樣的男人，我告訴妳，那是因為在妳生活的圈子裡根本就沒有這樣的男人了，嘿。

別笑，我是認真的，活到今天我才覺得需要好好思考一下生活。

生活，妳看張國立主演的那個電視劇了嗎？我覺得那裡面有句話說得特到位——生活，就是生下來活下去。簫音起身坐到沙發上，端起紅色的咖啡杯。

是呀，咋生下來的已經不用考慮了，咋活下去還是要想的。梁紫月跟著到沙發上坐下繼續說，妳說得很對，我們生活的圈子風氣壞了，哎，我那個朋友妳還記得不，大老鄧，飛行員出身的那個，他有一天把我嚇出一身汗來。

那人不挺和善的嗎？咋能嚇著妳？

妳聽我說啊，就前幾天的一個晚上，他給我電話說要過來謝謝我。他父親住院是我找人給安排的。他提了個果籃來了，坐沙發上說了沒三分鐘的話，就把那玩意兒掏了出來，說一直都想和我愛一場。我說我不喜歡這樣。妳猜他咋著？他用嘲弄別人落伍的口氣說，難道妳還喜歡來古典的呀？我說，我是不喜歡你把朋友間的關係搞複雜了。他說，這有什麼，朋友之間相互娛樂一下麼！一句話嚇得我半死——都到朋友相互娛樂一下的分上了？

嗨，我不早就跟妳說過，現今人們嘴裡的愛就是個單純的愛字。

做——愛——的——愛——。簫音和梁紫月一起拖著音把簫音的名言說出來。相視而笑。梁紫月先止住笑說，在妳面前我總是藏不住點祕密，再告訴妳一個，我們醫院裡一個處長，一開始搞得很像那麼回事，偶爾會發個噓寒問暖的短信，醫院裡的事也會給我通通風，我一直都認為交了個藍顏知己呢，沒想到一天他來我辦公室，就我倆的時候，他伸手就摸我胸，我一下就明白了，我他媽的就拍著胸脯告訴他——你看到的僅僅是假象，事實上我早就是被你們男人用舊了的中年婦女，底下都乾了，別再打我主意了！他媽的，那鳥人臉兒頓時就白了，一句話說不出，轉身就走。

妳真這麼說的？

真這麼說的。

妳這種女人誰靠近了都得白臉，冒虛汗，沒有男人喜歡太直接太尖銳的女人，他們都喜歡悶騷的女人，妳若不改改做派，就別指望再戀愛了，連利用男人辦點事的可能都沒有。聰明的女人，不是把男人對妳的欲念打碎，而是不露聲色地利用這種欲念來鋪平妳腳下的路，得到妳想得到的，然後再慢慢風乾它。

不露聲色，慢慢風乾，天吶，太難了，我搞不來。梁紫月說著，想起和風乾唯一能聯繫起來的東西——她老家的臘肉。她最喜歡吃的東西。那種肥瘦相間，歷經幾個月煙燻火燎風吹日晒才形成的特殊香味和柔韌口感，是沒有任何東西能夠媲美的。小時候，每逢有青椒炒臘肉的時候，她就能吃上三碗米飯，每當這時候，對她功課極不滿意的爸爸就會盯著她喝斥——就知道天天跟豬一樣傻吃，人家真正的書生都只吃一箪筒飯！梁紫月在心裡感嘆，長大了連由著性子傻吃都不行了，減肥，減肥，這真就扭曲了人性了，食不能食，色不能色的。晚飯一定要吃青椒炒臘肉。她嘴角堆了笑問簫音，妳喜歡吃青椒炒臘肉嗎？

簫音瞪了眼說，這哪跟哪，怎麼突然蹦到青椒臘肉上了？這就是妳進步不了的根本原因，遇到難題就迴避，妳應該迎難而上，努力去解答，一時解答不出來，也要再複習，再求解才是。我走了，晚上還有事呢。簫音走到門口鄭重其事地對梁紫月說，好好複習一下妳的小半生吧，把難題處理好，需要我就給我電話。

梁紫月咬咬嘴唇，點點頭說，就妳疼我。

上帝啊，我死了，妳該怎麼辦？簫音笑著說。

快，呸呸呸！梁紫月說，妳怎麼添了這壞毛病，動不動就把死掛嘴上，我跟妳說這人的機體細胞可是真有記憶的，亂說的次數多了它就記住了，哪天它想起來真就罷工不幹了。

哎呀，在醫院裡熏了十年，說起話來還真就有消毒水的味了，不過，一聽還是沒文化，這可是里爾克的詩呢。

梁紫月哈哈笑著說，我他媽的就沒文化，咋著？

看妳那副扯不長團不圓的無賴樣，整個一個小牛扶。簫音嘻笑著走了。

小牛扶。梁紫月嘟囔著這三個字把自己扔到床上。

小牛扶。這是她從十九歲認識牛扶的時候，就在努力的一個目標。

牛扶，才華橫溢，性格爽直無忌，不畏權貴，口無遮攔，尤其是他在當權者面前那副老子不吃你這盤菜的牛B勁兒，讓人看著就一個字——爽。有一年的冬天，梁紫月打電話找他，他電話裡說正在公安局，有急事就過來吧。梁紫月起初還以為他被抓進去了，到那裡一看，他正起勁地涮著公安局長。他對那局長說，我這首歌是要表達生命的勇敢！青春！活力！必須選年輕氣盛、雄赳赳氣昂昂的公安戰士來唱，看看你們這夥當官的啊，一個個挺腰凸肚，老氣橫秋的湊什麼熱鬧啊？上得了檯面嗎？什麼黨委會研究決定的，我不管，我這個表演隊伍裡一個當官的也不要，全要二三十歲的小夥子，你要是覺得你那黨委會的決定不能改的話，咱們就散夥。

梁紫月認識牛扶是在她十九歲的秋天。學校推選梁紫月參加全國青年歌手大賽，聘請牛扶指導她。

她永遠記得那個秋天。

那個下午。

牛扶啪的一下關掉音樂，走進錄音棚直著脖子朝梁紫月喊，你他媽的懂不懂唱歌？梁紫月的臉登時紅了。牛扶低了聲問她，妳說，唱歌用什麼唱？梁紫月細聲細氣地說，用嗓子啊。牛扶用他歪斜的嘴角對梁紫月露出一個明白無誤的嘲笑來。用嗓子唱，你他媽的這輩子也別想把歌唱好了！他惡狠狠地敲敲自己的頭又用力戳戳自己的心臟說，用這裡，這裡！嗓子是什麼，它僅僅是妳的一個表達工具，要表達的東西必須是從這裡，從這裡出來才行！他又惡狠狠地重複了一遍敲和戳的動作。

重新來！牛扶走了出去。梁紫月掛上耳機，重新開始。剛唱了三句，牛扶又進來了。他瞪眼吼起來，你他媽的哆嗦什麼？妳以為乾巴巴的哆嗦就是激動就是感情嗎？梁紫月的眼淚忽地湧出來。牛扶等她的第一批眼淚滴到地上時說，抬起頭來，看著我。梁紫月乖順地抬頭看他。他矮小瘦弱的身體在她的隔淚相望裡罩上了一層光暈，像電影裡降臨的神又像底片上的影子。她頭濛濛地看他帶著光暈比畫。最後一批眼淚掉了，她的眼睛清亮起來，他從底片上走到了眼前，幾乎是挨著她的臉說，唱歌和歌唱是完全不同的概念，妳懂嗎？歌唱，要用妳的心妳的愛妳的感情來歌，來唱！妳想想這首歌怎樣表達最恰當？那就是要把它當成妳的父親，心裡充滿了敬畏充滿了回報；要把它當成妳的情人，心裡充滿了激情和愛，不尋到它就無法跟自己交代！這兩種情感糅合起來，會不會？

父親和情人，會不會？牛扶不轉眼珠地盯著梁紫月，等待她回答。

在他的凝視和催促裡，梁紫月的腦子和心臟——這兩個牛扶要求她流出愛和情感的地方，突然一起竄出來一個聲音——你就是！你就是！

她激動而恐懼地閉上了眼睛。

會不會?! 牛扶催促著。

梁紫月閉著眼睛點了點頭。音樂再起的時候，她走向了她敬畏的渴望回報的父親，走向了讓她崇拜讓她愛慕讓她不由自主模仿其言行舉止的情人。她清楚地感覺到原本乾巴巴的俗不可耐的歌詞突然間在喉嚨裡有了一種酸楚的濕潤，有了一種訴說的顫抖，有了一種奔向的躍動。

秋天——（一聲呼喚，在訴說裡找尋的呼喚）

我來了——（一個終於抵達傾訴的開始）

這一片片斑斕的楓葉是你留給我的蹤跡嗎？

這葉片上的雨滴是你等待我的淚水嗎？（猶疑的不確定的擔憂讓找尋和訴說倍感心酸）

……

秋天——（一聲久別重逢的呼喚，讓愛在瞬間附著）

我來了——（一句深情高揚至雲霄的從此不離不棄的誓言）

我來了——（一句低低的卻能穿透肌膚的，能跟自己的命進行交代的承諾）

音樂停了。牛扶和同事們開門走了進來。梁紫月的眼睛還在閉著，她還在自己的眼珠上凝視著剛剛獲得的情人。她還在體會作為一個歌唱者在情感的湧動中完成傾訴的快感。這種快感對她來說是新鮮迷人的。她終於明白牛扶一個多月來時常警告她的話——不要模仿，要有自己的東西。掌聲響起來了。三三兩兩的。梁紫月一下子哭出聲來。她之前曾在學校舞台上獲得的如潮的掌聲都被這幾下壓了下去。她知道來自身體左側的最有力的兩聲是牛扶給她的。這個音樂界的山寨王，這個在瞬間俘獲她十九歲情感的魔王。

一個月後，梁紫月在決賽裡獲得了優秀獎。殺入決賽本身就是學校和牛扶給她制定的最高目標，所以比賽結束後，沒有拿到獎盃的梁紫月還是興高采烈地和牛扶他們去飯店進行慶賀。不善喝酒的她，看著牛扶和他的同事一杯杯地把彼此灌醉了。扶著牛扶在飯店門口等出租車的時候，梁紫月決心對酒醉的牛扶說出自己的愛。她覺得酒醉的牛扶比平日裡少了嚴厲和霸道。她曾設計過無數次對他表白的場景，但能預見到的回答只有一個——你他媽的腦子進水了！

他和她一般高，比她還瘦弱，他一隻胳膊搭在她肩上，低垂著頭嗯嗯地和胃裡的翻騰做著抗爭。她看著一輛輛從眼前飛馳而過的車說，老驢（他朋友對他的稱呼），有一句話我這輩子還沒跟人講過，我覺得應該先講給你聽，就是，嗯，我他媽的愛上你了（她用他的語氣和腔調說）。老驢低垂著腦袋，硬著舌頭說，我他媽的愛上你了？

梁紫月渾身僵硬地看著路上的車流，她鼓足勇氣表白出來原本是不要答案的，她知道他是不能愛的人。但老驢的自問必有自答，讓梁紫月緊張起來。

不對。老驢嘴角掛著口水說，梁紫月妳他媽的不對，老驢我他媽的不對，這是不對的，沒得商量，這是不對的。一輛車停在跟前，司機從車窗裡伸了頭問坐不坐。老驢歪歪扭扭地走過去說，坐。梁紫月把他扶到車裡，在車開動的時候，老驢大聲說，梁紫月妳他媽的給我記住了，要用這兒這兒唱，還要保持妳靈魂的純淨！別讓圈裡的汙濁把妳淹沒了，走了！他揮揮乾瘦的手，留下她孤獨一人。一瞬間，她覺得自己像被俘到山寨的女子，歷經了恐慌和竭盡全力的自保、奮爭之後，在認同了山寨的處事作風認同了自己山寨的身分後又突然被釋放了。被放在了路邊。那釋放他的人那讓她愛恨交加的山寨王，不管她的死活不管她的愛恨情仇，只瀟灑地揮揮手，走了！她突然爆發出極像他的腔調——你他媽的這個土匪，你就這樣走了麼？你就這樣不管我了麼？你這個該死的土匪！

車跑遠了，梁紫月順著回學校的路，哭著那個土匪罵著那個土匪，完成了她的初戀。

天黑下來的時候，梁紫月從濕漉漉的枕頭上把臉抬了起來。她用了一下午的時間和一枕頭的眼淚仔細回看了自己歷經的所有愛情。她發現自己唯一的後悔就是放棄了對老驢的愛。唯一的錯誤就是嫁給了陳海洋。今天，張燕描述她當年和陳海洋的愛情時，她心底裡是暗暗驚詫的——故事大體她是記得的，但當年的甜蜜和幸福卻不記得了，甚至不願承認了。她記起自己當年和陳海洋戀愛的主要原因——她覺得陳海洋是她在那場幾乎毀滅了她的災難裡唯一稱得上戰友的人。

當年梁紫月參加全國青年歌手大賽回到學校後，立即成了名人——畢竟是從成千上萬的人堆裡掙扎出來的，雖然沒有奪得獎盃，但進入決賽的只有十三個人啊，這就是說梁紫月當時的水平最差也是全國第十三！全校轟動。校報、校黑板報校廣播站都大篇幅地進行報導，校學生會還為她舉行了專場演出。梁紫月在全校師生的眼裡頓時璀璨無比。這璀璨被文學系外號叫才子的男人先是寫成了詩後寫成了情書。梁紫月把老驢在她心裡撞出的窟窿用才子的情話填充起來。她轟轟烈烈地開始了才子佳人的戀愛。大三的下半年，才子校外的情人鬧到了學校，這一鬧竟然又鬧出了校內的三四個情人來。梁紫月逐一查證後，才知道自己在才子的嘴裡就一個死纏爛打生活作風不良的貨色。他對情人們解釋她名正言順的身分時說——整個一神經病，天天拿死逼我，為了不鬧出人命，我也只能應付一下，我真正愛的人是妳，等畢業就能甩掉她和妳在一起了。梁紫月爆炸了，她買了刀，要把才子剁了。學校領導出面了。好朋友們出面了。父母出面了。

最後，老驢也出面了。

梁紫月對老驢說，你們都是站著說話不腰疼，換了你，換了你來試試！老驢把她憤怒揮舞的手收攏起來，攥住說，要是你他媽的剁了他不用抵命，我他媽的就支持妳！但妳想過沒有，用妳還沒有好好活過還沒好好愛過的命去抵一條戲耍妳愛情的命，妳願意嗎？傻丫頭，妳要好好活著，愛情就像野草，死了還會再生的。記得那首關於野草的詩嗎，我給它譜了曲子——離離原上草，一歲一枯榮，野火燒不盡，春風吹又生……老驢哼唱著，把頭伏了下來，他的鼻孔像強風道一樣抵在她的臉上。梁紫月驚詫了——什麼意思？趁人之危?!我可不能當全國人民都唾棄的第三者。她忽地把他推開。他笑笑說，我他媽的還以為自己是春風呢。

梁紫月停止了買刀，她遇見了一把更加鋒利的刀——陳海洋，一個極瞧不起文人的酸迂把小文人叫做臭豆腐的年輕油畫家，他的嘴不僅能剁才子還能剁碎屬於那個編隊裡的所有人。梁紫月聽著他的言論，覺得自己找到了戰友，她開始揚眉吐氣，並逐漸有了一種手握大刀斧頭朝鬼子頭上砍去的快意。梁紫月在陳海洋對文學和文人的批判裡逐漸體會了視覺藝術的奇妙，她仰慕地看著陳海洋一筆筆地在畫布上塗著，抹著。一筆有一筆的成色，一筆有一筆的用途，默默地給人呈現出一個別樣的世界來。梁紫月最喜歡陳海洋畫的一組名叫〈子宮〉的畫，由三幅組成，在三團似屋非屋的紅色迷霧裡，似人非人的困頓、掙扎、欲望和渴望被表達得淋漓盡致。觸目驚心。梁紫月最初看這組畫的時候，不由自主地捂住了小腹，她驚恐地想到如果自己的子宮裡是這個樣子，她的肚子一定會絞痛不止。

梁紫月從網上搜了離婚協議書下載了，很快就比葫蘆畫瓢搞好了一份，她的要求是房子歸她。那是她在這個人世間營造的唯一叫家的地方，她花費了很多心血，從地板到窗簾從陽台到廁所，從浴房到廚房，她都清楚地記得每一處是怎樣弄起來的。何況房子一直是用她的工資交的按揭，它就是她的一部分，她不允許自己把它留給陳海洋，讓陳海洋和別的女人在裡面亂搞。她把離婚協議發到陳海洋的電子郵箱裡，給他發短信說，我已經把離婚協議發到你郵箱了，咱倆就算結束了，從此後你再也別想強姦我梁紫月了！從此後，你走你的陽關道我走我的獨木橋啦!!梁紫月最後一句話，很是有些興高采烈的味道，她的心情也的確是這樣，一直逃避的事情有時候辦起來反而有種出乎意料的爽。

很快，陳海洋的短信來了——去你媽的神經病!!

梁紫月對著手機笑起來，她理解了辛如說老宋當她神經病時的表情。她摸摸自己的面頰說，我他媽的就神經病了，怎麼著?!

第一次，她沒有對陳海洋的辱罵感到氣憤，她伸了個懶腰，做起擴胸運動來，最終她的胳膊在牛扶的名字出現的時候停止了。她被自己的決定嚇住了——她要把她的初戀繼續下來。用籠音的話說，她要複習。她已經不相信她周圍的男人還有愛的能力了。愛在她中年的世界裡已經成了古董。牛扶就是她的古董。古董是什麼，就是能夠被反覆複習的東西。

她從來沒有和牛扶談論過兩個人之間的感情，但她知道他是喜歡她的。她結婚後，有五六次他倆單獨相處過，有她和陳海洋吵架後找牛扶散心的也有牛扶電話約她喝酒的。他對她說，小崽子忙啥呢?出來陪我喝酒。有時，他看她的目光很軟。很暖。這樣的時候她就想哭。有一次她真的哭了，他端著酒杯盯著她說，如果陳海洋對妳不好，我就要把妳娶過來。她知道是醉話。她知道只有他倆醉了這件事是不可能出現的，必須全世界都醉了才可以。她端起酒杯一飲而盡，哭著笑笑說，沒有陳海洋你也做不到，你他媽的也就是用話紅燒我，當下酒菜罷了。

醉了，真真假假的醉了。兩人擁在一起。就在即將自成世界的時候，牛扶卻停了手，整整她的衣服，笑笑說，這就是他媽的發乎情止乎禮了，妳不該介紹我認識陳海洋的，朋友妻不可欺啊。她說，那就永遠不要介紹我認識你老婆，我要再和她成了朋友，咱倆下輩子也沒可能了。

就在梁紫月猶豫不定是否開始複習的時候，牛扶的電話來了。他說，我胰腺炎今年犯了好幾次了，大夫建議我到你們醫院手術，妳幫我聯繫聯繫吧。

四天後牛扶來了，他比以前更加乾瘦了，好在眼神並沒有瘦，梁紫月覺得他的目光有了酒後的胖大和柔軟。兩個人在等待CT結果的時候，梁紫月說，一年沒見你覺得你整個人都變樣了。牛扶說，妳是想說我老了吧，我發現自己真老了，前年「神五」上天的時候我就感覺到了。老了，容易感動也容易感傷了，楊利偉在飛船裡揮起小紅旗的時候，我眼淚嘩嘩地流，我老婆奇怪得不行，她從沒見我流過淚。梁紫月說，什麼時候土匪也成良民了？牛扶笑著說，妳這小崽子說說自己吧，最近怎麼樣？歌不唱了，老師也就忘了。梁紫月說，我忘了誰也忘不了你，我就是哪天得肝癌死了，也就是帶著你一塊死了，你就是我肝兒上的那個癌瘤。牛扶看著突然冒出痴語的梁紫月問，出什麼事了？梁紫月說，什麼事也沒有，就一句大實話，我他媽的把你放在心肝上已經快二十年了，它不長成癌瘤還能長成啥？

談話被大夫打斷了，CT結果出來了，牛扶的胰腺幾乎成廢物了，裡面發生了瀰漫性鈣化，胰管狹窄部位僅有頭髮絲粗，卻有八毫米的結石在裡面搗亂。大夫看看牛扶，晃晃手裡的片子說，必須趕緊治療，很嚴重了。梁紫月告別CT科的大夫領著牛扶去肝膽外科找專家。牛扶像個孩子一樣扯扯梁紫月的隔離衣袖問，真像他說的那麼嚴重嗎？照他這麼說我他媽的好像很快就全面下崗了。梁紫月扭頭看看恐懼著自己全面下崗的男人，心裡為自己即將要複習的愛生出了恐慌——你全面下崗了，我咋辦？這樣在內心裡問著他的時候，眼珠子脹痛起來，她加快步子，來到肝膽外科的走廊上高聲喊問護士，徐寧主任在嗎？

徐寧是全國著名的胰腺微創手術專家，他把牛扶的CT片舉到眼前反覆看過後說，要放支架，你的胰管已經鈣化，彈性很差了，只能每次放一個兩毫米的支架，放四次後，才能把狹窄的胰管擴展到八毫米，把裡面的結石取出來，這是目前解決問題最好的方法，你看呢？他看看牛扶再盯住紫月。牛扶在來之前已經到好幾個醫院諮詢過，知道自己的病如果不手術萬一引起併發症是會要他命的，也知道微創是他最好的選擇，只是不知道要四次。他囁嚅著，四次，四次。紫月說，你如果採用徐主任的治療方案，現在就請主任給你排上隊。牛扶朝徐寧點頭說，當然，當然。紫月說，徐主任，那就請您儘早給他安排手術吧。徐寧沉思一下對紫月說，咱們醫院的情況妳也了解，除了危重病人就是些關係戶，我儘量往前安排，讓病人回去先注意保養，防止急性發作，一定要戒酒，萬不可飽食，吃低脂肪高蛋白飲食。紫月問，最快能安排在什麼時間？徐寧說，一個月左右吧。牛扶對徐寧說完告別的話走到門口又回頭問，這種手術危險大嗎？徐主任已經把別人的X片舉在眼前，顧不上回答他了。紫月拍拍他的後背說，走吧。她的手觸到了他背部的骨頭，他的瘦弱讓她心裡一酸，指肚在他的骨頭上徘徊起來。牛扶看她一眼，收緊全身說，哎，連喝口酒吃頓飽飯的能力都沒有了，這人還能幹啥？紫月沉在自己的感慨裡，並沒注意聽他的話，但他突然收緊脊背的反應像針一樣挑了一下她的心。她瞪他一眼，默默地快步走起來，兩個人來到他的車前，他說，走了，剩下的就靠妳操心了。她忽地拉開他的車門坐進去，他笑著看看方向盤前的她，繞到副駕駛的位子上坐下，問，有本兒了？她沒好氣地說，沒本兒就不能開嗎？她把右手放到他的左肩上，抓著他嶙峋的關節說，你什麼意思，碰都不讓碰了？我就不堪到這分上了嗎？

亂說。牛扶把她的手從肩膀上摘下來放到掛檔器上說，沒本兒就不能開車是這個世界定好的規矩，大家都不遵守都橫衝直撞的能行嗎？

梁紫月說，我不管規不規矩，活人還能讓尿憋死嗎？

牛扶笑笑說，這社會亂就亂在那些亂排泄的人身上。

你他媽的罵誰呢，誰亂排泄了？梁紫月嘴裡說著他媽的突然想起關於他媽的來源了，她拍拍方向盤說，有時候覺得你就是一個老了的我，在這個世界上我必須愛你，愛老了的自己。

牛扶沉默著，把兩隻手交叉著放在腋窩裡。他的理智和人生經驗讓他在梁紫月的愛情裡保持著淡定和淡然。他知道男女之事正如屁股底下的汽車，即使性能再好油料再足，只要不把鑰匙插進鎖孔不去扭轉不去發動，汽車就永遠不會跑起來。一旦發動了，就有刹不住車的危險。

尤其是梁紫月這樣的女人，他是看著她長大的，雖說不是天長日久地盯視著，也是逐年掃描著，他知道她是屬禮花的，一旦被點燃，她只有一個方向一個姿態——竄上天空綻放。他原本是喜歡這樣的女人的，但他渴盼點燃她的年代已經過去了。他已經沒有破壞規則的勇氣了。更何況，他不願意讓她看見自己的衰弱。

梁紫月晃晃他的肩膀說，我想了很久，我們，愛下去吧。她的眼淚流出來。

他在她的搖晃裡嘆口氣說，我早都說過，妳不該把他介紹給我，我很欣賞他，把他當朋友，朋友妻不可欺啊。

他是你的朋友嗎？他僅僅是你因為我而熟悉的人。而我，在我的心裡，從十九歲起，我就是你的情人！我是你的情人，在你認識他之前就是。

我的情人。他閉目喃喃自語。

她淚眼朦朧地看著他。他在她的淚光裡又重現了十九年前的樣子。十九年前她的心就對散射著光暈的他呼喊過——你就是！你就是！

她怕他懷疑自己的動機，她說，我圖你什麼呢？我已經十年不唱歌了，連沾你光的嫌疑都沒有了。

他說，我們已經太晚了。

她說，晚了總比完了強吧？開始吧，親愛的，不愛真的來不及了，想想你已經都五十六歲了，馬上就進入老年了，我也已是中年了。人不能給自己留下遺憾，這是你教給我的，還記得你給我講唐吉珂德大戰風車嗎，你說他就是戰死了成為了千古笑談也是死得心安理得，因為他努力過了，他戰鬥過了，他的心裡沒有遺憾了。

他身體裡的唐吉珂德已經伴隨著他的第二次婚姻死了。那是他第一次婚姻過了癢癢期後，他愛上了一個向他示好的女人，他不顧一切把婚離了。他因此受了處分。因此賭氣辭掉了樂團的工作，開始吃自力更生這隻螃蟹。再婚的他把女人捧在掌心裡，舉到音樂界的上空。女人紅了。紅了的女人拍著他的肩膀說，該分手了，我的老梯子。再次離婚的他把野草譜了曲子自我安慰地唱著，把失意的嘴唇猶疑著放到吆喝著要殺死負心漢的紫月唇上時，她推開了他。他後來娶了現在的太太。音樂學院的副院長。一個用不著他當梯子的女人。他長嘆一聲對紫月說，人應當學會克制，妳要克制自己的情感，我當初想要妳的時候，也是生生地打壓下去的。好了，我該走了，正在做的電視音樂要跟導演談，馬上到約定時間了。

她離開他的方向盤，背對著他擦拭眼淚。他在她身後發動了汽車，走了。

獨自一人窩在夜晚的宿舍裡，梁紫月從十樓的窗戶裡往外看熙熙攘攘的世界，突然哭出聲來。這麼大的世界這麼多的人竟然沒有一個和她惺惺相惜心心相印的男人，沒有一個在寒風裡脫下大衣喊她穿上的男人。她為之放棄了專業放棄了前途的男人竟然成為強姦她的人。她偷偷地放在心肝上想念著的男人竟然會因為一筆業務把她趕下車。她心裡竄出從窗子裡跳下去的渴望。當她意識到時，她恐懼地離開窗子坐到沙發上，她要找個人幫她驅趕那個念頭。想到簫音若是知道她因為愛情想跳樓定會笑話她，張燕雖也能召之即來，但她自己正陷在愛的泥潭裡。兩個在泥潭裡的人相救，只會加快沒頂的速度。梁紫月想來想去，只有辛如了。

梁紫月在電話裡哭訴了兩個小時，把關於才子的關於陳海洋的尤其是關於牛扶的跟辛如訴說了一遍。辛如先是淡漠地嗯嗯著，機械地讓紫月知道她在聽，後來就頻繁地嘆起氣來。等紫月說完了，她說，親愛的別哭了，妳只看到了自己的痛苦而沒有看到這痛苦是證明妳有血有肉地活著的證據嗎？妳知道我有多麼羡慕妳麼？妳竟然還能愛，還能因為愛而痛苦，還能為愛要死要活，這是多好的事呀！很多人已經不能了，一個人沒有了這種能力有多可憐妳知道嗎？我常常看著鏡子裡的自己像看一條在水泥地上垂死的蚯蚓。別哭了，別讓我嫉妒了。

梁紫月原本指望著辛如來寬解自己，卻不想被她往腦子裡塞進了蚯蚓在水泥地上垂死的畫面。一條胖大的蒼白無力的蚯蚓，在水泥地面上艱澀地扭動，入地無門，上天無路。她渾身冷起來，光滑的皮膚頓時變得像雞皮一樣。她搓著胳膊跑到廚房，把頭天買的西瓜放到菜板上，啪地用刀劈開，急促地吮吸它絢麗的色彩和芬芳的氣息，希望用它把腦子裡那條胖大蒼白的蚯蚓替換出來。梁紫月知道目前避免自己成為蚯蚓的路只有一條——把她的愛和愛的能力繼續下去。她擦乾嘴角的西瓜汁，在手機上寫下——老驢，感謝上蒼讓我在這個世界裡有你，感謝有手機這個玩意兒能讓我發送我的愛給你。老驢，此刻我真是覺得幸福，有愛在心裡我不會再苛求別的了。她按下發送鍵，看著手機屏幕上的小信封歡快地奔向了空中。她仰頭看著窗外的夜空，想到它此刻已無聲無息地降落在他的眼前，她的心裡暢快了很多。

一個月，她每天在手機裡寫下她的愛，然後看著她的愛裝在一個小小的信封裡歡快地竄出去。老驢只在第十天的時候回覆過一次。那是她一覺夢醒發給他的——愛，我半夜夢醒，身體裡全是你，每個細胞都張開了等你，等待和你相擁的那一刻，終身不悔。老驢回覆說，妳這樣的瘋子必須得控制一下了。她回覆說，我不是瘋子，我只是為愛瘋狂。我已經愛了你十九年，這麼確切的愛，人的一生只可能有一次。老驢沒有再回覆。

這麼確切的愛，人的一生只可能有一次。電影《廊橋遺夢》裡的男主角的台詞，梁紫月十年前看這個電影時曾因這句話而諒解了銀幕上偷情的那對老男女。十年後她自己竟然使用了它。她羨慕地想起那個動不動就摸脖子摸鎖骨搔首弄姿的女人。

一個月後的週五，徐寧給梁紫月打電話說手術安排在下週一上午九點。梁紫月問，手術有風險嗎？徐寧用不耐煩的口氣說，梁幹事，妳是本院職工妳應該知道的，任何手術都有風險。說完就扣了電話。話筒裡的嘟嘟聲引得對桌問她，肝膽手術？梁紫月說，胰腺微創。對桌說，新興的技術，能沒有危險嗎？任何一項醫療技術的成熟都經歷了無數的失敗，失敗是成功之母麼。梁紫月的心嗖嗖地颳起了冷風，臉上頓時寒色濃厚。對桌問，什麼人？紫月想想說，親戚。對桌說，我勸妳以後少管這種事，一旦出了問題，我們就費力不討好，夾在病人家屬和醫院之間沒法做人。

你知道這手術風險大嗎？紫月問。

對桌說，這手術大概咋做妳知道的呀，哦，我忘了妳不是學醫的了，我簡單地給妳說吧，手術要穿過膽囊才能進入胰腺，想想吧，引起急性膽囊炎急性肝壞死是不稀奇的吧？……紫月腦袋裡嗡嗡一片，下面的話已經聽不見了。完不成愛情的缺憾和失去老驢的疼痛緊緊地包繞著她。她對自己說，一定要在手術前把我的愛完成。她在手機上寫下——明天上午九點來辦理入院手續和術前檢查，空腹。讓這個週六屬於我好嗎？求你了。牛扶回覆說，一定按時到，但明天下午有會議辦完手續就要回來，請原諒。

週六上午，牛扶獨自一人開車來了。他打開車門走向她。梁紫月緊張地盯著其他的車門，它們並沒有打開。她的心頓時盛開如花。她挽起他的胳膊說，讓大家看看梁幹事對病人如親人吧。牛扶說，妳這個小崽子瘋了，影響不好。梁紫月笑著說，那就靠在我身上裝裝病重的樣子吧。

辦完手續查完體已經到了午飯時候，牛扶裝出著急的樣子說，應該請妳吃飯的，但今天實在是太忙了，改天請妳吧。梁紫月心裡的花朵突然茶下去，她想起男人在最近幾年裡主動接觸她的原因全都是因為疾病，他丈母娘的他娘的他小姨子的他學生的他閨女的他自己的。她乾澀著嗓子問，我難道僅僅是你在這個醫院可以利用的熟人嗎？我感謝你的利用請你吃頓飯總行吧？一句話把牛扶噎得乾張嘴，好幾秒後才憋出句話，你他媽的淨說屁話，我是這樣的人嗎？他跟著她往她公寓底下的飯店走去。她聽見他跟上來，哽咽著說，我明白我們倆現在的處境，我是一個溺水者，你站在岸上看著我掙扎，覺得很好玩是吧？他說，妳活該，我告訴過妳要控制。她盯著他問，我他媽的活該，難道你他媽的就是應該嗎？她的眼淚奔湧而出。牛扶軟了口氣說，妳的短信都像鞭子一樣打在我心上，我咋回？

兩個人在飯店的三樓吃了飯，牛扶看看手機說，到點了，必須走了。梁紫月默默地站起身和他一起走到西北角的電梯裡，按了十樓的按鍵。牛扶說，這是去哪？梁紫月說，我宿舍。牛扶說，我真的有事，下次吧。梁紫月板著臉說，沒有下次。牛扶進了梁紫月的宿舍說，就坐一會兒，真有一個會。梁紫月說，你那些會誰不知道啊，不就是去簽個名說幾句拐彎抹角的話拿點好處費麼，賣自己那點名聲唄，跟藝伎有啥區別？牛扶笑笑說，人太聰明了不好。他在沙發上坐下來，打量著周圍說，陳海洋一個搞過室內藝術裝潢的人怎麼能讓妳住得這麼簡陋？梁紫月說，你說過的話還記得吧？你說陳海洋要是對我不好你就會娶我。牛扶說，那是酒話，我不是說酒話就是假話，但它是實現不了的真話，因為實現不了就只能就著酒來講。

梁紫月說，這一定是全世界男人對酒後行為的最好解釋了，你不用害怕，我不要你娶我，我只要你愛我。她把上半身壓向牛扶，壓得牛扶向後倒去，他的頭正好放到她的床上。他閉著眼幾乎是哀求地說，以後會有機會的，以後會有機會的。他一動不動地仰著，盯著她的天花板。

她說，現在就是機會，愛我好嗎？她用唇來找他的唇。他慌忙避開說，以後再說吧。以後再說。這是回絕嗎？還是因為怕梁紫月會攪亂他的生活？她看著牛扶，揣摩著他的心理。片刻後她解開衣裙上的扣子說，親愛的，你看看我，我現在什麼都是好的，我想在生孩子之前把我們的愛進行了，以後生了孩子就鬆了，不好了。他看著天花板，衣著嚴密，目不斜視。她心裡委屈起來，她在心裡喊——我話都說到這分上了，你還不明白我僅僅是要你愛我一場嗎？她低頭看看自己壓在他胸口的乳房，突然怒火中燒，她強壓住火焰懇求說，你難道就不打算碰我一下嗎？你不要把我逼得像個狂野的男人而自己像個羞澀的少女好不好？牛扶大氣不出地看著她的天花板。梁紫月突然想到另一個原因——他已經沒有能力了。她雙手抱住他的臉問，親愛的，是因為你沒能力了嗎？我們不幹，就肌膚相親地躺一會兒好嗎？

牛扶惡狠狠地說，哼，幹妳還是沒問題的。

那你為什麼不幹呢？你把一個女人從少女勾引到中年而不和她幹，你不覺得慚愧嗎？你不覺得這很不人道嗎？梁紫月的怒火按捺不住了。她忽地從牛扶身上滾下來。牛扶站起身，在屋子裡來回踱步。梁紫月仰躺著，任憑憤怒和失望化作淚水流進耳朵，把她諦聽世界的通道淹沒。

妳還記得嗎，妳大三的那次，我去看妳，妳拒絕了。牛扶隔著茶几說。

梁紫月擦擦眼淚坐起來，摳摳耳朵，扣好鈕扣說，我那時是少女，我不懂得怎麼把握自己的愛情，我不敢冒天下之大不韙去愛一個屬於別人的男人，我現在成熟了，我不但敢愛了，我甚至敢侵犯了，我不想讓自己的生命留著遺憾。

那時是我唯一能愛妳的時段，我獨身，那時。牛扶說著移動到了門口，扭身看紫月。梁紫月望著他，在心裡說，或許我就愛他這一點吧，該堅守的品格堅守到死，該戰鬥的時候就是架風車也拼出全力。她走過來，幫他打開門，愛憐地對他笑著說，我沒嚇著你吧，你先走，我平靜一會兒就好啦。

牛扶覺得這一個月來他和梁紫月之間的關係被抻成了一根幾欲斷裂的皮筋，尤其是眼前。他一直在努力地想讓它鬆弛而不打痛他們。他沒有想到梁紫月會突然鬆手。疼痛是他自己的了。銳利的痛讓他猝不及防地抱住她。

梁紫月的天旋了。梁紫月的地轉了。梁紫月擠壓了十九年的渴望洪湖決堤了。她狂野地撕扯他的衣服。親近他的肌膚。

牛扶在梁紫月母獅撲食一樣的親吻裡逐漸清楚了自己的疼痛。他其實和她有著一樣的恐懼和渴望。他只是用很多理由把它們遮蔽了起來。近兩年，他常被日漸遲暮的恐慌俘虜著。在梁紫月沸騰的喘息裡，他和自己的疼痛搏鬥起來。他要愛。他要朝氣蓬勃。他要血氣方剛。他要勇敢強壯。他的喉管是餓醒的雄獅的了。他必須啃了她。他最後的乾糧。他覺得自己連腳後跟都熱血沸騰了，他用它們激情地�了跐地面。這一跐，讓他意識到那個最應該抖擻精神的部分竟然還在睡。像裝著陳年舊事的老荷包掛在身體的中央。他把它往紫月滾燙的肌膚上靠靠，渴望它能吸取她的熱量翻身而起。他卻清晰地感覺到了它的退縮。幾乎是縮到角落裡去了。他不由得摸了摸它。他聽見了一聲冷笑。一個縮在角落裡喜歡和男人打賭的魔鬼的笑。他如潮的激情退卻下來。她正在情緒的頂端，伸手來找尋狂歡的舞伴。他趕緊用手擋住說，先別碰它好嗎？

他看著她疑問的目光猶豫著說，我這裡從年輕的時候就管不了這裡。他指指頭再指指下面。給我一點時間好嗎？梁紫月看看他從年輕時候就管不了的那部分，乖順地點頭。梁紫月不相信自己這麼強烈的愛喚不醒它，她更加努力地親吻。她聽見男人的手在下面做小動作。她的心突地破了個洞，嘟嘟地冒了幾個悲哀的泡泡。男人說，好了，快。梁紫月小心翼翼地靠近去，生怕把男人的努力給破壞掉了。

梁紫月第一次覺得這不是件相互撞擊的事也不是氣喘吁吁的事，更不是熱火朝天的事。它是兩個身體電流的傳導。一種帶著味道的傳導。甜甜的味道，從身體中部的內裡散射至四周然後匯攏到舌根。她覺得自己全身都是香甜的，如同剛剛出爐的蛋糕。酥軟甜蜜。這時，電源消失了。她愣了愣。仔細看男人，男人已經是熱火朝天的樣子了。滿臉通紅。滿頭大汗。

梁紫月愛憐地幫男人擦汗。男人閉著眼，伸了脖子讓她擦著，用夢囈的腔調說，妳這個強姦犯。

紫月一愣，問，你說什麼？

兔崽子，給我把衣服拿過來。

梁紫月從地上撿起他的衣服，看他。發覺他真的老了。很快就要徹底的老了。好在，她終於得到了他。她胸膛裡滿滿地蕩漾著香甜的氣息。她想到這就是別人說的心滿意足。她心滿意足地看著自己的情人穿戴起來。把那些剛剛經歷了熱火朝天的骨骼皮肉遮掩起來。她咯咯地樂出了聲。

牛扶問，笑啥呢，兔崽子。

梁紫月說，我明白了一個重大的問題。

什麼問題？牛扶把他的名牌腕錶套到手脖子上。

紫月說，我終於明白了為什麼人一思考上帝就發笑了，那是因為人思考的無非就是利益和男女之間這麼點事，上帝當年造人的時候肯定就說過，我給你們弄上兩個玩意兒，自己玩去吧！但人卻為這點事痛苦，瘋魔，上帝能不發笑麼？

牛扶說，沒文化。

梁紫月說，別拿文化說事啊，我就深受你文化的毒害，你不覺得你自己是個被文化鈣化了的人麼？

被文化鈣化？牛扶反問道。

梁紫月打趣說，是呀，你以為你身上就胰腺鈣化了呀？說不定靈魂也早鈣化了。

靈魂？被什麼鈣化？

不能強壯筋骨的鈣唄。

牛扶想像著靈魂鈣化後的形狀說，沒有，這點我還是知道的，它可能被強姦過，但沒有鈣化過。梁紫月瞪了眼睛說，不許再拿強姦這兩字說事！

牛扶笑笑說，強姦犯。

牛扶要走了，梁紫月從背後抱住他說，你要記住，你是我的情人了。牛扶嘆口氣重複說，情人？梁紫月嬌嗔地抱緊他說，不許帶問號。

牛扶走了，梁紫月站在窗前往下看著，等待著他的身影。看著熙熙攘攘的世界，她的心裡突然竄出要歌唱的欲望。

秋天——

我來了——

這一片片斑斕的楓葉是你留給我的蹤跡嗎？

這葉片上的雨滴是你等待我的淚水嗎？

秋天——

我來了——

我來了——

她看見牛扶在她的歌聲裡停頓了一下腳步，看見他身邊的兩個路人仰頭來尋找歌聲的源頭。淚把她的目光弄散了，他模糊了，像一團移動的光逐漸遠了。她整個的人卻通暢起來，她的心臟大腦和嗓子眼如同久被堵塞的水渠，得到了暢通。

她要讓簫音立刻分享她的幸福。她撥通簫音的電話，用膩歪歪的腔調說，親愛的，告訴妳個美事，我把我的愛情複習了，感覺好極了。

什麼愛情？簫音好像沒睡醒似的。

和牛扶的愛情啊，我知道妳不喜歡愛情兩個字，可我實在不知道用什麼詞來替換它，親愛的，我現在的感覺真是心滿意足啊，覺得人生死而無憾了，我覺得那水泥牆都是彩色的了，那塵土底下的小草都是搖曳多姿的，妳別笑話我啊。

我怎麼會笑話妳，妳快樂就好，下週找時間見個面吧，我有事想和妳說。

明天行嗎？下週牛扶手術，我擔心沒時間。

明天不行，那就再找時間吧。簫音說，我要再睡一會兒。

幾點了，還睡？

我最近總是失眠。

妳沒生病吧？梁紫月擔心起來。簫音說，沒事，我放鬆自己的時候就這樣，已經都二十多年的老習慣了，下週找時間見吧。

聽著簫音無精打采的，梁紫月只得把胸膛裡滿滿當當的甜蜜憋住，把電話又打給辛如。親愛的，向妳彙報一下，我終於心願達成了！這有感情和沒感情辦起事來的感覺就是不一樣啊，和陳海洋最近幾年總是覺得疼得不行，他也喊累。和老驢真是美好，雖然就那麼一會兒。辛如語氣激動地說，親愛的，恭喜妳，恭喜妳！

梁紫月被辛如的激動感動了，她哽咽著說，謝謝妳辛如，這世界上恐怕就只有妳會對我這樣說。辛如，妳說別人會怎麼看我呢？不是矯情啊，我真是覺得這事和道德沒有關係，和他老婆和陳海洋都沒有關係，它僅僅是我少女時代就開始的一場愛情。

辛如恢復了以往語調的慢悠和淡漠說，我除了為妳激動一下，還能幹啥？好好愛妳的愛情吧，十九年了，妳能一直讓它活著，真是不簡單。

其實也沒啥，梁紫月回看著自己的內心，她明白任何一場沒有正式開始的愛情都只是顆種子，一個縫隙就能存身。十九年，並不太久。難以保存的是發了芽有了根莖的愛情，它有了生長的欲求，有了經受霜風雪雨的命運。她說，辛如啊，我現在才知道有愛的性對女人來說意味著什麼，它就是銀針，扎在妳的神經上，灸療妳對這個世界的失望。

週一上午，梁紫月站在辦公室的窗子前看著來來往往的車輛和行人，對桌出差了，她不用再遮掩自己。一輛試圖在路邊一個狹小的空隙裡停泊的黑色轎車，轟響著，前前後後，左左右右地努力著，被它堵住的車鳴著喇叭，沒有人出來幫它也沒有人出來指責它。人們只用喇叭說話。有耐不住的就試圖在它前蹭的時候從後面竄過去，過不去就斜著身子停下了。兩三個努力的就把黑色轎車周邊的地盤擠滿了，本就不寬敞的馬路頓時成了毫無秩序的停車場。從樓上遙看，堵車的街道像棵長瘋了的灌木，枝枝杈杈，糾結不清。黑色轎車乾脆斜在馬路上熄了火，一副無賴無奈的模樣。梁紫月把頭扭向牆上的鐘錶，她不想知道樓下的結果，她往下看僅僅是打發時間的一個辦法。她要把牛扶手術的時間耗掉。她原本是想親手把他送進手術室或親手接他出來的。但她知道老驢這一進一出都會讓她失態。她雖然渴望著用失態來向他表述愛，但她知道自己沒有失態的資格。還有，就是她不想認識老驢的老婆。她怕認識她之後，她的愛就成為了最令人不齒的欺友。她只得假裝很忙。

第三天傍晚，老驢主動來短信要她抽空到病房一趟。梁紫月推開病房的門，看見老驢的病床靠窗的一側坐了個四十來歲的女人，五官的形狀很一般，但有一種氣定神閒的優雅。看見來人，女人笑盈盈地站起身說，老驢，來朋友了。老驢扭頭見是紫月也不做介紹就半閉了眼朝她喊，我疼，妳過來給我揉揉。梁紫月愣了一下，臉騰地就熱了，正尷尬著不知如何掩藏自己的紅臉時，女人溫溫的聲音進了耳朵——是小梁吧？給妳添麻煩啦，快坐，給他揉揉吧，哎呦，俺可是受了苦了，見誰朝誰撒嬌，逮誰讓誰給他揉。梁紫月坐到床邊的椅子上，看看對面的女人，拉過老驢的手，在他的虎口處揉著，說，這幾天忙死了，到分院搞材料呢，今天中午剛回來，我給徐寧打過兩個電話知道你手術很順利，術後也不錯。想到女人說他——見誰朝誰撒嬌逮誰讓誰給揉，知道他那都是為了此時此刻的鋪墊，心頭一熱，中指就在老驢的掌心裡撓了撓。老驢的手動了動，她低頭看，見那手並沒有逃走的意思，幾根老槐樹枝一樣的指頭像漏風撒氣的簡易棚努力遮蓋著她偷偷傳情的指頭。女人說，妳這麼忙還給妳添麻煩呢，老驢這兩天驗血的結果都不好，比正常值高了七八百倍呢，問大夫總說再觀察觀察。紫月的心一哆嗦，停了手說，我看看化驗單。女人從床頭櫃裡拿了化驗單給她。老驢睜開半閉的眼，故作輕鬆地說，沒事，再等等看。梁紫月坐不住了，她拔腿就往大夫辦公室走。女人緊跟出來。徐寧已經下班了，值夜班的大夫說，這種情況妳還是問徐主任吧，他做的手術他清楚，我不好說。一般都是什麼情況會導致轉氨酶這麼高啊？梁紫月追著問。大夫看看她身後的女人說，很多情況，再說情況和情況也不一樣。梁紫月見問不出頭緒來，就急急地給徐寧打電話。徐寧的手機無人接聽。梁紫月對女人說，妳和老驢放心吧，我晚上回家以後再給他打。梁紫月心情鬱悶地和老驢告別。女人跟出來。紫月說，孟老師妳不用送了。她把孟字說得很含糊，她記得曾聽老驢說她姓孟。女人說，沒事，我也出來透口氣。走出病房樓，女人說，就麻煩妳再找找徐主任吧，看能不能儘快給個治療辦法。梁紫月說，放心吧，我明天一大早就來堵他，在他上手術台之前一定找到他，妳回吧。女人並沒有要回的意思，她往紫月身邊走近了一步低聲說，哎，老驢這輩子啊。紫月不想和女人熟絡起來，但從她開始複習愛情以來，老驢兩個字就成了安裝在耳朵裡的磁鐵，吸附著和他相關的字眼。她說，那邊有排椅，過去坐坐吧。兩個人坐下來，肩膀觸到了一塊，梁紫月趕緊側了側身子，女人也側了側身，低了頭，把十根指頭叉在一起揉搓，那細膩白皙的長指頭看上去個個都有了捏碎什麼的決心。紫月警覺地抬高了半邊屁股。女人說，老驢這輩子過得太難了，他的性格脾性妳可能也了解一些，一腦子的理想主義，這年頭哪能是他想的樣子呀，他改變不了環境也不肯改變自己，結果只能是自己和自己較勁。女人說到這裡直直腰嘆了口氣說，長年酗酒，小梁妳不知道當我下班回家看見他手抓著酒瓶子躺在地上的感覺——恨不得扔了他啊……什麼辦法都用了，我甚至把他送到精神病院去給他做心理疏導，他回來還是喝，我真是絕望啊，覺得日子一天也過不下去了，他八十多歲的老母親跪下求我，說離了婚她兒子就徹底廢了。十七八年了，我就這樣一天天地看著他被酒精泡成病秧子，哎，那些崇拜他的人，覺得我是世界上最幸福的女人，可誰能知道我這日子的味道？當一個人把他光輝燦爛的一面朝外，把困苦、掙扎、無助、自虐的一面只朝向妳一個人的時候，唉——

這是老驢嗎？是她從十九歲就認識的老驢嗎？老驢會這樣嗎？她眼前浮現出幾年前在公安局裡看見的老驢，那固執自信的老驢——你要是覺得你那個黨委會的決定不能改變的話咱們就散夥！紫月想安慰女人，又不知道該說什麼，只得拍了下她的手背。女人苦笑一下說，他這種人是活得最苦的，他的朋友都反感我對別人講他這方面的事，可是我覺得人們把他好的一面推崇得越高他困苦掙扎的程度就越大。

女人的話在梁紫月腦子裡轉著圈，她眼裡的老驢和女人嘴裡的老驢交替著在眼前遊蕩。她想起老驢說過的那句話——妳的短信都跟鞭子一樣抽著我，妳說，我怎麼回？她嘆口氣，不知道自己的愛是他在井底時砸下的一塊石頭還是他在漩渦裡的一根稻草。但她知道，他是她的稻草。

十天過去了，居高不下的檢驗值預示著老驢的手術的確存在著問題。老驢兩口子和梁紫月都沒能從徐寧那裡討得正面的解釋。梁紫月不得不在內心裡做了一小番掙扎，最後她決定絕對站在老驢這一邊，她研究了手機的錄音功能，又找新聞處的朋友借了專業的錄音筆，打算在大查房的時候取得證據。因為那時徐寧將不得不在眾人面前對老驢的情況給出解釋。老驢閉眼聽著梁紫月和老婆鼓搗錄音筆，他說，別搞這麼複雜，你們去把徐寧叫來，我和他開門見山地談談。

女人和梁紫月都不同意。因為害怕談崩了會影響到後面的治療。直接談，那怎麼能行?!兩個女人異口同聲。他要還是那句話呢？什麼情況都是有可能發生的。女人說，後悔死我了，第一次我問他的時候，他嘟囔了一句說，可能是因為當時忽略了膽管的情況造成的，後來他就再也不說這句話了。

去叫他吧，他能有今天這樣的成就，我相信他是個爺們兒。老驢說著，拿起枕邊那份亟待批改的樂譜。他住院了，他的研究生只能到病房裡來上課，來交作業。

徐寧走進病房來，梁紫月悄悄地在隔離衣的兜裡捏了下錄音筆的按鈕，迎上去站在徐寧的身邊。兩個女人緊張地看著老驢。老驢把手裡的作業朝徐寧晃了一下，示意他坐下。徐寧搭訕說，帶病工作，老革命的做派。老驢說，學生的作業，改作業呢，我有我的作業要改，你有你的作業要改，改作業，咱們男爺們的本分活。

對對對。徐寧的臉微微一紅，他伸手握住老驢的手搖晃了一下，兩人相視一笑。

徐寧說，不打擾了，你好好休息。老驢說，好。等徐寧走出去，梁紫月拿出錄音筆搖搖說，多好的機會浪費了。女人也埋怨說，害人之心不可有防人之心不可無啊。老驢說，老爺們之間，點到為止就可以了。女人嘟囔說，要是世界上的人都像你想的那樣就好了。老驢笑笑說，有一小部分是就可以了。

第十二天的時候，徐寧下決心修改老驢這份出了差錯的作業。他早就知道這份作業沒做好，但一直下不定決心來面對。他的聲望早已把他抬到了他就是標準就是正確的高度。聲望，是一道高高的堅固的堤壩，一般患者的疑慮爬不上來。一般同行的猜忌爬不上來。一般的，他自己的反省也爬不上來。可是老驢站在了這條堤壩上，他不吵不鬧，只是告訴他修改作業是爺們的本分活。

簫音給梁紫月發來短信，問她能不能見面。梁紫月說，再等幾天，老驢手術失敗了要重新手術。

老驢的第二次手術引流出了幾十毫升液體，裡面夾雜著一些細碎的結石。檢驗結果很快降到了正常值，但鑑於他的特殊情況徐寧又讓他在病房裡觀察了十天。二十多天的時間裡，梁紫月一天兩趟過去看望老驢，從食堂給老驢和女人訂著三餐，忙得她團團轉。

老驢終於出院了，梁紫月遠遠地站著，看著他和女人進了汽車，看著他們進車前一起朝她招手，看著他熟練而快速地倒出車，揮手作別。那手，揮得興高采烈。頓時，梁紫月的心被老驢槐樹枝一樣的手指劃傷了。她想起十九年前那次分別，老驢也是從車裡和她這樣揮手。

手機響了，是陳海洋的短信。

離家兩個月了，這是陳海洋第二次發來短信。第一次是——妳鬧夠了嗎？鬧夠了趕緊回來。梁紫月回信說，離婚是我們唯一的路，別指望我還會回去！陳海洋回了句——別給臉不要臉！氣得梁紫月暴跳如雷——我的臉是你給的嗎？我要靠你給我臉活的話，我早死了！一來一去的短信再次吵翻了老底。陳海洋這次的短信很平和——妳郵箱裡來郵件了，去看看吧。梁紫月冷笑著回信說——還有什麼好說的，說什麼也已經彌補不了我們之間的裂痕，哦，不是裂痕，是溝！

去你媽的溝！別做夢了，我會寫信給妳？陳海洋的冷嘲轉眼就出來了。

你真卑鄙偷看我郵箱！有那精力趕緊把離婚協議簽了！梁紫月的熱諷過去。

誰卑鄙誰知道！誰知道妳郵箱來信的信息怎麼會跑到我手機裡？

梁紫月想起申請郵箱的時候恰逢自己打算換手機就留了陳海洋的號碼。她很少有郵件，偶爾打開一次郵箱，裡面大多是廣告招聘之類的，她一般是不看的，只是打上勾刪除掉。這次因為有了陳海洋的通知，她就急匆匆地回到辦公室打開郵箱。郵件的標題是——簫音的信。梁紫月愧疚地拿起電話，電話沒人接，她又發了短信說，看見郵件了，馬上讀，老驢剛出院，妳會原諒我的對吧？看完信我就去妳那裡，一起吃飯。

紫月：

妳一直在忙，我多次對自己說要等妳忙完了好好和妳說說，可是我太累了，我不想再等了。或許，寫信比當面說更好。紫月，我走了，去找我媽了，妳別慌張也別難過，這封信我會用定時發送給妳，妳讀到它的時候，我已經到了媽媽那裡了。不用慌著來給我收屍，等妳平靜了再來，像每次見面一樣，好吧？別難過，親愛的，因為這是二十多年來我一直都想做的事情。媽媽剛死那會兒，我嘗試過很多種辦法都沒有成功，他們阻止我，妳知道他們是誰。二十二年來，這個念頭常常出來，是個很甜蜜的念頭呢，因為站在這個念頭另一端的是媽媽！

千萬別報警，也不要聲張，妳如果覺得自己不行就叫上辛如和張燕吧。之所以把這麼困難的事交給妳，一是因為妳是我最好的朋友，更因為我不想讓別人尤其是男人碰我了。我自己會盡可能地把該做的事情做好，儘量不給妳們添太多麻煩，想得不周到的地方就麻煩妳了。

寫字台的抽屜裡有我手寫的信和銀行卡以及房子和車的手續，妳幫我處理掉，錢按照信裡的地址寄出去。我爸，他並沒有死，那個女人是他公司的總經理，他倆合夥貪汙被判了刑，那女人當年出事的時候就自殺了，他今年冬天就能出獄了。還有一個人需要妳幫我對付一下，那女人的兒子，我沒有親緣關係的弟弟。他比我小三歲。是我的第一個男人。那時，我十六，他十三。我要報復那個女人！我要把她引以為傲的東西打碎。我勾引那個男孩，把他從一個乖乖學習的優等生拽進「愛的海洋裡」廢掉他。後來，他們送走了他。按理說，一切早都結束了，沒想到，二十年後他又出現了。他竟然在加拿大一個華人聯誼會上碰見了樂燦——戲劇系老是戴著帽子的那個。他上個月寄來的東西讓我非常吃驚——他二十年的日記。他說他一直愛著我。他沒有結婚甚至沒有再戀愛，是因為他相信今生能夠等到我。紫月，我這樣的人擁有這樣的愛，大概是上天搞得最大的笑話了。他知道我還是一個人就來北京了，妳把他打發回去，說我謝謝他。他的聯繫方式我留在信上了。他的那些日記就和我一起燒了吧，不要還給他了，他應該有真正的感情和生活。其他的人，都不用理，那些人或許會找我，找不到也就忘了。有一個人或許會找妳詢問我，妳院長，妳就告訴他我出意外死了。我不知道我不在了，他還會不會照顧妳，所以說，妳以後的為人處事和工作都要努力些，不要得罪妳周圍的人。其他的東西，有妳喜歡的就留下，不喜歡的就找個收破爛的處理掉。門鎖我昨天換過了，鑰匙放在腳墊底下。親愛的，我在家裡。親愛的，一定不要和任何人解釋我的生活我的死，也不要為我怨恨別人，一切都是我的命，都是我自己的選擇。我很累了，和一個念頭抗爭二十多年，太累了。上個禮拜，我發

兩天前的日期。

是站在冬天的大雨裡嗎？怎麼會這麼冷呢？怎麼會渾身濕透呢？怎麼抖個不停呢？怎麼會做噩夢呢？怎麼會夢見簫音寫遺書來呢？頭怎麼又暈又疼呢？梁紫月抱緊胳膊，瑟縮在椅子裡。對桌走進辦公室來，盯著梁紫月問，妳怎麼了？

我怎麼了？梁紫月呆呆地看著他。

妳滿頭大汗，頭髮都濕了，妳還發抖呢，我給急救中心打電話吧？對桌抓起了電話。

不！梁紫月尖聲叫起來。對桌一愣，放了電話試探著問，給妳愛人打？

不用，我沒事，我，我就是痛經，過一陣就好了，我，我不是每個月都要請兩天假嗎，都是為這事。梁紫月嘟嘟囔囔地解釋著。

這事呀，我老婆沒生孩子之前也這樣，生了孩子就好了，那妳趕緊回家吧，上上熱敷，喝杯紅糖水，再不行就吃點止痛藥。對桌很內行地說著，伸手過來攙她。紫月擺擺手說，沒事，我自己能行。她還懷疑自己在夢裡，她把簫音的信拉回開頭說，疼得我眼都花了，妳幫我看看這信是簫音寫的吧？對桌看了看說，你那個美女同學啊，沒錯，題目就是簫音的信，我給你唸唸吧——紫月，妳一直在忙……

不用了，謝謝，我明天再看。梁紫月匆匆關了郵箱。

那好，我給妳請假去。對桌說著出了辦公室。

梁紫月擦擦臉，打開郵箱，再看，那封信依舊在。不是幻覺。不是夢。梁紫月抖著手指給簫音打電話，一遍又一遍。簫音妳他媽的敢搞真的嚇唬我!!簫音，妳怎麼能這樣嚇唬我!!梁紫月哭起來。她把電話打給辛如。

辛如，辛如，啊啊嗚嗚，簫音可能自殺了，怎麼辦呀？

什麼？誰自殺？張燕嗎？

簫音，簫音！

開什麼玩笑？這世界上誰死也輪不到簫音死啊？妳別嚇唬我，說清楚了。

我收到簫音的郵件，說她要死了，要咱們去給她收屍，辛如這不會是真的吧？

不是真的！這肯定是哪個追不到她的男人，不，不，應該是哪個男人的老婆陷害她的，妳別急，給簫音打電話。

電話沒人接呀。

現在去她家看看吧，她信裡說她在家。梁紫月把關了的郵箱再次打開，確認一下。

辛如說，咱們去簫音家集合，妳給張燕打電話，我給老宋說一聲。

別別，簫音說就讓咱們三個去，她不想讓男人參與。

妳別管了，我還是叫上個男人吧，萬一是誰設了圈套蹲在簫音家裡等咱進套呢？

妳是說簫音遭陷害了？

你他媽的怎麼這麼弱智呢？趕緊去簫音家，記住不管是誰先到了都在門口等著啊。

辛如掛了電話，梁紫月趕緊打給張燕。張燕，現在馬上去簫音家，我們在她家門口集合。

我忙著呢，啥事呀？張燕急咧咧地說。

你他媽的就是忙死也要馬上去簫音家。梁紫月扔了電話就往外走。臉色蒼白，汗還在大顆地流，在走廊上碰見了院長。院長被四五個人簇擁著，矮胖的身體在隔離衣裡汗津津地扭動著。梁紫月禁不住仔細看他，發現他的臉上有很多油汪汪的麻坑。幾個人一起看了看梁紫月。梁紫月聽見一個人替她解釋——小梁身體不舒服。沒有人接話，他們就和梁紫月錯過身了。梁紫月想起自己的調動，輕而易舉就辦成的調動。她回頭看著院長的背影，突然明白了輕而易舉之下簫音的付出！她失態地哭起來——對不起，簫音，對不起，妳為什麼不早告訴我，我不允許妳為我這樣做，我怎麼承受得起妳為我做這樣的付出啊？妳讓我怎麼承受得起啊?!

梁紫月第一個到了簫音的門口，她掀開腳墊看見了鑰匙，腿一軟就坐在了地上。她知道有了這鑰匙，那信就是真的了。她坐在那裡想到門裡的簫音早已離開了她，她在這個城市唯一的娘家人已經遠遠地去了，再也沒有人揮舞著拳頭為她擺不平了，想到簫音竟然是用她美麗的身體為她打造了來京的通行證，梁紫月恨不得撞死在簫音的門上。

辛如和張燕一起出現了，後面跟著一個高高大大的男人。辛如指指男人說，老宋的表弟李濤，公安。梁紫月把手裡的鑰匙朝辛如遞過去。公安李濤搶先抓過鑰匙，示意她們後退，辛如和張燕把梁紫月拽起來。李濤敲敲門，見沒有動靜，遂小心翼翼地用鑰匙把門鎖扭開。梁紫月喊著簫音往裡衝，被李濤用胳膊擋住。房間裡整潔乾淨，香氣撲鼻。幾個人挨個房間看了看都沒有任何異常。張燕先開口了——咱們幾個就簫音懂得享受生活，聞聞這香水的味道，真他媽好聞，簫音妳趕緊出來，別嚇唬我們啊！

李濤擺擺手，示意大家安靜，他略一沉思，大步向衛生間走去，三個人趕緊跟上。他慢慢地轉動衛生間的門把手，然後猛地把門推開。

沒有陷阱。簫音側身蜷縮在浴缸天藍色的睡袋裡，四周是豔麗的紅。衛生間的空調開得很大，吹出的冷氣像初冬的風。

割腕。李濤說，沒有任何搏鬥的痕跡，應該是自殺。

妳們都出去吧，不能破壞現場，都到客廳裡坐著吧。李濤說著扭身來趕她們，梁紫月從相反的方向竄過去，抓住簫音的手——簫音，對不起，還是把男人給放進來了，對不起，親愛的，妳找到媽媽了嗎？紫月的話一下觸開了三個女人的情感開關，她們抱頭哭作一團。

埋葬了簫音，梁紫月背著簫音留給她的任務和辛如張燕一起往回走。三個人默默地走。張燕突然站住說，我不行了，我要打車走了，我他媽的有了幻覺，總覺得簫音在這裡，就在這裡！張燕指指跟前，轉身擦著眼淚開始搖手叫出租。

張燕坐進出租車哭著喊——妳們誰他媽的也別和我聯繫，等我忘了簫音的時候我就去找妳倆。

梁紫月哀求她——張燕，聽簫音的話，妳退出來好嗎？這世界上不可能就一棵歪脖樹吧？我們已經沒有簫音了！張燕捂著臉哭起來，出租車司機莫名其妙地看看梁紫月，把車開走了。

辛如說，紫月妳到我那裡住幾天吧，我不放心妳，妳也陪陪我，我覺得簫音好像在告訴我人應該怎麼解脫。紫月抓住她哭，你他媽的要是敢胡思亂想妳就不是人！

辛如說，我沒事，我就是說說罷了，乾脆利索的死是需要勇氣的。

別再說了。梁紫月哀求著抱住辛如。一輛出租車停下來，兩個人擦乾眼淚坐進去。梁紫月突然強烈地想念起老驢來，她想看著他，想抱著他，想在他胸前痛痛快快地哭一場。她知道有他的擁抱她心裡的疼痛、恐慌和孤獨都會平息下來。她拿出手機給老驢發短信——親愛的，我們見個面好嗎？我非常想你。

自己摸！老驢的短信很快回來了。

自己摸！梁紫月默念了三遍，才明白了老驢的意思。她全身的血都凝滯不動了——這就是她念念不忘的愛情嗎？這就是複習的結果嗎？梁紫月一下倒在辛如的身上，嚎啕大哭。辛如也跟著哭起來。司機回頭問，沒事吧？辛如哽咽著說，沒事，我們的好朋友去世了，心裡難受。

下了車，梁紫月乾嘔起來。辛如家的保姆跑過來攙扶她。紫月倒在沙發上，辛如說，空著肚子坐車就容易暈車。說著就吩咐保姆準備飯菜。不一會兒，保姆喊她倆吃飯，梁紫月剛吃兩口，噁心又翻了上來，趕緊往衛生間跑。辛如端了溫水跟進來說，妳不會是懷孕了吧？

懷他媽誰的孕去？梁紫月乾嘔著說。

老驢的啊。

梁紫月眼裡的琥珀小燈泡一下亮起來，她想想說，好像是有段時間沒來了。辛如熱情地說，我開車帶妳到附近的醫院查查去。

結果和辛如猜測的一樣。梁紫月懷孕了！

梁紫月陰霾了好久的心嗞嗞地長出了翅膀，在胸膛裡撲撲騰騰。出租車上的那個短信在她心裡割下的傷口頓時停止了疼痛。一個聲音在快樂地呼喊——我有孩子了！我有孩子了！一個我愛了十九年的結晶，一個誰也搶不走的親人！

妳看，小胳膊小腿都能看出來了。大夫對辛如說。

什麼？梁紫月心裡一驚，憑著她在醫院十年獲得的知識，她愛的結晶頂多就是個被咬了一小口的蘋果形狀的囊泡，在看似殘缺的地方有心管在搏動而已。她問，大夫，有多少天了？

大夫說，從發育情況來看，應該有九十天左右了吧。

梁紫月的眼淚竄了出來。

出了B超室，梁紫月就往婦產科跑。辛如跟在她身後喊——慢點，看把妳高興的，慢著點！梁紫月跑回婦產科對大夫喊——大夫，快給我流了他。

梁紫月妳瘋了！好不容易才懷上了妳又要流了他！辛如把梁紫月扯到走廊上，使勁按著她坐到天藍色的椅子上。

辛如，他是陳海洋的！妳知道，是陳海洋的！我非流掉他不可！

陳海洋的不更好嗎！孩子來的名正言順不好嗎？妳瘋了嗎？

辛如，我告訴過妳陳海洋強姦了我啊，這就是我被強姦的結果，妳說我能留著他嗎？我留著他，我這輩子還能忘掉這個事嗎？我留著他，等他生下來長大了，我怎麼和他解釋他的來源他的身分？妳難道要我告訴他——他是一場強姦的結果嗎？

不管是什麼來源我都不允許妳流了他，紫月妳想想啊，妳都已經小四十了，妳以後還有沒有懷孕的機會都難說了，妳難道甘心一輩子不做母親嗎？辛如壓低嗓子嚴肅地說，強姦的結果又咋著？能寫在臉上嗎？妳不說誰能知道？再說了，有誰能保證自己就是他爹娘純真愛情的結晶？妳是嗎？我是嗎？妳爹妳娘是嗎？妳爺爺妳奶奶是嗎？秦始皇是嗎？秦始皇他爹他娘是嗎？大家都跟妳這麼較真，世界上的人不得死一大半嗎？妳管那麼多幹嘛？孩子是妳的，在妳肚子裡生在妳肚子裡長，出來叫妳娘這還不夠嗎？妳要是不願意要，妳生下來給我，我不嫌！

梁紫月捂住臉抽噎起來，辛如，妳說我這是什麼命啊？辛辛苦苦地準備了七八年他不來，下決心要和陳海洋離婚了他反倒來了，妳說怎麼辦？

不著急，咱們回家好好想想，等妳徹底想清楚了再做打算好嗎？辛如拉著梁紫月走出醫院來。到了辛如家門口，一輛嶄新的沃爾沃轎車停在那裡，辛如瞅瞅說，這車好，據說是全世界保險係數最大的車呢。

客廳裡，陳海洋滿臉熱情地朝她倆笑著迎過來，並做出要攙扶梁紫月的姿勢。紫月躲開他的手。他尷尬地笑笑對辛如說，謝謝妳，大夫說孩子發育好嗎？

挺好的，都能看出胳膊腿來了。

好好好。陳海洋晃晃手裡的車鑰匙朝紫月說，別坐了，回家吧，我已經給妳單位打電話請過假了，前幾個不成，這個說什麼也要全力以赴地保住。

門口車是你的嗎？辛如問，看來發了呀？車不錯麼。

剛買的，藝術區一直經營不好，上個月我決心把它改成藝術享受試驗田，立馬就火了起來。

藝術享受試驗田？梁紫月嗤之以鼻。她知道他不超過三個月就會怒火中燒地關掉它。

陳海洋朝門口擺下頭說，走，老婆，回家去，看看咱們的藝術享受試驗田，我這次的路子算是摸到了人民群眾的鼻子尖上，我把雕塑繪畫和行為藝術同桑拿結合起來，火得天天排隊。

媚俗！頂多就是些附庸風雅拿人民血汗錢消費的鼻子尖罷了，你要是把裡面再安排上野雞，去的人還更多呢。

梁紫月妳他媽的嘴就不能說點好聽的？妳就看不得我有點好是吧？陳海洋的眼瞪了起來。

辛如戳戳梁紫月，喝斥陳海洋說，你知道紫月懷了孩子還惹她？照你們這樣吵下去，孩子一出來就會罵娘。

一句話把陳海洋和梁紫月逗笑了。辛如往外推推紫月說，趕緊回家吧，好好養身子，等寶寶生了，我可是要當乾媽的。紫月知道是辛如把陳海洋叫來的，只能先回家再做打算。

陳海洋開車走到超市門口說，想吃點啥，咱買去。梁紫月說，逛逛再說吧。

好不容易看見了一個車位，梁紫月伸手指著說，左邊，左邊，有車位。陳海洋順著梁紫月的手指頭看看，往右邊開去。轉了一圈也沒找到車位。梁紫月說，剛才有一個你為啥不停呀？轉來轉去耽誤時間。

陳海洋說，妳沒看見那兒一邊是吉利一邊是夏利嗎？我怎麼也得找個寶馬奔馳的挨著吧？不就是臨時停個車嗎，又不是讓你去談戀愛，還挑挑揀揀的，有病！

妳才有病呢，這是種快樂，妳懂個屁！陳海洋說著加大油門，尋找下一個超市下一個能使他得到快樂的停車位。

我不懂屁！就你他媽的懂！梁紫月喊起來，陳海洋不屑於接茬，他打開音響的按鈕，隨著裡面的節奏扭動著身子說，看這音響的效果，真他媽的牛逼！

梁紫月把膝蓋上的包拿到小腹上，她捂著簫音的囑託和自己的肚子，問著裡面的小生命——你會是什麼樣子？我該拿你怎麼辦？她想起了陳海洋十幾年前的組畫〈子宮〉。三團似屋非屋的紅色迷霧裡，展示著似人非人的困苦、掙扎、欲望和渴望。想起自己當年看畫的感覺。想著想著，那感覺就真真切切地出來了。絞痛。似有尖利的手指在撕在扯在扭在拽……

拐彎，拐彎，去醫院！

陳海洋警覺地問，去醫院幹啥？

看病！梁紫月尖利地叫起來……

上午十點醒來，洗刷後仰躺在沙發上抽支菸醒醒神，然後找點東西勉強填一下肚子挨到下午一點出門去單位旁邊的小飯店裡吃飯。選擇到單位旁邊飯店的原因有兩個，一是我從離婚後幾乎所有的午餐都是在那裡吃的，已經習慣了。二是可以順便到辦公室看看有沒有我的信件，有沒有需要處理的事情需要參加的會議。這樣在我生活裡不得不進行的兩個事情就都得到了解決。其實，在所有認識我的人眼裡，我的生活裡最亟待解決的事情是我的性。領導、同事和朋友都不止一次地和我繞著彎子促膝談過，他們非常熱情地把離異和喪偶的女人領到我跟前。當然這都是前幾年的事情了。最近這幾年，尤其是我搬離了單位宿舍獨自住到別處後這種事情幾乎沒有了。沒有的原因大致也有兩個。一部分人認為我那方面經過十年的壓抑已經廢了，甚或變態了，他們沒有必要再貢獻愛心了。另一部分人認為我是故意處於單身狀態，藉此不受法律約束地玩弄女性。沒有人相信我只是在等待愛情。我的一個作家朋友前年春天曾用他濃重的川音反問我，這個年齡的愛情能算個啥玩意兒啊？我思考之後說，應該是個能經得住考驗的東西。他哈哈笑著說，這年頭有經得起考驗的東西嗎？你好好考驗，我等著瞧呢。他說這話的時候，我還真動了考驗女人的念頭，當時有三個說喜歡我的女人。這次談話後不久，因為我在一次研討會上對他的作品說了些批評的話，他和我二十年的友誼中斷了，他把自己變成了我隱私趣聞的洩洪閘。傳說得最精彩的是我剛離婚的時候，他請我桑拿的故事。故事說我從女人的身上離開後急匆匆找到他，哭喪著臉說，真不合算，被人揩油了，還要花錢。他問我，用套了嗎？我說用了。他說，把套帶回去不就合算了麼。給我傳這些話的人在電話裡笑得差點憋死了，配合著讓人快樂致死的笑聲的是啪啪的動靜，一種用力拍大腿或肚皮的聲音。我渾身發抖地拿著話筒，努力和他一起笑，妄想著把它笑成別人的笑話。

兒子高考的那天，我曾打開檯曆，試圖在上面寫上點什麼。想想作秀的痕跡太明顯，就放棄了。我沒有記日記的習慣。我認為日記是個很曖昧的詞，如果說是記給自己看的，那根本就不用記，記給別人看吧，就難免有做作的嫌疑。兒子原定來我這裡的那天，我也差點在檯曆上寫下點什麼，那天，我心情很激動，那應該是種叫激動的情緒，坐臥不寧，書看不進去電視也看不進去，午飯也沒敢出去吃，一直守著電話，把家裡的地擦了好幾遍。不出去吃飯，倒不會餓著，冰箱裡吃的東西滿得關不緊門。兒子，沒來。一直到冰箱空了也沒來。打電話去問，他母親說他和同學旅遊去了。我翻開檯曆，把那頁的折角撫開。他母親說，我保證他一回來就讓他過去，但我有一個要求，請你把家裡不該讓孩子看見的東西收拾起來，兒子正處在青春期，不能有任何不良的誘導和刺激。突然間，我眼裡有了淚，我覺得很委屈。我知道她一直在捕捉我和女人的風影。片刻後，我輕輕地把話筒放下了，什麼也沒說。沒必要說，對吧？那早已不是個你可以辯白可以訴說的人了。

兒子在一個檯曆沒有折角的日子來了。很高大，比我高出一個頭。帶了個很大的行李箱。裡面除了筆記本電腦就是他的衣服。從短袖到秋裝各有好幾套。我兒子嘟囔著，非要帶這麼多，好像要住一輩子似的。我聽了心裡一熱，趕緊去給他母親回了個電話，離婚後第一次對她說了聲謝謝。我原來跟兒子特別親，因為從他兩歲開始到八歲被他母親接走的六年裡，我倆可謂相依為命。我原以為父子間的感情是任何東西都改變不了的。接下來，我就發現錯了。我已是兒子的陌生人。兒子在機場見了我連激動的情緒也沒有。我孤獨地激動著，心酸著。我緊緊抱住他，他推推我，沒推開。從機場回到家，他主動說的第一句話是——能上網嗎？我趕緊把網線插到他的手提電腦上。他坐到我的書桌前，姿勢很像我。我坐在能看見他的客廳沙發上看他的背影。三天，他不肯挪窩。我撿起荒廢了十年的廚藝做記憶裡他愛吃的菜，端到他面前。

愛吃嗎？爸爸記得你小時候最愛吃了。

我喜歡披薩。他手指敲擊著鍵盤說。

第四天的傍晚，下雨了。雨不是很急，雨點卻很大，嗒嗒地響。我兒子對著窗子看了一會兒說，我想出去走走。我趕緊附和說，好，散散步好。我拿起雨傘。我兒子皺眉看著雨傘說，打傘，那就不如晴天的時候去走了。我趕緊放下傘說，還和小時候一樣啊，一下雨就……我話還沒說一半他就拉開門走了出去。我緊跟出來。我知道兒子不喜歡我總是小時候小時候地說話。可是不說小時候又該說啥呢？

我和兒子默默地並肩走在雨裡。順著小區的道路左拐右轉地走。我用眼角看著雨點先是把兒子的頭髮敲打得一跳一顫的，不一會兒，頭髮濕透了，貼在頭皮上，像個油黑的頭盔，大大的雨點在上面彈跳起來，四散開去。像他小的時候撩撥起的水珠。小時候，帶他去游泳，他喜歡在水裡鬧，帶領一群孩子把水攪和得跟下雨一樣，水珠起起落落，惹大人白眼。

小的時候，兒子你小的時候啊……我在心裡說著，眼淚突然就冒了出來。意識到雨能混淆淚水，我任憑眼淚流淌下來。

很浪漫，對吧？兒子做了個擴胸的姿勢，他的胸大肌和小豆粒一樣的乳頭清晰可見。

我點點頭，用手掌摸摸臉上的水，試圖做出遐意的表情來，心裡惦記著是否可以順著浪漫這個話題往下聊聊。不爭氣的一股癢癢卻在我的鼻孔眼裡鼓搗出噴嚏來，很不雅的一大串。兒子有些不悅地說，回去啦。我說，沒事的，再走走吧，其實我也很喜歡在雨中散步，只是我這年齡再獨自一人在雨裡走的話，怕讓人家誤會。兒子不再搭理我，扭轉身在我前面走起來，腳步比來的時候明顯地快了，胳膊一甩一甩的，還是八歲時的架勢，肩胛骨在T恤底下如同兩把船槳滑動著。我享受地盯著被十年的分離放大了近一倍的兒子——臭小子，再長也沒脫了小時候的影子。

兒子突然站住回頭看看我又蹲下身。我緊跑兩步趕過去。低矮的冬青叢裡一隻受傷的白貓趴伏著。左側眉骨上面一條兩三釐米的口子在流血。雨水把貓的毛髮濕透了，使得那貓看起來就如同一個髒了的肥肉碴子。醜陋得很。一看就知道是令人討厭的流浪貓。

咱們把牠帶回去吧，牠受傷了。兒子徵求我的意見。是流浪貓，要是……我打算把關於狂犬病的知識說出來。

爸，牠都傷成這樣啦！

好好好，好好好，帶回去，帶回去。相隔十年的一聲爸，讓我語無倫次。我把兒子推到一邊，抱起那團攜帶著狂犬病毒的肥肉。牠睜開眼，看了我一眼，血往牠的眼裡流，牠眨眨眼又閉上了，很虛弱地喵了一聲。看來不會傷人，我說。兒子說，鑰匙。我給了他鑰匙，他說，我先開門去，牠血流得這麼厲害，千萬別失血性休克了。還懂得不少呢。我笑起來，笑兒子說得一本正經過分專業的用語。兒子用鼻子哼哼兩下，說，你忘了我媽是醫學博士。

回到家，醫學博士的兒子把白貓放到我的書桌上，在我的小藥箱裡用很內行的眼神挑揀出兩樣能用的藥，眼藥水和跌打損傷噴霧劑。他用棉籤蘸著眼藥水清洗貓的傷口，然後用手遮著貓的眼睛，用理髮師噴啫喱水的姿勢往上面噴治療跌打損傷的氣霧。他饒有趣味地當著貓的大夫。我在邊上盯著貓的爪子，時刻準備制止牠對兒子的進攻。

看我像不像個大夫？兒子說著，試圖把創可貼貼到貓的傷口上。

像，很像。我趕緊接話。

我很佩服我媽媽，她很了不起，帶著我硬是攻下了博士學位，我小時候最願意跟她上夜班，看她給人包紮傷口，嚓嚓幾下就弄好了。兒子抬眼看我，我從他的眼神裡感覺到十年把我在他心目中的形象縮小了，如同我的身高在他海拔一百八十釐米的眼球上。我想告訴他，爸在去年已經晉升為副教授了。想到一個媳婦熬成婆式得來的副教授在醫學博士的嘴裡肯定是令人不齒的，我把到嘴的話壓住，在心裡反駁兒子——你媽的博士學位不是她帶著你攻下來的，她的碩士和博士學位都是我帶著你的時候攻下來的，她一走就是六年。

那就好好向媽媽學習。我把目光從兒子的臉上移開，心裡面五味雜陳。我知道她阻隔我和兒子接觸是想獨霸孩子的愛。我原以為憑藉我和兒子六年的相依為命做底子，她是行不通的。我的研究生說得對，我這種處處不設防的人必定會處處受傷。

創可貼無法黏到濕漉漉的貓臉上，兒子拿了剪刀試圖修剪貓額頭上的毛。想想說，會很難看的對吧？又問我有沒有吹風機。吹風機是女人的用品，我早遵照他母親的命令藏了起來。想到如果讓兒子從貓大夫的角色裡出來，好不容易出現的交流就會中斷，我到臥室的櫥子裡把吹風機拿了出來。吹風機是鮮豔的玫瑰紅色，兒子拿在手裡看了看，從出風口上扯下一根長髮扔到地上，他變成了貓的理髮師，細心地吹著貓的毛髮，用手指逆向攏起貓的背毛，晃動著玫瑰紅的吹風機。白貓不知道是因為真的失血性昏迷了還是在享受人對牠的呵護，很乖順地任憑他擺布著。白貓的身體逐漸擴大著，直至最後看起來像頭小北極熊。兒子如願把創可貼掛在了貓的眉骨上方。我討好地拿了沙發墊子放到客廳的地板上說，讓牠睡吧，不要緊的，貓有九命，睡一覺牠肯定能好。

貓在我的座墊上仰躺著睡著了，那樣子非常像嬰兒。我一下子想起兒子不滿一歲的時候，那時候他胖得和白貓差不多，睡覺的時候把兩隻小胖手攥得緊緊的放在耳朵邊上。那時，他的母親還很愛我，甚至有點崇拜我，每當我痴痴地看兒子睡覺的時候，她還會湊過來親親我，對她和兒子給我造成的辛苦做一下慰勞。兒子早又進入了他的網絡，用非常像我的背影對著熱切期待著和他聊天的父親。我走過去收攏吹風機，撿起地上的那根長髮。我沒有把它立即扔到垃圾桶裡，而是在手指間纏繞了一下，我希望我的兒子能夠再次注意到它，和我談談它。哪怕它可能會進一步消滅我在他心裡低矮的形象。兒子的眼睛是我的翻版，小眼睛，單眼皮。他竟然瞇眼盯著電腦屏幕，做出專注的樣子。這一刻，我恨不得時光倒流回十年前，讓我能夠重新選擇他站上學術之巔的母親那在峰頂下視的眼神，那時常提醒你和她是有差距的、她完全有權力指揮你的鼻息。選擇和我的兒子在一起，和他一起成長。我提著那個小巧的玫瑰紅吹風機，捏著那根長髮默默地退出來。

我回到臥室揉捏著那根頭髮給它的主人A打了個電話。我說，我兒子來了。A說是嗎？我說，我和兒子撿了一隻受傷的貓，貓被雨淋得跟落湯雞似的，我兒子用吹風機給牠吹乾了。A說，哦，是嗎？

吹風機上面有一根妳的頭髮。我的語調很緩慢，我想讓女人聽出點什麼來，想讓女人說點什麼塞進空落落的心裡。

哦，是嗎？真對不起，我以後一定注意，我知道你愛乾淨。

等兒子走了，我再聯繫妳。我失望地掛斷電話，把頭髮放進垃圾桶。

我前面說過我曾有三個說喜歡我的女人，和那個作家朋友聊天的時候曾動了要考驗她們的念頭。後來，我真的考驗了她們一把。我原來根據我對她們喜歡的程度將她們依次定為ABC，現在的A其實是原來的C。考驗她們的方法很簡單，我的頸椎病犯了，我只能趴在床頭上，頭稍稍改變一下姿勢就會天旋地轉，手腳發麻。我給醫學博士打電話說，我頸椎病犯了，起不了床。醫學博士說，是嗎？到醫院看看吧。我渴望著她能讓兒子給我來個電話。我趴在床上，頭耷拉著看著地上的座機，等待著。三天，一個電話也沒有。我突然對沒人在意自己的狀態感到難以忍受。我給ABC打電話，告訴她們我病了，在床上不能動。那樣的心境下，我不怕她們都來，不怕她們知道了彼此的存在，全都離開我或合夥撕碎我。我熱切地盼望著她們都來。只有我最不喜歡的C來了。從此我在心裡把她改定為A。把BC刪除了。

以後我會不會有BCDE？我不知道。或許她們出現了，就會有吧。其實不止我一個人這樣對待感情，很多人的愛情都像選擇題，有時覺得哪個都像，仔細推敲又覺得哪一個也不像。其實對A，我內心裡一直有點愧疚，我知道自己不喜歡她，只是把她當作了人情冷暖裡的一根稻草而已。但，一棵稻草的溫暖也比沒有強吧。

我討厭貓，從小時候就討厭。小的時候，因為知道貓是奸臣的化身，不忠誠，好吃懶做，獻媚取寵。後來，就更討厭了，因為牠像貪圖享受用情不專的女人。但此刻，貓成為我接近兒子的工具。我假裝喜歡牠。雨早已停了，兒子按動鼠標敲擊鍵盤的聲音格外響亮。我側耳聽著，希望能聽到兒子翻動檯曆的聲音，雖然那上面沒有記錄什麼，雖然我曾經折起的角已撫開，但折痕在，我多麼希望我的兒子在用沉默填塞父子間隔閡的時刻能夠搖身變成福爾摩斯。

沒有紙張的聲響。

怕半夜白貓醒來亂拉亂尿，我強打精神裝著看書。兒子熬我不過，關電腦睡了。凌晨兩點半的時候，白貓醒了過來，抖了抖毛髮，朝著我喵了一聲，我正琢磨著怎麼控制牠的時候，牠走到了房門前停住並回過頭朝我又喵一聲。我把房門打開，牠慢步走了出去。

上午，兒子醒來知道我半夜把白貓放走了，瞪著眼質問我，你怎麼能這樣？牠還病著呢。我用盡心機找出一句話說，我覺得所有的愛和友誼都應該建立在相互尊重的基礎上，相互尊重的基礎就是不把自己的意志強加給別人，不能總想著去控制對方。對貓也是一樣，牠想離開就應該讓牠離開。兒子眨了兩下眼皮又坐到電腦前。我建議說，去買貓糧吧，或許還能見到牠，帶牠回來做客，不能不給客人準備吃的，對吧？兒子很爽快地站了起來。

有了貓糧，兒子又有了散步的動力。我和他在小區裡轉悠著，藉著昏暗的路燈我們在樹叢、荒草堆、垃圾桶、汽車底下，尋找著。找了一圈，發現牠仍蜷縮在昨天發現牠的地方打著盹。額頭上的創可貼已經沒有了，傷口上是泥土和血混成的厚痂。聽見動靜，牠一下睜圓了眼，看見我們，眼睛瞇了兩下，喵了一聲。牠認識我們了。兒子語調裡有毫不掩飾的快樂。我晃晃手裡的塑料袋子說，咪咪，跟我們回家了。白貓從冬青叢裡鑽出來跟在我後面走。

爸！牠能聽懂你的話呢！我兒子八歲前的語調像強電流擊中我。我的腳步不由得停頓了一下。我不敢回頭看他，生怕一眼又把他看回了十八歲。我的兒子在我腳步短暫的停頓裡一步跨過了十年，甩動著長長的胳膊表情冷漠地越過我，給白貓當嚮導。

我在兒子的注目下，很慷慨地拿了兩個飯碗給貓當餐具。兒子把貓糧倒在碗裡，又用另一個碗盛了半碗水，他對貓柔聲說，慢慢吃，慢慢吃啊。

不一會兒，貓吃完了飯。兒子把牠又抱到我的書桌上，繼續扮演大夫。我抓著貓的爪子按著貓的背，充當助手。兒子把頭天晚上的程序重複了一遍。

待創可貼再次在白貓的額頭上掛好之後，我把牠抱到門口，但牠並沒有離開的意思，而是抖了抖毛走向地上那個牠昨晚睡過的座墊。牠趴在上面，用漫不經心地眼神瞅著我和兒子。窗外傳來雨的聲音。兒子看著貓說，牠的傷還沒好，不能讓牠到外面淋雨。我說，行，留下牠可以，但不能讓牠在客廳裡，會到處拉尿的。我起身到儲物間找了個紙箱子，把四面的箱板往裡塞住，拿到廁所。兒子很配合地把貓抱過來放進紙箱。兒子剛要轉身，貓已人站起來，兩隻前爪扒著箱沿，一副打算跳出來的樣子。兒子蹲下身，把牠按進去。貓乖順地趴著，待兒子一起身，牠又人站起來。三番五次。兒子煩了，他對貓呵斥，是我讓你留下的，你要給我面子。貓不給他面子，只要他打算轉身離開，牠就打算離開紙箱子。我對兒子說，你別管牠，看牠到底想幹啥。貓從紙箱子裡跳出來，跨過廁所的門走到廚房，站住朝我們喵一聲。我把紙箱子拿到牠跟前，牠跳進去，趴下了。兒子和我目瞪口呆。牠知道廚房和廁所的區別？

我上午醒來的時候，兒子已經坐在書桌前了。我問，貓呢？兒子朝廚房跑去。我跟過去，看廚房被糟蹋成什麼樣子了。兒子拉開磨砂玻璃門，白貓已等在門前，牠坐在那裡，仰望著我們，兩隻前爪耷拉在胸前，一副焦急無奈的模樣。廚房裡乾淨整潔依舊。我有點不敢相信自己的眼睛。貓走到房門口，回過頭對跟蹤牠的我們叫了一聲。我對兒子說，牠想走了。兒子打開房門，白貓躥了出去。我在廁所的下水道口看見了貓屎和尿，第一次，我內心裡對貓有了點喜歡的感覺。這時，電話響了。我兒子的母親不和我說話，只和她的兒子說，回程的機票已經訂好了，一會兒就會送來，下午四點的飛機。兒子哼唱著歌開始收拾行李。我被他的快樂和他母親的無情傷得癱坐在沙發上。三天前，她給我電話說要兒子今天回去，我說不行，再等兩天，兩天後是我的生日，我想讓兒子陪我過個生日。

送兒子去機場，在空曠的候機大廳裡，我再次抱住我的兒子。這次他沒有推我，呆呆的，像根電線杆一樣任憑我抱。我緊緊抱著他。不敢放手。我知道我的兒子早已不屬於我了。屬於我的可能只有這一抱了。十年，在我和他之間演化成一條難以逾越的溝壑。

明哥，是你嗎？這是你家兒子嗎？長這麼大了！

我抬起頭看見了作家朋友的妻子，張玲。十年前，我和作家朋友聊天的時候，我的兒子大都由她招呼著，我記得那時候的她像個活潑的幼稚園阿姨。我趕緊點頭招呼。她很親切地和兒子敘起舊來。兩個人一問一答地聊著。想到有外人在，能夠將我和兒子的分別約束到正常的程序上來，我對她熱絡起來。兒子要登機了，我和張玲一起朝他揮手，他在安檢口回過頭來看了我一眼，沒等我看清他的眼神就轉回去了。

十年，這孩子和我生分了。我不由地感嘆。

明哥，你和我也生分了，明哥，我和他離了，好幾次想給你打電話說說，又怕打攪你，我知道他這兩年到處說你的壞話，但我知道你不是那樣的人。張玲的眼睛亮得讓人心慌，像夜裡飛奔而來的車燈。我趕緊躲閃，和她道別。她說等等，這是我的電話。我握著她的名片，在心裡說，大半個中國已經知道我是個荒淫而吝嗇的下做男人了，我要是再勾搭上他的前妻那還了得？

沒有了兒子的家有一種從未有過的空，我在這種讓人難以忍受的空裡挨了兩天。兩天後，我五十歲的生日到了。我沒能像以往一樣在上午十點醒來，我一直沒有睡熟，半夢半醒地熬到早上七點就徹底清醒了。我躺在床上，聽著鄰居們上班上學地忙碌著，大人催著孩子，女人叨嘮著男人。

五十知天命。我對自己說。知天命的意思大概就是說能夠看見生命的底了，知道自己走向墳墓的時候是熱熱鬧鬧還是孤苦無依。我一定是孤苦的，像我犯了頸椎病時一樣，動不了，眼瞅著自己衰亡下去。

拿起電話，我想邀請A來一起吃飯。想想即使她來了，心裡面還是一樣的空落，又放下了。我把手機拿在手裡，把座機的每個分機查看了一遍。我期待著兒子的電話。等到晚飯的時候，一個電話都沒有。這個日子，一個我恐慌了大半年也沒能躲過去的日子，一個渴望著和十年裡不一樣的日子還是一樣地來了。一樣地過了。唯一不一樣的是，檯曆的這一頁上折了個角。我翻開檯曆，一頁一頁地翻找這個讓人一眼望穿生命之底的日子。

一串黑字讓我顫抖起來。臭小子，還是有心的。我的眼前一片迷濛。擦乾了，看清了，我對自己笑了。笑自己讀的姿勢，像個剛剛識字的小學生，用手指指著，一個一個地認它們。

我知道你討厭貓，你再裝我也知道，但還是拜託你照顧牠，最起碼也把貓糧給牠吃完。

檯曆上醒目的數字告訴我是兒子走的那天寫下的。我急忙往後翻，後面所有的都是空白了。看看那生分而鄭重的拜託兩字，我闔上檯曆，打算出去看看那隻貓。

喵——我以為聽覺出了問題，仔細聽，又一聲喵。

白貓在門外。進來，進來，咪咪快進來！我的語氣歡快得像迎接一個十年未見的老朋友。我五十歲生日裡唯一的拜訪者。

我把貓糧倒進碗裡，倒得比以往都多。趕緊吃吧。我說著在沙發上坐下來。白貓看看碗，牠回頭朝我喵一聲。吃吧，慢慢吃。我指指碗，把身體往下縮了縮，瞇眼半躺在沙發上，想起兒子從小就喜歡貓，他四歲半的時候就曾抱了一隻貓回家。那時我和他住在一間不足二十平米的筒子樓裡。我要給牠扔了，他把我抓貓脖子的手咬紫了，那天，我狠狠打了他。養他就忙得我焦頭爛額，哪能再養隻貓？

腳背毛絨絨地熱起來，睜眼看見白貓偎在上面，歪頭看我，瞪著灰色的大眼珠子。那神情就像個自以為能幫你的孩子在對你說——不是還有我嗎？我心裡一熱，把牠抱起來放到膝蓋上，拍拍牠說，好了，去吃飯吧。牠喵一聲，再把頭放到自己的前爪上，繼續歪頭看我。我突然覺得，牠在告訴我——我是來看你的，不是來吃東西的。貓在我的膝蓋上待了足足有十分鐘。直到我把牠放到牠的碗前。腦子裡冒出一個記錄白貓來家的念頭，我跑到書桌前快速地翻動檯曆，生怕稍一遲疑，這個念頭就被自己否了。新人民幣一樣的紙張在我急促的翻動中發出似流水又似風吹乾樹葉的聲音。

接下來的一段時間，我大都在下午五六點鐘——我看書累了的時候，出去找牠，每次我只要遠遠地喊一聲——咪咪回家了，牠就會乖順地跟在我身後，到樓道的電子門前坐下看我開門。進入樓道，我倆的位置開始倒過來，牠在前，我在後。等我到家門口，總看見牠人坐著等我，很興奮地朝我喵一聲。進了家，吃完東西，和我嬉鬧一會兒，牠就會到紙箱子裡睡覺（我生日的那天就已經把紙箱子放到客廳和陽台的連接處了），大都是睡到半夜十一二點離開。有時牠也會睡到第二天早晨，但在我醒來之前，牠都是安靜的，只是靜靜地在客廳裡等著我醒來。如同一個了解並尊重我所有習性的朋友一樣讓我感覺舒心而放鬆。有時，牠又像貪玩而乖順的孩子，尤其是每次叫牠回家的情形總讓我想起兒子小的時候。每個傍晚他都噘著小嘴跟在我身後，依依不捨地回望著他的夥伴，但一到樓梯口，他就會快樂起來，總以為我在家裡給他準備了好吃的，他跑到我前面，撅著屁股爬樓梯。我看著他的小屁股，判斷是否要給他洗褲子。

我已經習慣了在檯曆上記錄白貓，習慣了每天半夜用翻動檯曆的方式結束我的一天。開始另一天。即使白貓沒有來，我也要寫下：今天白貓未來或者今天未見到白貓。每個夜晚的十二點，最孤寂的時刻，我的筆尖在新人民幣一樣的紙張上在醒目的日期之下滑動著，慢慢地填滿空白，然後，翻過它。

在小區裡尋牠喚牠的時候，我總難以按捺和別人談論牠的欲望。一天，我走出樓道口，正巧看見白貓在遠處花壇上一閃而過的身影，我張口就對擦肩的一樓老太太說，大姨妳不知道那白貓多通人性，我的話牠都聽得懂，昨晚我吃飯的時候，牠兩隻爪子搭在沙發上，喵的一聲，我一看就知道牠想上沙發，徵求我意見呢，我說，不行，不能到沙發上去，嘿，牠真就乖乖地把前爪落到地上，走到一邊趴下了，滿臉不高興呢。老太太先是四下裡看了看，又呆呆地看我。她被我的熱情嚇著了。我也被自己嚇著了。同是一個樓棟的鄰居，兩年來我從未和任何人打過招呼。為了避免和人打招呼，我的作息時間都和他們錯開了。我不想和別人熟悉起來，不想讓自己生活在熟悉的人群裡，這就是我搬離單位宿舍的目的。可現在，我熱切地和熟悉白貓的人聊天，熱切地搜集著關於白貓的信息，不幾日，我在小區裡就有了好幾個熟人，我也成了他們的熟人。這些熟人大都在廚房的窗外或者花壇邊放有自己家的碗，他們會把吃剩的飯菜倒在裡面。

熟人告訴我，白貓是一隻特別勇猛善鬥的貓，牠在這個小區裡已經三年多了，是這個小區裡的貓王。這裡的流浪貓大約有六七隻，都在牠的管轄和保護之下。那些貓都是母貓，是牠的妃子。牠基本上都是晝伏夜出，在牠的領地上巡邏，如果發現有入侵者，肯定會一戰到底。白貓在所有的妃子裡最喜歡的是一隻黑貓，讓黑貓給牠下崽兒。別的母貓都挨不上邊，也就是偶爾寵幸一下，解決一下問題。熟人笑著告訴我，如同戲說某位古代帝王。關於白貓在我家的表現，一位熟人解釋說，白貓原是隻家貓，小區門口糧店店主的，肯定受過訓練，聽說因為牠把屎尿拉到糧食裡被打出來了。糧店拆遷的時候，店主曾把牠帶走了，但沒隔兩天，牠又回來了。

一個獸醫告訴我，一隻貓的壽命大概在十五歲左右，一隻貓鼎盛時期的智商相當於一個四五歲的孩子。四五歲的孩子。我嘟囔著，努力回想兒子四五歲時的認知能力。兒子四五歲的時候，已經是一個小大人了，已經能夠和我聊天、玩笑甚至懂得保護我安慰我了。記得一次因為在單位裡受了領導的誤解，心裡很是鬱悶，回家吃飯的時候情緒低落，兒子問我為什麼不高興，我應付說，有人欺負爸爸。兒子頓時瞪圓了眼睛，握緊小拳頭說，爸爸，你告訴我誰欺負你，我用我的少林拳對付他！這個夜晚，我在檯曆上寫下了獸醫的論斷，在心裡對兒子說了好幾聲對不起，為我在他四歲半時殘酷而暴力地剝奪了他和一隻貓的友誼。我在心裡對兒子說了好幾聲謝謝，為了白貓給我的友誼，為我在五十歲時體會到的人和動物之間的情意。

這期間，A結束了和我的關係。她來過兩次，第一次還好，像以前一樣，我在她進門的一瞬間就掉進了做飯、吃飯、洗碗、打掃衛生、洗澡、睡覺的生活程序裡。A是一個不動聲色就能把人拖進生活的女人。第二次，她看見了剛剛睡醒抖擻毛髮的白貓，尖叫著躲到我身後，讓我趕緊把牠趕出去。我把她連同她手裡的蔬菜提包之類的，一起護送到臥室裡。她說她看不得帶毛的東西。她用命令的口吻說，你絕對不能再讓貓進門了。我說，先聊會兒天，等一會兒白貓吃完走了，我請妳出去吃。找不出話題，我就催促A洗澡，我想把和她在一起的生活程序顛倒一下。A洗了澡出來，用吹風機吹她齊腰的長髮。我最願意看她這時的背影，看那些彷彿絲毫未經生活侵染、時間消磨的黑髮在玫瑰紅的風口下舞動。A知道我在看她，她拿吹風機的小手指翹得如同蘭花瓣，她還極力吸著肚子。她倒了下手，突然啪的一下把吹風機扔在桌子上。做完這個動作，她沒有動，依然背對我站著。手上的蘭花在桌沿上凋謝了。我壓抑著鼻腔裡的氣流，等待著她回轉身來給我一個摔打的解釋。她怒氣衝衝地返回衛生間，弄出嘩嘩的動靜。我拿起吹風機，看見它的風口和電線上都沾有白色的貓髮。我把它們一一摘下，捏在指間。A出來了，低著眼睛鬆垂著小腹沉默地穿衣。A出門後，發短信說，想來想去，還是另一個人更適合她，更在意她。我讀著A的短信，看著打盹的白貓笑了，兩年來對A的愧疚扯平了。我原來也是她的ABCD之一。也是她的一道選擇題。白貓幫助我們做出了決定。

在家裡坐累的時候，我就出去找白貓，不是喚牠回家，而是看牠怎樣當王。熟人們說得沒錯，的確有一群流浪貓跟在牠身後，這種成群結隊大都出現在人們的飯後，那些固定的碗裡有了食物的時候。貓群在牠身後，牠們從不會先跑到碗邊，而是待牠先吃或聞過之後，回頭喵牠們的時候，牠們才走過去。五號樓的東邊是小區的圍牆，不知是好心人故意為牠們搭建的還是原本有別的用處，那裡有個簡易的棚子，據我觀察，這是白貓的皇宮所在。飽餐後，初秋的陽光下，牠躺在那裡晒太陽，一隻黑得發亮的貓，常偎依在牠身後打盹，或舔理毛髮。其他的貓離牠倆遠遠的，或蹲或躺，互不相偎。看見白貓的確驍勇善戰，是在A和我斷絕關係後的第五天傍晚，我去叫牠，看見牠正在和一隻黑白相間的貓對峙，之前的戰鬥肯定非常慘烈，因為白貓的額頭上又出現了一個口子，裡面的肉清晰可見，那只花貓的耳朵耷拉了一隻。兩隻貓都弓著身子，抖擻著背毛，嘴裡發著嗚嗚的聲音，大有死拼到底的架勢。我靜靜地站著，不敢弄出任何動靜，生怕惹白貓分心。兩三分鐘後，我聽出花貓嘴裡的吠聲更粗氣勢更足一些，我攥緊手裡的鑰匙串，準備關鍵時刻幫白貓一下。突然，白貓一個箭步竄向對方，喉嚨裡發出哇的聲音，花貓掉頭逃去，跳過黃楊叢，躍上小區的圍牆。白貓追上去，四腳抓著圍牆上的鐵柵欄發出長長的嗚音。我喊，咪咪，跟我走了。白貓從柵欄上跳下來，跟在我身後，依然是兩米左右的距離。回到家，我學著兒子的樣子給牠處理了傷口。這個夜晚，白貓沒有像以往一樣睡到半夜或次日早晨，而是稍事休息之後就走了，我想牠肯定惦記著牠的同伴和牠王國的安危。

這之後的一週，白貓都是上午來，傍晚走。來的時候一副疲憊不堪的樣子，不吃不喝就到牠的床上呼呼大睡。牠對牠的床很滿意，那是我不久前到寵物市場上花四十元錢買來的一個筐籮，裡面用絨布上了裡子，很是美觀而舒適。星期天，我又聽見了白貓的動靜，趕緊開門，讓我驚訝的是這次來的不止是牠自己，還有黑貓。我笑著說，嘿，還帶了夫人啊。黑貓喵了一聲掉頭下了樓梯。我問白貓，為什麼不讓黑貓進來啊？白貓喵了一聲，自顧自地進了筐籮裡躺下了。看牠疲勞的樣子，我決定給牠按摩按摩，我的手指到哪裡，牠就把哪裡放鬆開，撓到牠的腿跟，牠就抬了腿配合著。不一會兒，我的手指就髒了。洗手的時候，手機響了，是張玲。張玲說，明哥，我在你家樓下，你不會把我拒之門外吧？我說，哪能呢，我熱烈歡迎呢。我說著走到窗戶邊往下看，並沒有張玲的身影。張玲在電話裡咯咯樂起來，她說，明哥你到窗戶邊看我了。我說，是呀，妳在哪呢，我沒看見呀。張玲笑得更響了。我突然意識到她在捉弄我，或者她在試探我。這時候，我原本應該找理由拒絕的，可一瞬間我覺得她的笑聲就跟我兒子小時候在泳池裡撩起的水珠一樣，啪啪地打在我身上，讓我立馬就有了撩起水珠回應她的衝動。我笑了。很響地笑了。

張玲來了。電話外的張玲沒有了電話裡的狡黠和快樂。我們之間的橋梁原本是她的前夫，現在橋梁斷了，兩個彼此經受了斷橋之痛的人沉默著，都在努力找尋和橋沒有關聯的談話，但所有的記憶所有打算說出的話都避不掉他的影子。兩個沉默的人有些尷尬地面對著，正不知如何是好的時候，我想起了白貓，牠和她和她的前夫都沒有關係。

來，看看我的白貓。我把張玲領到白貓的床前。張玲伸手去撫牠，我說，會弄妳一手髒的。張玲說，洗洗手不就得了。她撓白貓的肚皮。白貓睡夢裡挺了挺肚皮。張玲笑起來。我兒子也喜歡這隻貓。我這樣開頭和張玲說起了兒子。說著，說著，我把自己說哭了。這是我成人後第一次在外人面前哭，竟然覺得胸膛內有一種洩洪的酣暢。我止住的時候，張玲說起了我兒子。張玲說我兒子和我說的方式完全不同。我是評論式的，張玲是小說式的。我驚訝於張玲的記憶。張玲笑笑說，不矇你了，我不是記日記麼，和你在機場重逢後的這段時間裡，我一直在讀那些年的日記，那些年，你家兒子可是叫我媽來著，還記得吧？

乾媽。我糾正說。

那是當你的面，背地裡小傢伙就是叫我媽媽，他不叫我就不給他好吃的。張玲笑著擦擦眼角說，我這心裡真是拿他當兒子的。我知道因為子宮外孕喪失了做母親機會的張玲對我兒子是特別親的。

妳能把有關我兒子的那部分日記給我看看吧？我突然渴望著把八歲以前的兒子小說式地再現出來。張玲說，日記不能給你看，這樣吧，我回去把關於他的摘抄出來，整成一本送你。

張玲要走的時候，我發覺自己內心裡有種擁抱她的衝動。或許是害怕她一走就會把我一個人留在兒子的八歲之外，留在獨身男人五十歲陰雨不絕的夜晚裡。我抱住了她。我抱住她的時候，她哭了。我也哭了。這個夜晚，我留下了她。

次日上午，她的手機響了，是她媽媽在找她，命令她趕緊回家，質問她為什麼夜不歸宿。她柔聲對著話筒說——不生氣啊，都是我不好，我再也不惹媽媽生氣了，都怪我忘記告訴妳了，到朋友家聊天太晚了就沒回去，哎呀，媽媽，放心吧，是個女朋友，哪能欺負到我呀。她掛了電話嘆口氣說，沒離婚的時候，和他吵啊打啊，我媽倒不擔心，現在離了，沒人折磨我了，她卻又把我當幾歲的孩子牽掛，專門從老家趕來照顧我。她提到離婚，我心裡激靈一下，突然就有了懊悔。我催促性地幫她把包掛到胳膊上。張玲轉身抱住我。我一動不動地任憑她抱著。我知道只要稍一回應，就會將昨兒的夜晚無限延長。後果是我將重新成為別人的談資，一個窺視了朋友妻二十多年的偽君子。張玲鬆開我走出去，門關上的時候，我看見她的嘴唇緊閉著。我知道自己將她渴望一生的情分壓縮成了一個夜晚，傷害到她了。其實，這種壓縮讓我自己也感到了疼痛。因為我發覺自己在她身邊的時候有種完整感。是那種有人和你有著共同回憶的完整感。溫暖而迷魘。幾分鐘後，我收到她的短信——兒子的日記我會儘快整理好的。我回了一句——謝謝，請寄給我吧。

我最討厭的深秋來了。這個城市的多數時間裡氣候還算說得過去，唯有深秋，讓人難以忍受。雨多，陰冷，天和地都蕭條不堪，所碰觸到的東西都是潮濕冰涼的，人特別容易陷入一種抑鬱的情緒裡。為了驅趕這種情緒，我每天午飯後都到酒吧裡待到傍晚回家。傍晚，是所有人回家的點，是我的白貓回家的點。經歷了花貓事件後，牠回家的時間幾乎是固定的了，而且牠已經很少半夜離開，我感覺牠的王國正處在前所未有的安定期，牠不再帶傷，不再疲憊。怕牠在家裡厭倦，我專門從網上搜了如何讓貓玩得高興的方法。就在我以為我和牠會在每個夜晚的遊戲裡驅趕掉秋天的陰冷時，出現了新的情況。

那天傍晚的雨特別大，我回家的時候，看見白貓正在雨裡，面對著一樓老太太家的窗子。我邊跑邊用遙控器鎖上車，跑到電子門前喊牠——咪咪，回家了。白貓看看我，喵一聲。我打開門，再喊——咪咪，回家了。出乎意料的是牠一動未動，只是喵一聲算作回應我。咪咪，回家啊！或許是怕我強制牠，白貓跳到了老太太的窗戶上，專注地看裡面。窗戶裡面是黑的，那是老太太家的廚房。看了一會兒，牠喵嗚喵嗚地叫起來。白貓雖然長得胖大，但在我面前的聲音一直都是溫言細語的。此刻，牠的聲音裡卻有種尖利的疼痛，利得讓聽的人都覺得疼。我敲開老太太的門，問她是否知道白貓為什麼總是看她的窗戶。老太太冷笑一下説，一隻野貓竟然來勾搭我家的小黃，牠不是能聽懂你的話嗎，你告訴牠只要有我在牠就別想得逞！

原來是這樣！白貓戀愛了！我心裡暗自發笑。我想起有兩次看見白貓和一隻瘦弱的黃色小貓在樓前陽光下的水泥台上親暱戲耍。回到家，我洗了個熱水澡，想看會兒書，拿起書本卻發覺自己的耳朵一直在聽著外面的動靜。我披了外套下樓，打開樓道的電子門看見白貓依然傻乎乎地矗立在雨裡，我朝牠喊起來——咪咪，你傻啊！快回家了！

白貓把頭轉向我，牠已經又恢復到我和兒子初次見牠的樣子了。「落湯雞」一樣的肥肉礅子。喵。一種無奈到心酸的腔調。

咪咪，你這個傻貓，走，跟我回家了，再不聽話，我關門了！喊牠一次，牠朝我喵一聲。三四次後，牠不再回應我，不管我説什麼都是一副充耳不聞的樣子，眼睛只盯向那扇窗子。我用一條腿擋著電子門，斜飛的雨很快就把我在門外的半邊身子打濕了。我只得回家。心緒不安地到了半夜十二點，我從窗子裡朝外看，見白貓依然守在雨裡。牠面對那扇窗子蹲坐著，一動不動。連尖利的叫聲也很少發出了。我喊——咪咪，咪咪。咪咪已經成了石膏雕塑。我再次下樓，希望咪咪能像上次一樣等在電子門前。

前不久的一天午後，我也是從窗子裡看見牠在樓前走動，我喊了一聲咪咪，牠喵了一聲。當時，我突然想知道牠對我在五樓上的呼喚會做出什麼樣的反應，伸脖子看，見牠向樓道方向走，當時想——莫非牠會等我開門？為了驗證自己的猜想，我下樓來，打開電子門，牠竟然真的在門外，人坐著等我。等我。我一開門，牠高興地喵一聲，竄到樓梯上，在我前面上樓去。像我兒子小時候。

我打開電子門，看著雨裡的白貓，我像恨鐵不成鋼的父親一樣喝斥牠——咪咪，這樣淋雨會死的，你知不知道？不想回家你就到窗台下面汽車底下，總比這樣好啊！咪咪，聽見了嗎？牠如同一個執拗的孩子，對我的苦口婆心不聞不問。

雨，下了一夜。第二天早晨，在鄰居們固定的喧鬧聲消失後，我下樓來。白貓還在。還在專注地盯著那扇窗子。牠淋了一整夜的雨。深秋的。我的心裡突然像扎進了針。我想應該把牠帶回家，用吹風機把牠吹乾。我向牠靠過去。白貓已經明白了我的意圖，牠爬到老太太的窗台上，朝著我叫了一聲。抗議。

我上樓把貓糧倒進牠的碗裡，拿下來，放到牠的面前，然後去參加一個必須參加的會議。傍晚，回家。進小區門口的時候，保安把我叫住了，塞給我一個孝順指，就是竹子做的像隻小手那樣的，用來撓癢癢的東西。孝順指細長的把上纏了一個紙條。張玲送來的，說給白貓撓癢用。保安說，那個女士說讓你收到了給她電話。

白貓還在。貓糧也在。一點未少。我用孝順指撓了撓牠的背。牠的毛髮上出現了幾道紋路，牠的毛髮還沒有乾透。牠沒有像以往一樣在我的撫摸裡躺下去抬起前爪來和我嬉鬧，牠像看陌生人一樣看了我一眼，走到那扇窗子底下。我打開門喚牠，咪咪，回家了。牠又走回原來的位置，看都不看我一眼。我站在老太太的門前許久，想勸說老太太放她的小黃出來。想想那天老太太的話，最終，我還是悄悄地回了家。

第三天，又零星地下了幾次小雨。白貓在原地堅守著。第四天，白貓依舊在。這天雖沒下雨，但陰了一整天，小北風颼個不停，氣溫驟降了七八度，已經有冬天的感覺了。一整天，我哪裡也沒去，從窗子裡偷偷地看過幾次白貓。我害怕白貓會在這場愛情裡死去。這讓我想起那個感動了全世界的羅密歐。

第四天晚上十一點，我期待已久的聲音出現了。白貓回來了。看見牠的一瞬間，我流淚了。你或許不能理解我的這種感受，這樣說吧，就像是你的親人你的朋友甚或你的孩子，他迷失在一種極度消耗他的情感裡，你想喚醒他而你無能為力。突然間，牠回來了，但是牠已經瘦脫了形，虛弱得連走路都吃力了。牠神情黯然地走到牠的床那裡，爬進去，趴下了。我喚牠，咪咪，吃點東西好嗎？白貓緩緩地睜了下眼皮又閉上了。我的心裡突然竄起一股怒火，對那個把貓分出等級貴賤的老太太，對那個讓白貓心傷而自己不肯反抗努力的小黃貓。我跑下樓，在老太太門前站著，幾次想敲門，想想又都放棄了，只是把貓的飯碗拿回家，洗刷乾淨，倒上貓糧。白貓不吃不喝地閉眼趴著。我說，咪咪，你吃點東西好吧，你已經四天四夜未吃東西了。白貓一動不動。我突然想起五年前母親臨終的時刻。那也是個深夜，我孤獨地守在她的病床前，眼睜睜地看著她一點一點地衰亡。遠離。我被無能為力的悲哀控制了，看著自己的雙手痛哭不已。年富力強的它們竟然成為了一種擺設，絲毫沒有用處。幼年的時候，弱小的它們都能牢牢地拽住媽媽的衣角呀。我撫摸著白貓，生怕在抬手的剎那間丟失了牠的呼吸。這一刻，我重新記起了守在親人病床前的強烈感覺——渴望著那呼吸是有形的，是能夠用手牽拽住的。渴望人和死神之間是有繩索的，是能夠由親人組成隊伍力拔的。但是，生命在危機的時刻總是孤獨的。孤獨地抗爭。我清楚自己幫不了白貓。我拿了浴巾折了折蓋在牠身上。來到書房，半夜十二點，我的筆尖在檯曆的空白處站立著卻不敢滑動。我不敢記錄白貓的狀況。所有的詞語都可能成為一種預言。

不能讓兒子看見白貓生病死亡之類的詞，那小子會傷心的。這個念頭出現的瞬間，我的筆像一個受了驚嚇的人跌倒了。我的手抖了。為突然窺視到的意念。我在為兒子寫白貓的日記。我在寫日記。寫一直瞧不上眼的日記。

兒子啊，兒子啊。兒子啊。

我撿起筆，依然不知如何下筆，只得在檯曆上折了角，闔上。重新回到客廳，觀察白貓。六個小時後，白貓的身子動了，牠的眼睛睜開了一點點。我撫摸牠，從頭往下的順序，幻想著自己能把黏附在牠身上的有害於牠健康的東西捋掉。白貓的眼睛在我的撫摸下又睜大一點，半睜的樣子。我趕緊捏了貓糧往牠嘴裡塞。白貓不張嘴，只微弱地喵了一聲，閉上眼睛。我的手指戳戳牠最敏感的鬍鬚也沒能惹牠再睜眼。

咪咪，你想放棄自己的生命對嗎？你想過沒有，這樣你就是個懦夫，是個被一場愛情就擊倒的懦夫，真正的男人不應該是這樣的，你知道嗎？無論遇到什麼樣的痛苦和災難只要自己不放棄生命，一切就都有冬去春來的可能。你放棄了生命，就放棄了所有再爭取的機會。你死了，小黃貓就永遠沒有了，只要你堅挺下去，小黃貓就在。咪咪，想想另外那些不允許你自己放棄生命的理由吧，那些需要你保護的夥伴，你的黑貓，你的地盤，你死了，就會有別的貓來欺負牠們，爭奪牠們的糧食。還有我，我這麼喜歡你，把你當朋友當孩子對待著，咪咪，你想過這些沒有？你要是想好了，就起來吃東西。說完這些，我僵著後背走向書房。我不知道白貓能否聽懂這些話，但我清楚地知道有幾句話是我十八歲時父親說給我的。我的背影也是父親背影的翻版。我十八歲時父親的背影。僵僵的，板板的。那時，我躺在床上，為一個我給她起外號「小乖」的女孩抱定了必死的決心。我打定主意用自己的死在她心裡留下深刻的印痕。用自己的死來換她的愛。

兒子也十八歲了。他也會失戀。那傻小子會像他爸一樣做傻事嗎？我的心突突地跳起來，又疼又亂，像跳躍在針尖上。我打開檯曆，就著折角一下翻到當日，在空白處把剛剛對白貓說過的話寫下來。

半個小時後，我回到客廳，碗裡的貓糧和水竟然都不見了。竟然都不見了！牠聽懂了我的話！我的話牠聽進去了！我的鼻子酸脹起來。這時我意識到此刻之前自己僵的不僅僅是後背，而是全身，因為突然間全身都鬆散下來，軟軟的，特別想踏踏實實地坐到地上。我拽過一個靠墊坐到白貓跟前，看著牠。看著牠一點點地回籠自己的氣息，看著牠一點點地積聚自己的力量。我看看自己的手，突然對它們滿意起來，突然就覺得掌心裡有根繩，牽拉著我的白貓。看不見但握得住的繩。它曾被我的父親握在手裡。

我放心地睡去。等我下午醒來，白貓還在睡，我到廚房為自己炒了兩個菜。夜裡九點，白貓醒了過來，真正地醒了，牠抖了抖毛髮，從牠的床上跳了出來，用以往的腔調和我打招呼。這個夜晚，白貓沒有要出門的意思，牠又吃了一頓飯，偎在我腳邊，我拿孝順指給牠撓癢癢。突然就有了向認識白貓的人訴說的衝動。兒子？他並沒有告訴我他的電話，我只知道他的校名。院裡的熟人？一樓的老太太？深更半夜的，不可能。看著手裡的孝順指，我想起了張玲。我撥通了張玲的電話，張玲說，明哥，日記我快謄寫好了。我說，張玲，妳還記得我的白貓吧？妳給牠買了孝順指，我正用著呢，為了表示感謝，我告訴妳關於牠的愛情故事。張玲聽完我的講述，咯咯笑起來。我的心彆扭起來。因為她的笑聲和上次捉弄我說她就在我家樓下一個腔調。也因為我講的時候，哽咽了好幾次，我覺得她應該會被感動。她咯咯笑了一會兒，突然停住了。一點聲音也沒有。我以為電話出故障了，連喂了三聲。她粗著嗓子說，明哥，你不覺得可笑嗎？一隻貓都能這樣執著，這樣敢愛敢恨，人卻不如牠呢。

人怎能和貓比。我想繞開張玲的問答。張玲又咯咯笑起來，聲音更尖利了。我輕輕放下了話筒。從在機場看見她，我已經感覺出她和A的不同之處。A是一個讓人不由自主就浸泡在生活裡的女人，這種女人會讓人生活得很舒服，很放鬆，但缺少情趣。張玲恰好相反，她是那種情感豐沛的女人，會讓情生發出趣味，卻也會發酵出讓人緊張不安、不由自主地膨脹情緒的危險。如果她僅僅是這樣一個女人，而不是我前好友的前妻，我想我是會和她就這個話題談下去的。和她談很多話題。我迷戀著和她一起回憶往事時體會到的生命完整感。

白貓又成為原來的白貓。幾乎都是傍晚回來，和我共進晚餐，共度初冬陰冷孤寂的夜晚，並且比原來單純的嬉鬧多了一個節目——一次我坐在電暖氣前看書，白貓來到我面前喵了一聲，我問牠，要走嗎？牠轉身往回走，但並沒有走向門口，而是走到牠的床前站住，朝我喵。我說，你想幹什麼？白貓看看我又朝電暖氣走去。我明白了牠的意思，把管籮拿到電暖氣跟前，牠躺了進去，非常滿足地打著滾兒。從此後，只要電暖氣開著，牠都會和我重複這個遊戲。牠甚至變得比原來更活潑了。我不知道牠是否還會想念一樓老太太家的小黃貓，不知道牠每天路過小黃貓的門口是否心裡面也會五味雜陳。我一直不知道牠不和我一起回家的時候都是怎樣進的電子門，或者牠有著另外的通道？但我知道，因為牠，我有了一個不同於以往十年的冬天。不同於以往十年的冬的夜晚。

臘月來了。臘八這天陽光很好，下午四點，我在小區裡散步時看見白貓躺在花園的一叢枯草上起勁地舔理毛髮。我說，咪咪，你跟我回家嗎？白貓瞇著眼朝我喵了一聲，並沒有像以往一樣跟我走。我回頭看看牠，心想牠可能有別的事要辦。走到樓道口，我聞見了老太太家的八寶粥味。突然間，我有了熬臘八粥的熱情。回到家，翻找出A在我家櫥子裡留下的各種盛茶葉和點心的鐵桶子，裡面裝滿了各種顏色的豆子。臘八粥做好後，我盛了一些放在白貓的碗裡涼著。兒子小的時候，每年這一天我都會熬臘八粥。那時，沒有這麼多種豆子果仁，為了湊夠八種，我也會放一些菜葉進去。吃的時候，和兒子用筷子指著、撥拉著，一一數來。數到八，兒子就會很滿足地喝起來。那樣子，讓人覺得八是一種味道特別香的豆子，甚或是一塊他最喜歡吃的肉。

傍晚，白貓沒回來。我聞聞牠碗裡的臘八粥，再聞聞貓糧，覺得味道比貓糧好得多，我想牠一定喜歡吃的。我下樓去找牠，在小區裡轉了兩圈也沒有找到。我回家自己喝了粥。等牠到十二點，再下去找。我以為牠一定在某個角落裡戰鬥著。沒有。

第二天，白貓依舊沒回來。我的心裡充滿了恐懼，但還是滿懷希望地找牠。沒找見。第三天，第四天……都沒有牠。我把偶然用手機拍下的一張白貓的照片洗了出來，拿著牠四處尋問。周圍的各個住宅小區、建築工地、動物收留站、餐館都找了。一個餐館的老闆對我說，十有八九是被當作兔子肉吃掉了，現在時興吃兔肉火鍋。一連兩週，都沒有找到牠，甚至於沒有牠的半點音訊。除了一個人告訴我說，他曾在半個多月前在四里壇那裡見過牠。四里壇是離我家兩公里的地方，從時間上來推算，應該是臘八前的事情了。

白貓丟了，永遠沒牠了。臘月二十三，過小年的這天夜裡，在寥落的鞭炮聲裡我在檯曆上寫下了這幾個字。臘月二十三，公曆已是新年的一月二十九日。我還用著去年的那本檯曆。說不上是因對白貓日記的留戀還是不敢再面對一本嶄新的檯曆去期待每個折角的日子，總之，我在新的元旦來臨前，並沒有更換新的檯曆。白貓走了。去了一個我再也無法和牠嬉鬧和牠相依為伴的世界。尋找白貓的那段時間，五號樓和我談論過白貓以及白貓妃子的熟人對我說，找不著就算了，又不是個孩子不值當的費那麼大的力氣。其實，沒有人知道我的內心裡真就重新體驗了一遍和孩子分別的疼痛。記得十年前，辦理離婚的那段時間，我也是半個多月整夜不眠，想到和兒子從此要千里相隔，真就覺得心肺肝腸都被撕扯了。那時我才真正明白了從母親那裡聽來的話——孩子是父母的心頭肉。十年後，已陌生了的心頭肉把白貓塞進了我孤獨寂寞的心上，不曾想，我在五個月以後需要再給自己的心臟做一次手術。割掉一小塊。曾經讓我安慰讓我溫暖讓我牽掛讓我充實的一小塊。

我知道白貓一定是遭遇了不測。已經被當作兔子肉吃進了食客的肚子。已經被消化。被排泄了。很長一段時間，我不能看肉，什麼肉都不能看，一看我就會想起白貓，就會想到牠被人捉住被殘殺被剝皮被剁碎被吃掉的情形。不用說，你也能猜到春節我是怎麼過的了。挨。一分一秒地挨。一天天挨。在普天同慶一片喜氣洋洋的日子裡，在全國人民都互致問候相互噓寒問暖的日子裡，我縮在客廳的沙發上。我關掉了手機，拔掉了座機的電話線。從和那個作家朋友扯斷了友誼的那刻起，我就不再奢望友誼了。我知道我的兒子不會給我電話。我的前妻也不會給我電話。張玲會嗎？拔掉電話的那一刻我的腦海裡這樣閃了一下。

正月初六，城市新聞頻道播了一段關於車壓死狗的新聞。狗的主人是個白髮老太太，車主是個二三十歲的少婦。鏡頭基本上都是對準了少婦，很時髦很美麗的一張臉，也很激動很憤怒。少婦說，一開始我還覺得很內疚，畢竟是我壓死了她的狗，大過年的，我也不想和誰過不去，我好言好語地請求她原諒，我答應陪她錢，一千兩千我都不在乎，你們也都看見了那就是一條普普通通的笨狗子，集市上買一條不超過幾十塊錢，可是她不和你講道理，她攔住我不讓我走，讓我還她狗，讓狗死而復生！大家評評這個理，有這樣講理的嗎?!有嗎？人們七嘴八舌地附和著。鏡頭的深處，白髮老太坐在車前的地上，歪頭抱著血乎淋啦的死狗，臉緊貼在死狗的臉上，沒有人拉她，也沒有蹲下身勸勸她。鏡頭切回到主持人，老太太、死狗和少婦以及圍觀的群眾迅速被定格，閃縮到主持人的左耳朵邊上。主持人說，大過年的，你看這事鬧的，本來和和氣氣就能解決的事情，非要鬧得不可收拾，俗話說得饒人處且饒人，人要是得理不饒人，大家也就沒有和諧可講了。主持人話音剛落，鏡頭變成了一群穿著花花綠綠的老太太在扭秧歌。我拿遙控器關電視，發現手在抖。我知道它們被一個很強烈的念頭激動著——去把老太太扶起來，幫她把狗安葬了，在她耳邊告訴她——我理解她不依不饒的心情，我知道在她懷裡死去的不止是一條出身低賤的狗，而是她的一個親人，一個伴兒，一個孩子。咱們把牠安葬了吧，給牠一個小小的安息之處，想牠就到那裡看看牠。我想和她說說我的白貓。說說丟失牠的失落和疼痛。我抓起車鑰匙往樓下跑，生怕自己稍一遲疑，就會把自己妥協成了少婦周圍的觀眾。我開著車循著主持人說的地點找去。到了那裡，只看到了一灘被車轍輾壓了的血跡。我這才意識到新聞並不是現場直播的。我回到車上，點了支菸，坐了很久。

挨過了春節，真就有了春的氣息。風已經開始變得柔和起來。領導分派給我一個進修的任務，時間為兩個月。走之前，我把白貓的床收起來，塞進了雜物間的最上層。我想再也不會用到牠了。我不會再養貓了。再也不會了。我的腦子已經成了那個懷抱著死狗哭泣的白髮老太的椅子。

進修生活沒有我想像的那麼難熬。五十多個各懷故事的人突然脫離了原來生活的土壤，脫離了原來故事的行進脈絡，集中拐到一個相同空間裡，這就使得這個空間無法不妙趣橫生。這個空間的美妙之處就在於它曾經是每個人都能在個體的記憶裡搜尋到的類似的場景。促使人們努力把它變得妙趣橫生的是那曾經的類似的場景都曾有著些許的缺憾。在這個空間傳承下來的氛圍裡，人們從相聚的那一刻起，就成為了一堆水裡的豆子，生著雖註定不會植入土壤但能夠彌補缺憾的根鬚和葉芽。愛情和友誼豆芽一樣快速生長著。我，一粒五十歲的風乾了太久的豆子，雖然沒被泡開，卻也柔軟了不少。我變得多愁善感，變得愛回憶了。在課堂上，我總是陷入沉思。回想小學的課堂。初中的。高中的。大學的。一直想到兒子的。兒子肯定想不到他五十的父親此刻和他一樣坐在課堂裡，甚至於兩個課堂竟然在一個城市裡。如果白貓還在該多好啊，我在內心裡嘆息著。如果牠在我會帶著牠來上課的，帶著牠就有了邀請兒子見面的理由和藉口。讓他看看他的拜託得到了怎樣的重視。

兩個月很快過去了。我始終沒鼓起去看望兒子的勇氣。我不知道和一個不需要我的已經把我當陌生人的兒子談些什麼。談白貓嗎？他會相信嗎？我拿什麼讓他明白我對他的拜託是在意的？白貓的死本身就是一個否定。他一定會把我的出現當作一種打擾。我這樣想著離開了兒子生活了十年的城市，離開了我生活了兩個月的城市，按期返回了。

回到家，在樓道的電子門前，我就發現自己將跌進比以往更孤獨的孤獨裡，更寂寞的寂寞裡。五十多人兩個月的集體生活增大了一人獨處的情感落差。在按動費力想起的電子門密碼的時候，我聽見了貓柔軟的叫聲，扭頭看見一樓的老太太正抱著她的小黃貓走過來，我匆匆開門上樓去。

進了家門，剛放下行李，就聽見門外有貓的叫聲。我心一顫。仔細再聽，並不是白貓的聲音。我思忖或許是一樓老太太抱著貓上來催交水費了。我趴在貓眼上往外看，什麼也沒看見。又聽見貓的叫聲。我只得把門打開。

黑貓！

白貓的黑貓！

我的白貓的黑貓來了！

咪咪，咪咪，快進來，咪咪！我稱呼牠，用我給白貓的名字。

黑貓朝我喵了一聲，優雅地走了進來。牠走到客廳中央坐下，朝著我再喵一聲。

咪咪，咪咪，妳怎麼會來呢？我不假思索地彎腰從沙發底下抽出給白貓用過的座墊放到牠面前。黑貓聞了聞，坐了上去。

咪咪，咪咪，妳知道咪咪去哪了對吧？妳是來找牠的嗎？我不在家的這段時間妳是不是來過好幾次了？咪咪，咪咪牠到底發生了什麼事情？

黑貓在我一連串的疑問裡喵了一聲，伸開前爪趴伏下去。牠哀傷地看著我，金黃色的圓眼睛一動不動。我被牠眼裡的哀傷感染了，已經淡忘了的疼痛又籠罩了過來，我靠在沙發上，閉目傷感。黑貓瘦了，瘦得厲害，稱得上嬌小玲瓏了。看來貓也和人一樣，也會被配偶離散的疼痛折磨著。牠竟然會來我這裡，牠竟然知道來我這裡！我在內心裡感嘆不已。

腳背上一陣柔軟的毛融融的暖熱。多麼熟悉的感覺。白貓常給我的。我睜開眼，看見黑貓像白貓一樣偎著我的腳。像白貓一樣在我仰靠在沙發上情緒低落的時候，靠過來。一瞬間，我明白了黑貓來家的緣由。是白貓讓她來的！是白貓讓她來的！讓她代替他繼續我和他之間的情意！他肯定把一切都告訴給了她。他讓她知道他有一個善待他的孤獨一人的朋友需要他的友誼和陪伴！要她在他不在的時候把對我的愛接過來，傳下去！

牠們竟然懂得把愛傳承下去。

我抱起黑貓，任憑自己涕淚交加。白貓啊，你還對黑貓說了什麼？你一直信守著每天都來陪伴我，是想讓我明白陪伴的重要嗎？你讓黑貓來繼續你對我的愛是想告訴我什麼嗎？張玲說得對，人不如貓啊。我不如你，對愛情不如你勇敢不如你徹底也不如你決絕，對親情更不如你，我竟然從未想到應該教會兒子去傳承愛，我竟然從未想過應該為兒子當一個把愛堅持下去的榜樣……我抱著黑貓按下了張玲的電話。我想請她吃頓飯，想問問她關於兒子小時候的日記謄寫好了嗎？想帶上日記和檯曆去看看兒子。或許，或許還可以約上她和黑貓。一起去。

春茶

接到喬道第二天送茶葉過來的電話後，梅雲連走路的腳步都放輕了，生怕引起丈夫焦穩的注意。好不容易挨到睡覺的點，她早早地上床，側了身裝睡。一整夜，連翻身都不敢有。她感覺自己周身薄脆如紙，稍微動動，心裡的那個祕密就會滲露出來。茶葉是半年前就訂下的。那時，她正在外地參加一個為期半個月的研討會。在那個漫長的會上，她認識了那個喜歡喝春茶的男人。男人在主席台上用他的博學和幽默把會議室裡攪得嘩嘩作響時，也在梅雲原本水波不興的內心插進了兩把亂攪的槳。在眾人的掌聲裡，男人的目光像閃電一樣擊向她。一次又一次。她周身麻麻地木木地坐在那裡，警覺地聽著自己的心臟，告誡自己，離是非遠一點。她不知道自己在反覆的告誡裡早已啟程，她在秋天就迫不及待地向喬道訂下了春茶。喬道，拜託你務必在第一茬春茶下來時給我留兩斤，一定是露天的真正的春茶啊。

第二天上午，梅雲早早地等在和喬道約定的路邊，不時地朝他來的方向張望著。在她站得腿瘦的時候，一輛出租車停下來，她正打算細看的瞬間，一個男孩子從車裡出來，奔向梅雲身邊的女孩。兩張年輕的嘴唇在她眼前啪地吸在一起。發出磁鐵碰撞的聲音。梅雲的臉突地紅起來，她滿是細微皺紋的眼角顫了顫，左側鬢角處一塊小指甲大的黃褐斑如同睡醒的水母跟著蠕動了。她捂住嘴唇，快速地轉過身。心臟卻揪緊了，縮成硬邦邦的一小坨。她突然有了一種跟男人說點啥的衝動，她掏出手機，翻找出男人的手機號碼凝視著。

告訴他自己的身邊有兩張像磁鐵一樣的唇？

告訴他真正的春茶馬上就寄過去？

還是問問他還記得磁鐵一樣的唇嗎？

想想。再想想。梅雲決定還是延續一貫的沉默，用僵僵的手指把號碼一個個消除掉，長長地嘆口氣，淡淡的白霧在眼前飄升起來，漫過她刷了睫毛膏的眼睛。她平日裡是不化妝的，最多也就是塗一點口紅。今天例外。今天她要給他寄茶葉。真正的春茶。要在別人面前寫下他的名字。今天，恰巧還是那個日子的半年紀念日。

那個日子。開始的時候有點像童年。接到邀約的梅雲打定主意要和男人談談自己的生活，談談丈夫和兒子，談談自己雖不精彩卻平靜踏實得令同事羨慕的夫妻感情。她堅信這樣的談話能像水一樣把某些東西沖洗掉。她沒想到，男人沒有語言，男人只是拉起她的手，領著她走。如同約好了帶她去看蜂窩的小夥伴。走得有些氣喘了，男人才在一棵正落葉的銀杏樹下停下來。男人突然轉過身，用萬條閃電罩住她。想遠遠瞅兩眼的蜂窩被捅開了。嗡聲密集。梅雲在萬千隻蜂的叫聲裡聽見了清晰的磁鐵碰撞的聲音。幾秒鐘後，在男人水蛭一樣的吮吸裡，她的眼前出現了送她上車的丈夫和天天背著書包提著籃球的兒子。她把自己的嘴唇從男人的唇上拽下來，說，不該這樣的，這是怎麼了，不該這樣的。她的話像乍起的秋風一樣跌跌撞撞。男人說，不能自控的就是身心缺少的，傻丫頭。

傻丫頭。三個大大的芥末球。她的鼻子眼睛和心臟突然被熏得酸脹、生疼。眼淚流出來，她捂著臉嗚咽著蹲下去。男人後退一步靠在樹幹上看著地上的她。男人不知道她為什麼會這樣哭，她自己開始也不明白，等她哭明白的時候，她站起身，面對男人笑著流淚。男人就著白咧咧的月光歪頭看著她。她抱住男人說，我愛你。男人愣愣，猶豫一下，用胳膊圈住她的脖子。她看到了男人的愣神，她說，這話是說給我自己聽的。說完，她緊緊地吸住男人。她要把一生用來親吻的力氣一次用乾淨。

喬道終於出現在梅雲的面前，手裡提著四個精美的手提袋。喬道說，等急了吧？有霧，車開不快。按照妳的吩咐，最好的，真正的春茶，一葉一芽。梅雲趕緊接過來，這麼沉呀？她說著拉開肩包找錢。他按住她的手說，算了，算了，我送妳。梅雲晃開他的手說，那不行，不是我喝，我是送人。他再按她的手說，知道妳是送人，不送人怎會買這麼高級的，就是送人，也算我的。喬道看梅雲執拗地往外掏錢包沒有半點虛假，就虎了臉說，不給我面子是吧？等妳事情辦成了，妳請我吃一頓行了吧？

我不是辦事用，我，就是送人，這錢必須是我自己付，我不會讓任何人墊的。梅雲手指捏著錢包裡的錢問，多少？喬道沉思一下說，那好吧，市價是三千六，妳就給成本吧，一千八。

那怎麼行，讓你跑好幾百里路送過來。梅雲等待著喬道說出一個對得起他辛苦的數字。

就這些，本來不打算要錢的，我也不是專門送，正好過來簽合同麼。發票在盒子裡，以為妳是辦事用，就準備了，這年頭得讓領導看見發票才行，要不他不知道妳出的血是多少。嘎嘎。他的笑聲聽起來像樹上還未返青的枝條被驟然折斷。

梅雲把錢塞進他手裡打趣說，經驗很豐富呀。喬道說，誰像妳活得那麼滋潤，都是人家給你們送。梅雲說，嗨，都是半斤茶葉一箱啤酒的，要不就是一袋子大米一捆子蔥，我們那裡就那樣，外傳得好像很有油水，其實了了。喬道說，我要是在妳那裡，我也不用積累經驗。梅雲笑笑說，哪都一樣，只是我不求上進，就誰也不用理。喬道點點頭說，說得對，我還忙著，走了。梅雲說，知道你忙就不客氣了，等你有時間再請你吃飯。喬道跨進車門放下玻璃叮囑說，春茶貴就貴在稀罕，一天一個價，要送趕緊送。

梅雲說，知道了，你給我講過課，忘了？

喬道嘿嘿一笑說，我哪能忘呢？他突然提高聲音說，嗨，梅雲妳有情況，妳和我上次見的時候不一樣了，有變化，妳現在又是一葉一芽了。

你才一葉一芽呢，你看誰都一葉一芽。喬道、梅雲和年輕帥氣的司機一起笑起來。

喬道先止住笑，端詳著梅雲說，掛相這詞妳知道吧？人心裡其實是擱不住事的，事兒最終是要掛在臉上的。所以，誰撿著了彩頭兒還是觸了霉頭兒，一眼就能看出來。

梅雲說，我看你也別當老闆了，乾脆擺攤算卦得了。

喬道用手點著車窗框說，讓我說準了吧，妳有事！不過放心，當著焦穩的面我不會說的。

梅雲哼哼鼻子說，別拿自己當神仙，你說我臉上掛著啥？

喬道笑笑說，不太好說，不像彩頭兒也不像霉頭兒，以後有機會坐下來聊的時候再說吧，不過，有變化就是好的。

梅雲把茶葉盒子擺在郵局墨綠色的櫃檯上。穿著墨綠色制服脖子上繫著咖啡色小絲巾的營業員看看茶葉盒子再看看梅雲說，沒有大箱子了，妳要麼自己找大箱子要麼用小箱子。

小箱子咋裝？

拆了包裝呀。營業員邊說邊彎腰從地上拿了個跟一本打開的書差不多大的正方形紙盒子放到梅雲面前。梅雲看看土黃無華的紙盒，再看看精美的茶葉盒，猶豫著。

營業員催促她，要不要？

梅雲把草綠色的手提袋拽下來，裡面是長方形的書型盒子，厚厚的，沉甸甸的，如同一本裝了美麗童話的大書。盒面印著一個圓柱形的玻璃杯，裡面是半杯水和二三十株茶葉。大部分的茶葉擁擠在杯底，葉芽相挨，像一個小小的樹林。有一株高起漂浮的，左側伸展著橢圓型的葉片，右側則是一個看不出紋理的合卷在一起的芽，像女人濕過水的沒有抻平的對襟，又如一個欲說還**羞**的唇。

欲說還**羞**。梅雲想起喬道的比喻（喬道說，欲說還羞，害羞的羞），嘴角處不覺露出微笑。她知道那個欲說還**羞**的芽裡面還包裹著一個更小的芽。那是她自己發現的。是在那個夜晚之後，在知道男人喜歡喝茶之後，她就在閒下來的時候，自己也泡上一杯，喝著，想著。喝到最後，她總是會讓茶進到嘴裡一棵，慢慢地嚼。然後，從杯底撈出一枚，把那個欲說還羞的唇輕輕剝開。裡面藏著另一個更小的欲說還**羞**。兩個欲說還**羞**包裹在一起，就有了說也說不盡的無奈。

她擰開茶葉筒，把裡面的茶葉袋子輕輕拽出來。清一色的銀。自己的臉和營業員的臉變了形地出現在上面。梅雲有點失望地咂了下嘴唇。

怎麼光光的呀？營業員善解人意地說，這樣可就看不出茶葉好壞來了，你要不下午再來，找個大箱子寄？

梅雲想想自己提著這麼顯眼的四個大盒子難免會惹來人們問詢，又想到自己也不是為了讓男人知道她花了多少錢。再說男人是懂茶的。只有不懂的人才看包裝。正如男人那個夜晚對她說的——除了我沒有人會想到妳有著這樣的激情，妳總是穿著職業裝，表面看來比較古板。梅雲臉紅了一下，信心十足地對營業員說，就這樣寄吧。

營業員幫她把茶葉盒打開，拽裡面鼓囊囊的茶葉袋。梅雲提醒說，輕一點，輕一點，弄碎了，茶泡開後，品相就不好了。營業員笑笑，停了手，看著梅雲自己擺弄。梅雲比畫來比畫去，小紙盒裡只能放下七包。她托著手裡的一包說，放不下呢，沒有稍微大點的？營業員說，要有早給妳了。說著，拿過她手上的茶葉包，眨眼的工夫塞進了紙箱子。梅雲想制止，話沒來得及出口，對方已把紙箱放到包裝機上。瞬間，紙箱子發出被積壓的喳喳聲。梅雲萬般無奈地吸著涼氣。

營業員看了眼梅雲填寫的包裹單，說，保值處要填上數。梅雲說，填多少呢？營業員說，值多少，就填多少，每一百元加收三元的保值費。梅雲猶豫起來。營業員催促說，快點。梅雲在上面寫下1.00。營業員的臉上立馬有了慍色，一塊？要是出現了丟失可就只賠一塊。

辦完郵寄手續，梅雲朝四下看看，沒有發現垃圾桶，只得把茶葉筒放進包裝盒裡，把包裝盒放進手提袋裡提著走出來。距離單位一百米的地方有一個破垃圾箱，因為周邊有好幾家小飯店，垃圾箱就如同一個內臟腐爛了的怪物日夜往外吐著腥臭。梅雲遠遠打量著它，始終不忍心讓手裡的盒子和它裡面腥臭的殘羹剩飯為伍。走近了，站了站，還是決定提著繼續前進。進了單位大門，四處靜悄悄的，正是吃午飯的時候。梅雲進了物資管理處。辦公室裡只有最年輕的劉倩倩在邊吃飯邊看韓劇。聽見梅雲的腳步聲，問了聲是梅老師嗎？梅雲應了聲，人卻迅速閃進庫房裡，進入平日裡用來盛放廢品的那間。雖是廢物間，因為裡面除了平時拆散物品時的紙箱、塑料紙，也沒有其他的，看起來倒也乾淨。門後是一張替換下來的老式辦公桌，上面是一塊用人字型的白色膠布黏連著的玻璃和草綠色地毯。梅雲從包裡找出面巾紙，擦乾淨桌面上的塵土，然後把四個盒子整齊地擺放在桌子上。她想著那八個悄悄地代替她去拜會男人的使者和曾經退掉所有生活包裝的自己，禁不住甜蜜而羞澀地抿起嘴角。她已經有了處置它們的方案了。袋子，用來提東西；盒子用來盛零碎的小東西；茶葉筒用來裝筆。這樣，它們，曾經跟他有過關係的它們，就能陪伴自己了。

五年前，作為茶廠老闆的喬道曾給梅雲講過茶。那是他初辦茶廠邀請梅雲前去參觀的時候。他給梅雲泡了杯一葉一芽的茶說，真正會喝茶的人都不喝單芽的，尤其是春茶，單芽的光照時間過短，生長期短，茶樹裡積攢了一冬的營養沒能充分吸收就採摘了，茶香過淡，不耐沖泡。葉子太多太大也不好，一是葉子裡的葉綠素和養分固化了，不容易析出，品相也不好把握。一葉一芽的最好。就如同二十歲、四十歲和三十歲的女人，二十歲除了青春還是青春，太單，太淡。四十歲味道雖足，但品相上難有幾個仍舊滋潤的，三十歲才是女人一葉一芽的好時候。梅雲笑著譏諷他說，對女人的經驗這麼豐富呀。喬道說，我這經驗是通過觀察妳得出來的。梅雲抓了他的茶做出要拋向他的動作。喬道趕緊求饒說，老同學手下留情，那可都是一葉一芽的上品。梅雲放了手裡的茶葉嘆口氣說，女人再怎麼揚眉吐氣也逃不了在你們男人嘴裡被嚼來嚼去的命運。

喬道端了自己的玻璃杯猛地碰了碰梅雲的杯子，兩只杯子裡的茶葉頓時舞動起來。

梅雲凝視著它們。

喬道問，哎，妳看那芽像啥？像不像欲說還羞的嘴唇？羞，害羞的羞。

梅雲抬眼驚訝地看著喬道，不知道他葫蘆裡要倒出啥來？急惶惶地邀她來，正經話沒一句，淨扯些不葷不素的。

喬道再碰碰她的水杯說，別看我，看茶，看看像不像欲說還羞的唇。

梅雲依舊盯著他。她想起中學時他寫給她的字條。她直直腰杆四下看看說，要是你老婆來聽見你這些話不誤會我才怪呢，說點正經的，是不是打算讓我替你推銷茶葉？

喬道笑笑說，妳緊張啥？推銷麼，暫時不用勞妳大駕。說白了，我今天請妳來，泡了上好的茶款待妳，目的只有一個，就是想從妳嘴裡掏點靈感出來，我正在設計廣告，沒有合適的詞兒。我想來想去，把我認識的人扒拉一遍，從穿開襠褲認識的扒拉到現在身邊的，發現妳是唯一可能幫我的人。妳就別抻著了，調動妳的聰明才智幫我想想。呵呵，雖然沒有報酬，但可以免費喝茶，一葉一芽的上品。

梅雲凝視著喬道，看見他鬢角處白色的髮根和頭頂油亮的頭皮，她知道自己的鬢角處和耳後也有成群的白髮。好在這是一個熱衷染色的年代，可以讓她輕易地把衰老掩藏起來。內心感慨，不由長嘆一口氣，端起水杯，把大半杯茶水傾進體內。一片茶葉進到嘴裡，她輕輕嚼起來，品著它的苦澀。

喬道端了她的水杯放到飲水機的水嘴下說，一看妳就不懂茶，喝茶哪能這麼個喝法。喝茶，其實是通俗的叫法，最恰切的叫法應該是品茶，要小口，慢飲，趁熱，進嘴後要用舌頭抵住下門牙，讓茶水在口腔裡四散蔓延。妳這種喝法只能用一個字來形容——飲水的飲，讀四聲。

梅雲笑笑，順著自己的思路說，你還以為我們是在讀書的年頭呀，轉眼老得光剩下生活了。那正當好年華的一葉一芽支離破碎地黏附在她的唇齒間。

喬道按下紅色的水嘴，她杯裡的一葉一芽頓時上下翻舞。那些美麗的葉片卻出現了殘缺，掉下的碎片像剁碎的用來包餃子的菜渣一樣飄著。

喬道瞇眼瞅著她蠕動的唇齒，看著那曾讓他心動不已，那曾經滾落過無數連珠妙語的唇齒，心裡面感慨萬千。他咂咂嘴，一語雙關地說，梅雲，妳可不能讓我失望。

梅雲用拇指和食指捏著滾熱的玻璃杯接過來說，誰也不敵生活的浸泡沖刷，你的免費茶我看來是喝不上了。喬道看著她的手，他知道她已經讓他失望了。那手的姿勢雖還算優雅，品相卻已不再蔥白滋潤。

梅雲所在的處室一共有五個人，梅雲年齡最大。處長在年齡上排第二，比梅雲小半年，平日裡總是梅大姐或梅老師地稱呼她，其餘三人也跟著這樣叫。五個人雖然天天相守，倒也團結融融。梅雲是單位裡出了名的賢妻良母，性格溫和，嘴巴也嚴，四個人不管誰有事——無論是相互之間的小彆扭還是和長輩、配偶鬧的矛盾，都願意找她聊聊。很多時候，梅雲也給不出有用的指導，但他們總能在談話中，從她的平淡、平靜、平凡和包容裡找尋出點膏油，抹在自己被生活和事業擠壓出的傷口上。

每年年終評先進的時候，是他們五個人之間的團結出現裂縫的時候。幾次下來，除梅雲之外的四個人都得出了經驗。爭著先發言。爭著發言的人都說，我覺得先進應該是梅大姐的，梅大姐任勞任怨，早到晚歸，樂於助人。其餘三個人立即隨聲附和。梅雲總會堅決推讓出去。這樣，球被踢回都有意來够的八隻腳下。緊張和靜默就彈跳出來。往往，都是處長打破沉默說，梅大姐就是妳了，這樣誰也沒有意見。球被踢回來，梅雲只得根據平日裡獲得的信息，說出最需要榮譽幫忙的那個人。因為是她讓出的，而且，每個人早晚都會輪得到，所以誰也沒意見。破壞團結的裂縫停止了延伸和張裂，成為一道短短的，細細的，熟雞蛋上的裂紋。

梅雲參加部裡組織的研討會回來後的第二個月底，又是每年一次先進評選的時候。這次梅雲說出的是趙有亮的名字。梅雲說，轉年有亮晉升中級職稱，先進加分，就給有亮吧。有亮連說，謝謝，謝謝，我元旦請客，酒店大家選。

五個人除了單身的劉倩倩外，都帶了家屬。四個人當著焦穩的面把梅雲誇得跟聖人一樣。焦穩毫不客氣，笑咪咪地照單全收。他說，我這輩子就幹對了一件事，找了個好老婆！

一桌人嘻嘻哈哈，像以往一樣提議讓梅雲兩口子帶頭喝交杯酒。

誰都知道大庭廣眾之下的交杯酒，還不如一曲卡拉OK上檔次，卡拉好了，別人會給你真實的掌聲，而交杯酒，交得再好，就是頂級好，那掌聲也是嬉鬧的，起鬨的。梅雲知道交杯酒的表演能夠給別人帶來起鬨的快樂，也能化作丈夫品酒中的一碟酸酸甜甜的泡菜，所以，每次她都努力認真地去完成那個端起酒杯，臂膊相繞，和那雙日夜相對的眼睛相視而笑，一飲而盡的既定動作。

好久沒看梅大姐和焦大哥交杯了，趕緊點兒啊！趙有亮督促著。

梅雲剛要響應，一個聲音隨著焦穩鼻孔裡鑽出的煙霧一起罩住她——妳還有資格和愛妳相信妳的人喝交杯酒嗎？妳這不是欺騙他嗎？這不是欺騙他嗎？

梅雲警覺地瞥一眼焦穩，推托說，交杯酒，那是年輕人的事，我們都快二十年的老夫老妻了，來這個讓人笑話。

處長笑著說，交杯酒就是你們這種恩愛的老夫老妻喝才有味道呢。他提高聲音，抬高手臂自問自答——

什麼味道？

陳年老醋的味道！

什麼力量？

榜樣的力量！

隨著處長的手掌在空中的舞動，大家一起敲盤子敲碗，督促他們的榜樣。

焦穩站起來，端起梅雲的酒杯塞到她手裡說，我老婆越老越靦腆了。梅雲只得跟著站起來。劉倩倩說，梅老師快點喝呀，讓我學學交杯酒咋喝。趙有亮繞過桌子到梅雲跟前說，未婚的要學習，你倆得交個深情的，來，來個繞著脖子的。

繞著脖子的！四個同事一起喊。家屬和孩子也隨後附和。

焦穩端著酒杯，摟住梅雲說，來吧，別謙虛了。他的胳膊繞過她的脖子，把酒杯送到自己的嘴邊，問趙有亮，夠標準不？

夠！

焦穩一飲而盡。

不能鬆開，得等梅大姐喝完才能鬆開。大家喊著。

焦大哥離得太遠了，梅大姐酒杯够不到嘴邊。

焦穩哈哈一笑，抱緊梅雲說，大家的意思我明白。

人們笑作一團。剛剛還像煙霧一樣縈繞她的聲音一下子變成瘋貓的爪子，在抓痛她的同時，也把那層她努力遮蓋男人影像的布撕開了。那個夜晚，男人正是這樣用胳膊圈著她說，不能自控的，就是生命裡缺少的，傻丫頭。梅雲周身的肌肉緊繃起來。

焦穩在梅雲耳邊低聲問，妳怎麼了？

梅雲把酒一下倒進喉嚨。這一瞬間，她渴望著手裡的不是一杯酒，而是一個海，淹死需要回答丈夫的自己。淹死無法擔當忠貞的自己。淹死不能坦然和丈夫喝交杯酒的自己。淹死在別人眼裡完美無缺的自己。淹死那個曾蹲在地上哭泣的自己。

劇烈的咳嗽省略了一切。遮掩了一切。梅雲咳得佝僂著腰，滿臉通紅，淚流不止。焦穩端了茶杯說，來喝口茶壓壓，壓壓。梅雲低著頭，拍著胸口，把藏在心裡的愧疚從咳嗽的縫隙裡釋放出來。對不起。對不起。

看韓劇的劉倩倩眼裡含著淚，點了暫停鍵，抽著鼻子對梅雲說，韓劇就是好看，裡面的愛情太感動人了，女主人公都好得和妳一樣。

和我一樣？我有什麼好的，四十多歲的黃臉婆，黃褐斑都跑出來了。梅雲在自己的椅子上坐下來捂著面頰。沒有吃飯，又在陰冷的風裡站了兩個多小時，手腳都是涼的、木的，只有臉頰是熱的。吃飯的念頭和欲望卻一點也沒有。昨夜，一宿未眠，現在感覺腦殼裡跟裝滿了水似的。

哎，我媽天天催我，可是我到哪裡才能找到讓我和我媽都滿意的人？我媽要求家庭必須好，工作必須好，可是我見過的這兩方面都好的人長得都太磕磣，看一眼就反胃。

妳不能照著韓劇裡的主人公找，要在現實中用心去感受。其實，愛情是最說不清條件的，她就像兩三歲的孩子，說鬧就鬧，鬧起來以後，妳就會發現自己原來定好的條條框框全都不管用了。梅雲說著，又看見自己和男人磁鐵一樣黏附在一起的唇，聽見自己跌跌撞撞但意志堅定地奔向男人的話語——我愛你。

梅老師，我說句話妳可別不愛聽呀，在我們眼裡這樣解釋愛情的人都是上一代人，我們的愛情條件很清楚，首先要有房，一百平米以上的，其次是有車，十萬元以上的。

哎，小丫頭，等妳愛過以後妳就會發現愛不是這樣的，它跟房子和車子沒關係，甚至和長相也沒有關係。梅雲的眼前浮現出男人平庸的身材和五官。

梅老師，談談妳和焦大哥的戀愛經過吧，讓我學習學習。

嗨，那有什麼好說的。

不說不行，今天妳不說我還不答應呢，說說吧，愛起來是啥感覺？

愛呀，應該是無法自控吧，無法自控的才可能是身心需要的。

妳和焦大哥是什麼時候感覺無法自控的呢？是一見鍾情嗎？

我們啊，別人介紹的，他天天下班騎著自行車到單位門口等我，我不好意思讓人家失望，也就天天坐到後座上，沒地方去，就大街小巷地轉。有一天，把他的自行車後座坐斷了，他低頭看著車軲轆說，妳都把我的車坐壞了，輪胎也磨損兩條了，總該給句準話了，嫁給我吧？我想想也想不出拒絕的理由，就嫁了。

就這樣嫁了？我不相信，我覺得你倆應該是愛得死去活來的那種，妳肯定省略了重要內容，無法自控的那部分呢？

沒有那部分，那，那，那是我後來從別人那裡聽來的。

就這麼簡單？不過，我還是很羡慕妳，你們結婚都這麼多年了，妳家焦大哥還那麼愛妳，上次元旦聚會他讓我特感動，一個大男人竟然當著眾人的面說娶妳是他一輩子幹得最正確的事，我覺得比這裡面的還浪漫呢！劉倩倩指指電腦屏幕上那被定格的韓國男人。

梅雲把嘴角拉上去，試圖拉出一個當之無愧的笑容呈現給劉倩倩。突然，那個夜晚最瘋狂的影像出現了，並於瞬間蜷縮成一粒前進的子彈朝著在劉倩倩的羡慕和梅雲的回憶裡成形的恩愛圖像射去。梅雲整個人呆愣了。

劉倩倩問，梅老師妳咋了？

梅雲說，我，我肚子不舒服，一陣絞痛，我得去衛生間。

躲進衛生間，看裡面老式的洗衣機裡正泡著辦公室的沙發套，梅雲擰開洗滌開關，洗衣機立刻發出轟響。梅雲在響聲的掩飾下，突然有了哭一哭的欲望。她任由淚流下來。她知道這淚比那句——我愛你，甚至比那個夜晚還要私密。只能自己默默地流下來。默默地被自己擦乾。

她知道自己在那個夜晚錯誤地高估了自己的承受力，低估了一段無法自控的情感的影響力，儘管它只在一個夜晚裡活過。

那個夜晚，她曾以為僅僅是一個夜晚的夜晚。那個夜晚，她覺得不對男人說出那句——我愛你，自己的一輩子就是不完整的——那一刻，她突然無法容忍自己從未主動對別人說過——我愛你。

那個夜晚，她對自己說，就為自己無法自控的身心活一個晚上，就一個晚上。

那個晚上，她並沒有忘記焦穩，只是一直有一個聲音在對她喊，一生都給了他，就拿出一個晚上給自己有什麼不可以?!

那個夜晚，她在傻丫頭的稱呼裡哭泣的時候，她的心裡面湧動出無盡的委屈——所有的親人朋友都認為她是溫暖可靠甚至是高大堅強的，沒有人知道（連她自己都不知道）她是疲勞的，脆弱的，一句愛憐的稱呼竟然就能擊倒她。她哭著，哭著，又看見了自己面對青春流逝的恐慌和脆弱，她意識到眼前的男人是讓她呼喊出「我愛你」的最後一個機會。

那個夜晚，她以為天亮之後就能刪除。最多也就是幾十年之後，在搖椅上翻揀一生時，在皺摺的唇邊突現的一個微笑而已。

那個夜晚，她沒有想到它會成為一個幽靈時刻跟隨著她。攪擾著她。誘惑著她。指責著她。刺痛著她。改變著她。

梅老師，妳沒事吧？劉倩倩敲著門。

不知咋搞的，鬧肚子呢。梅雲回到辦公室。

那妳趕緊去醫院看看吧，反正下午也沒啥事。劉倩倩把梅雲的肩包拿起來掛到她胳膊上。

王副局長突然出現在物資處辦公室，處長和趙有亮、劉倩倩、李娜趕緊起身迎接。王副局長說，沒啥事，兒子要給女朋友寄東西，打電話讓我給他找個紙箱子。處長說，嗨，你打個電話我們就給你送過去了。李娜已經倒好茶，處長接過來遞到王副局長面前，轉臉對趙有亮說，有亮，你給王局挑個紙箱子去。王副局長朝著水杯擺擺手，又朝著趙有亮擺擺手說，不用，不用，兒子要求很嚴格，我自己挑，多長多寬，我有數。王副局長張開他的虎口晃晃。處長站起身說，我帶你挑去。

兩個人挑好紙箱子，轉身一起看見了桌子上整整齊齊的四盒茶葉。王副局長乾笑一聲說，這麼早就有新茶了。處長張口說，我也不知啥時候送來的。說了又覺得萬分不妥，趕緊補充說，想下班的時候給你送過去。王副局長拍拍處長的後背，語調飄飄地說，還是你這小老弟記著我。處長突然被副局長稱作小老弟，頓覺一股暖流湧起，他立馬抓起兩盒說，和老大哥還有啥說的。王副局長說，太多，太多，一盒，一盒。兩個人來回推讓幾番，最後是處長妥協下來。王副局長端起紙箱子說，你這差事比我這副局長都好。處長慌了，結巴著說，您說哪裡話，我，我。王副局長哈哈大笑起來。處長靈機一動說，您放心，只要是我小老弟有的，就缺不了老哥您的。

送走王副局長，處長回到辦公室，很不滿地問，放廢品那屋的桌子上是誰送來的茶葉？誰收的？也不說一聲。

不知道。大家一起搖頭。

梅大姐知道嗎？

劉倩倩說，她不舒服，去醫院了。

趙有亮說，昨天下午咱都去開會，就梅大姐一個人值班，肯定是那時候送來的。

和物資處有聯繫的單位都知道他們有五個人，逢年過節，抑或有新鮮時令的東西時，他們都會送五份過來。每人一份。不用等處長下命令，他們就照習慣在下班的時候，找報紙遮遮，或找紙箱子偽裝一下，各人帶走各人的。偶爾，會有人多送一兩份，這樣的時候，大家也是各取一份，剩下的就由處長送給那些經常和他一起喝酒的兄弟科室的處長。

李娜想想說，昨晚下班的時候我好像看見梅大姐提了個袋子。

處長說，那就應該是梅大姐收的，哎呀，她咋也不說一聲，說一聲，就不會有今天這尷尬了。

怎麼了？大家一起問。

處長把剛才王副局長的話學了一遍，嘆口氣說，領導還以為咱們得了不知多少好處呢。幾個人一起附和著，對，對，領導就這意思。

那麼多屋子，放哪間不好，她怎麼非放廢品屋裡，給我惹事。處長頹喪地倒在沙發上繼續說，這事搞的，弄得我搭上東西為不出人來，正好還有三份，你們每人提一份吧，趕緊拿走，別放這裡招惹是非了。

劉倩倩說，我的送你了，處長，我不喝茶。

處長擺擺手，喝不喝的，都拿走，看見我就鬧心。

李娜拍了下巴掌說，哎呀，省我錢了，今晚張大良他爸過生日，正愁著買點啥呢。

劉倩倩問，妳打算妥協了？我要是妳，就一輩子不原諒他們。

李娜和張大良從結婚就一直小仗不斷，慢慢地，張大良的爸媽也加入進來。上禮拜天，張大良的爸爸打了李娜一個大嘴巴，並揚言要去找李娜父母問問咋教育的閨女。據李娜描述，她當時氣得渾身發抖，又不好還手，後來終於想出來一句話，一下就把老頭兒氣哆嗦了。李娜對張大良他爸說，告訴我你家祖墳在哪裡，我去問問你爹娘咋教育的你！

李娜嘆口氣說，梅大姐說得對，關係搞僵了難受的是我自己，畢竟有女兒，我和張大良還要過下去，退一步就退一步吧，梅大姐說退一步海闊天空。

趙有亮趁李娜和劉倩倩說話的空檔，從旁邊的櫃子裡找了個黑色的大塑料袋子，進了庫房把茶葉盒子裝好，忐忑地撥通了局長的電話。讓他想不到的是，局長的語氣很熱情，聽到他報上自己的名字後，還很爽朗地笑了兩聲說，小趙啊，哈哈，上次我小孫子可給你添麻煩了，小傢伙高興壞了。聽見局長的笑聲，趙有亮的心熱呼呼地撲騰起來，嗓子眼頓時通暢了不少，他說，那點小事局長還記著？您現在有空嗎？我想給您送盒春茶過去。局長說，不客氣，心意領了。趙有亮說，我馬上就到。

趙有亮兩口子都是外地人，在這個城市裡舉目無親。每逢遇到事情，看看周邊的人都有三朋六友地幫著，就覺得自己活得憋屈而孤單。看著和自己一起工作的人一個個被提拔起來，職稱上也都已是副高、正高的，就自己竟然連中級都沒晉上。老婆李小燕總埋汰他無能，弱智。

其實，他心裡明白問題不在這裡。那些同事發表的論文，他一看就知道大多都不是他們自己寫出來的。就拿職稱英語考試來說，每次他都差個三兩分，有人竟然能考百分。他知道人家考試的時候總能找到關係往裡送答案，甚至能從身分證到准考證全做一遍假，找人替考。可他在這個城市裡找不到一個能幫他的人。但，天無絕人之路！上個月終於出現了一個機會，而且被他牢牢地抓住了。

上個月的一天，李小燕突然給他打電話說，你們局長的孫子住院了，你是不是買點啥來看看？李小燕是醫院的兒科護士。趙有亮說，妳搞準了？李小燕說，絕對沒錯，剛才你們局長老婆接了電話說家裡有事，和保姆一起走了，讓我幫著看孩子。

趙有亮趕緊來到醫院，為避免出錯，他沒有買禮品，而是裝著找李小燕來到病房。病房裡只有局長的孫子和李小燕。孩子正在床上邊哭邊翻滾，滿臉的鼻涕眼淚。李小燕把病床兩邊的護欄架起來，手足無措地站在旁邊。她看見趙有亮進來長舒一口氣說，這小孩太鬧了，非吃糖葫蘆不可，從他奶奶走一直哭到現在，不住聲。趙有亮點點頭說，沒錯，是局長家的，可咱買點啥呢？人家那麼大的領導，家裡能缺啥？李小燕說，趕緊買糖葫蘆去！趙有亮說，糖葫蘆？領導能看眼裡？李小燕說，先別讓他哭才是啊，一會兒他奶奶回來還以為我虐待他了呢。

趙有亮趕緊打的找到最有名的糖葫蘆店。服務員問他要什麼口味的，為確保有適合孩子口味的，他說，每樣來一根。趙有亮抱著一百五十元錢的糖葫蘆，整整五十根回到病房的時候，局長老婆正滿頭大汗地抱著孫子拍打著——寶貝不哭，一會兒糖葫蘆就跑來嘍。

五十根糖葫蘆，頓時讓小孩子眉開眼笑。局長老婆也眉開眼笑。我還頭一回見買這麼多糖葫蘆的，你這小夥子可真實誠。

梅雲離開辦公室思忖著到哪裡度過這額外得來的一個下午。她聽見一個聲音嘆息說，哎，如果他在這裡，自己就又是幸福的傻丫頭了。她被自己嚇住了，突然就有了回家的決心。家裡有需要她照顧的婆婆，有等待她去擇去洗去烹炒的菜，有兒子顯著白色汗圈的運動服，有等待她擦洗的桌椅門窗，有每天都要用手搓洗的焦穩的白襯衣……她必須把自己浸到幹不完的瑣事裡和說不完的話裡。

回到家，婆婆正在床上午休，打著長長短短的呼嚕。大姑姐歪在沙發上睡著了。梅雲拿了婆婆平日裡搭腿的小毯子蓋在大姑姐身上，踮著腳進了臥室。

大姑姐一年前離婚了。最近這半年已不經常回來了。梅雲知道這是因為自己。原來，每次大姑姐回娘家來哭訴的時候，她都能夠苦口婆心地勸慰她，陪她一同流淚，聲討那個沒心沒肺的姐夫。有兩次她還親自出馬單獨找姐夫談判，看著姐夫在她面前低垂著頭，不停地用手指划拉桌子上灑落的茶水時，她感覺自己脊梁柱是筆直的，自己儘量表現溫婉的話語裡充滿了正義和鄙夷。但從那個夜晚之後，她無法再對姐夫的錯誤做評判了，她只得躲避大姑姐的眼淚。慢慢的，沒有了傾聽的對象後，大姑姐就很少回娘家了。

床頭櫃上是她和丈夫兒子的合影。兒子完全就是父親的一個縮小版。他用長長的瘦瘦的胳膊摟抱著爸爸媽媽。焦穩厚厚的手掌像童話故事裡的小屋頂，罩在她的左手上，她的三個白白的指頭像伸頭出來晒太陽的小豬。她拿過照片，用手指撫摸著焦穩和兒子的臉。想到內心裡的煎熬如果被別人知道了，那花白著頭髮孤獨地歪在沙發上的可能就是焦穩，或她自己。她的眼淚驚恐地竄出來。

她在擦拭淚水的時候愧疚地想到已經半年沒有和焦穩親近了。

最初，回到家的梅雲推托說會議安排活動太多，很疲勞。後來，她發現自己的身體有了一些變化，乳房又像當姑娘時來月經前那樣脹痛起來，私密處也有些癢。她偷偷地買了早孕試紙條測了測，沒有懷孕。不久後單位組織查體，婦科檢查時大夫告訴她宮頸糜爛，三度，趕緊治療。梅雲問，要注意什麼？等在一邊的一個同事說，注意讓老公輕著點。屏風後的一群女人肆無忌憚地笑起來。同事說，真的，報紙上說這病首先是因為機械性撞擊形成的，說通俗點就是男人太厲害，撞破了唄。屏風後又一陣瘋笑，有人伸著脖子從屏風的縫隙裡看梅雲。梅雲覺得她們好像窺探了那個夜晚的祕密，她的臉驟然間紫起來，嘴裡說不出一句調侃的話，低著頭慌張地穿褲子，站起身發現秋褲穿扭了，又坐回檢查床糾正，腳卻把踏板上的鞋子碰地上一隻。同事解著腰帶笑起來，慢著點，慌啥，又不是小姑娘，還值當得害羞。大夫督促說，下一個，下一個做好準備。梅雲穿了一隻鞋子蹦到一邊讓地方。大夫扭頭對她說，治療期間最好不要有性生活。

治療期間不能過性生活。這成為一個正當的理由。夜深的時候，尤其是焦穩用很重的鼻音問她，啥時候能好利索的時候，她悄悄地在黑暗裡捂住自己的臉，那場用盡了力氣的愛的撞擊就會像一場立體電影呈現出來。一個半月後，宮頸的傷口痊癒了，恢復了它原本的光滑，那根主宰性愛的神經卻依舊潰瘍著。她發覺自己仍然無法面對焦穩。在她苦思冥想尋找聽起來算是正當理由的時候，她的身體進一步有了變化，她的血打破了生理週期流出來。相比每次的月經來說，這次的血稱得上洶湧。她害怕了，焦穩也害怕了，陪著她跑醫院。在做了各項檢查之後，大夫告訴她沒有任何器質性的問題，可能是因為精神緊張引起的。焦穩莫名其妙地看看大夫再看看梅雲。梅雲不敢抬頭，她知道焦穩在用眼睛詢問她——妳神經緊張啥？她盯著大夫面前的處方問，怎麼治療？大夫說，首先要放鬆精神，再就是吃點宮血寧。

她的血日夜流著，成為另一個質問她、攪擾她、壓榨她、撕裂她但又誘惑她思念、回憶、煎熬的幽靈。她沒有吃藥，她固執地認為這是身體的一種懲罰，她試圖在失血中剔除對男人的渴望和愛，剔除對那個夜晚的記憶。焦穩看她的藥總也不見少，擔心地叨嘮說，吃藥啊，別貧血了。她苦笑著說，順其自然吧，讓身體自我調節吧。

梅雲撫摸著照片上的兒子，想到那個夜晚還把自己給兒子準備的答案敲碎了。半年前，面對劉倩倩不知找怎樣的人戀愛的時候，她總會想到自己的兒子，想到過不了幾年兒子也會面對婚戀的問題，也會苦惱，也會來問她同樣的問題。她的心裡有一個響亮的驕傲的答案在等待著她的兒子長大——找一個媽媽這樣的人！

現在，給兒子準備了許久的那個答案沒了。

喬道的生意談得很順利，對方是一個幾萬人的大廠，福利茶全由他供應。當他折疊起那張淡紅色的合同，打算放進公文包的時候，對方在半小時前把他的信封放進左側西服口袋的動作浮現出來，他模仿著那個動作把合同放進左側的襯衣口袋，硬硬的紙角如同女人美麗的指甲漫過他的肌膚，變成一朵偷偷採來的花在裡面盛開著。一個扭動著他嘴唇和眼角的笑，帶著鼠夾彈跳的歡快跑了出來。對方正把鼻子湊近茶杯享受著那嫋嫋而起的板栗茶香，聽見他的笑聲莫名其妙地上翻了眼珠看他。喬道急忙把笑改成爽朗的告辭。緊握著對方肥嘟嘟濕乎乎的手時，他想起了梅雲和她的茶葉。她的茶葉送給了誰呢？也是這樣一個貪婪肥胖的男人嗎？那個人也會這樣享受她的茶葉嗎？他的心裡突然有了失落和擔憂。

喬道從車窗裡看著霧濛濛的天和在突來的春寒裡瑟縮著的行人，他決定推遲回家的時間。他在梅雲家附近的咖啡店裡坐下來，給司機放了一下午的假，讓那個年輕的男孩開著他的奔馳去看看這個城市裡咕嘟咕嘟往外冒泡的泉水。看著男孩驟然展開的快樂，他記起二十年前，自己也是這樣的年紀，也是這樣寒冷的天氣，梅雲陪他一起瞅著那從地下奔湧而出的泉水時，自己年輕的胸膛憋漲得幾乎裂開了縫。他來找她，是下定決心要把肚子裡積攢了數年的愛戀像泉水一樣咕嘟給她的，卻被一塊巨大的石頭硬硬地砸下去，壓住了泉眼。那塊石頭是焦穩的一張兩寸黑白照片，是梅雲用她厚厚的彩雲一樣的笑托舉著給他的。他還給梅雲的時候，看見自己的指甲印仿似一把彎刀掛在照片的右上角。

二十年過去了，他養成了牽掛這個城市的習慣，關心著它的天氣，溫度，風力級別，汙染指數和大大小小的變化。他和她偶爾見面的時候，一起談論的也總是這個城市，大多數的時間裡是他在說，她在聽。彷彿她是外來的，而他是祖祖輩輩扎根在這裡的。

梅雲聲音的變化他一下就聽了出來，那以頭疼當作藉口的苦惱已如浸濕的棉絮堵塞著她的鼻腔。他的聲音輕飄起來，突然就有了翻弄她苦惱的執著。他說，我今天事辦得順利，心情好，特地留下來請妳，來不來妳就看著辦吧，我們五年沒見了吧，妳要是忍心把我一個人晾在這裡妳就不來。

梅雲來了。她穿了一身灰色的休閒西服，裡面是淺灰的羊絨衫。像團凝結在一起的霧，無助地被風颺動著，在咖啡店外，停下，用紙巾按了按眼角。她哭了。他發現自己瞬間有了一種難以言說的快感。這是他二十年來從她身上得到的最令他舒展的感覺。他壓在桌子上的胳膊回撤到身體的兩側，整個人軟塌塌地依靠在沙發上，任由體內那股氣流緩緩地把自己充盈起來。

梅雲在他面前坐下，背後褐色的沙發一下子讓灰灰的她有了衰敗的味道。喬道的心揪動了一下，坐直身子說，梅雲妳不該穿灰色的，妳這個年齡應該穿亮色的衣服。

喬道你就少損我兩句吧，我知道自己老了，老到該用花花綠綠來遮掩了。梅雲下意識地把左手捂在鬢角的黃褐斑上。

喬道說，我點了咖啡，妳要什麼？他想起高中時，當那首苦咖啡從台灣飄來時，縣電影院邊上出現了咖啡屋，他鼓足勇氣向梅雲發出了邀請。梅雲搖完頭又反問他，喝咖啡？他看見她美麗的眼珠泛出燦爛的赤金色。他說，對，喝咖啡，就像歌裡邊一樣的苦咖啡。那一刻，他看到她眼裡的赤金色光束顫動起來，普照著他，像奶奶開始煮晚飯時隱在山坳裡的霞光。她做了一個電影裡指揮衝鋒的連長的手勢，他的心臟立馬就成了一匹狂奔的戰馬，發出急促、有力、悅耳的蹄音。當他倆一前一後坐到咖啡屋那昏暗低垂如同被削掉頭的倭瓜燈下面，異口同聲地對服務員說不加糖的時候，他們共同認為苦咖啡是這個世界上最浪漫最迷人的東西。

梅雲說，來杯薰衣草吧，最近睡眠不好。

服務生說：先生點的是一杯卡布奇諾，女士點的是薰衣草茶，對嗎？請問，咖啡加糖嗎？

喬道看著梅雲說，不加糖，苦咖啡。

梅雲皺了眉頭問，怎麼，你有糖尿病嗎？

喬道嘆口氣說，梅雲妳變得沒有幽默感了。他大聲對服務生說，加糖，多加幾塊。

梅雲苦笑著說，老了麼，老女人在你們男人眼裡就只剩下缺點了。她的眼前出現了那棵飄散著金色扇形葉片的樹，和樹底下那個喚她傻丫頭的男人。

老婆慣常的牢騷話從梅雲嘴裡說出來，讓喬道禁不住一愣。他心裡暗自嘆道，女人啊。他往前探探身，打起精神盯著梅雲。他二十年來牽掛不已的女人。他心目中完美的女人。他用來當作尺規衡量著老婆的女人。讓他躺在老婆身邊唉聲嘆氣的女人。

梅雲意識到喬道在盯著她，趕緊說，今天我大姑姐來了，可以幫我照顧老太太，晚上我和焦穩請你吃飯。

喬道說，妳不怕我把妳掛相的事說出來？下次再見焦穩吧，今天咱們老同學敞開心扉聊聊，我琢磨著，我要是不把妳心裡的事勾出來，妳能把自己折磨瘋了。

哦！梅雲下意識地捂住嘴，眼睛恐慌地從喬道身上跳躍開。淨亂說，我能有什麼事？

喬道說，咱倆誰和誰呀，我要是連這一點都看不見，我還是我嗎？焦穩沒發現嗎？妳都這樣了，他沒發現嗎？說說吧，什麼事？

跟焦穩沒關係。梅雲低下頭看著玻璃桌面下自己抖動的膝蓋。

喬道沒想到梅雲會這麼激動，他抓住她的手。她往外抽。他使勁地攥。僵持了幾秒，梅雲的肩膀一鬆，眼淚啪啪地砸到喬道的手背上。喬道的眉頭和心頭一起扭起來。別這麼苦自己，告訴我到底是什麼事？說不定我能幫妳。

梅雲咬著嘴唇，沉默地抖落著淚珠子。

在單位受排擠了？

焦穩做對不住妳的事了？

孩子惹妳生氣了？

妳父母病了？

婆婆讓妳受氣了？

大姑姐惹妳了？

都不是，那，那是什麼?!喬道的腦子裡突地冒出一個他不願意想到的問題，他乾笑著問，不會是妳做了對不住焦穩的事吧？

我，我該怎麼辦啊，喬道，我沒想到自己會這樣，我不想傷害誰，我以為它過去就過去了，喬道，我，我真的怕傷害焦穩，我怕孩子會瞧不起我，大家會瞧不起我，我。梅雲的眼淚明晃晃地兩片。喬道看著，慢慢鬆開自己的手。梅雲得了解放的手掌慌亂地在臉上抹起來，邊擦邊說，你是不是也瞧不起我了？

喬道的右手啪的一下翻扣到桌面上。妳怎麼能這樣？梅雲！妳怎麼能這樣?!喬道恨恨地看著她。他心裡面完美的標尺斷裂了。他的女神墮落了。成了一個普通的甚至比普通還要不能忍受的、背叛丈夫背叛家庭的賤女人。

賤女人。

賤女人。

喬道的心裡湧動著小小的浪頭。服務生端來了咖啡和薰衣草茶。喬道端起咖啡一飲而盡，然後把杯子啪的放下來，沒走幾步的服務生回頭驚訝地看著他。他說，再來一杯。說完，他點了一支菸，走到門外抽起來。潮濕的淡白色霧氣裡，髒黑色的柏油路上矗立著髒黑的樹幹和無精打采的人。一團油灰塔拉的令人厭倦的潮濕進到他的體內，喬道的眼角處一粒努力滑動的水珠被眼白上密集的血絲牽拽著。良久，他扔掉菸頭，心裡面有了另一種憤怒。

梅雲，是不是那個畜生欺負妳了？妳說，是誰，我替妳滅了他！

不，不關別人的事，是我自願的，我自願的。我原以為那是能夠隱藏起來的，能夠刪除掉的，是和別人，和我的生活都沒有關係的。可是，它刪不掉，它時時刻刻都在我眼前晃著，我，喬道你告訴我，我該怎麼辦？

喬道看著梅雲面前那個漏斗形狀的杯子裡漂浮的薰衣草籽，想到那美麗迷人的紫色花朵竟然結出這麼醜陋的籽，一粒粒，像長了黴菌又被風乾的小型老鼠屎，他把目光從她的杯子上移開，轉到服務台的酒櫃上。

焦穩知道了？

不知道。

那男人會說出來嗎？

不會吧。

會有人知道嗎？

不會吧。

那還好辦，妳自己捂蓋好了，不讓別人知道就是了，以後約會的時候要小心再小心。

沒有以後。梅雲低下頭試圖喝口茶，那紛紛湧向她唇邊的黑灰色的種子讓她放棄了喝茶的動作。喬道看著兩粒風乾的老鼠屎黏在她乾澀的唇上，他指指自己的唇提醒她，問，為啥？

梅雲擦擦嘴唇說，因為一個夢。那個夜晚還沒有完全結束的時候我就做了一個夢，夢見我偷摘了別人家門口的一個大西紅柿，我掰開那個西紅柿，發現它並不像看起來那樣好，裡面沒有飽滿的汁，倒是皮裡有一層黑色的菌，但芯還是紅的，我剛咬了一口，就有兩個人出現在面前，指責我偷了他家的東西。我慌亂地藏了西紅柿，想解釋，不想那兩個人追著我就打，我就跑啊，躲啊，怎麼也甩不掉他們。夢醒了，我才明白我以為僅僅是為了難以自控的情感的付出，其實也是一種盜竊！自己從那人那裡得到的不僅僅是他自己的，還是另一個女人的，或者還是另一個孩子的。我給他的，也不僅僅是我自己的，可能還是焦穩的，還有些東西是我兒子的。這樣，我就害怕起來，我沒打招呼就離開了。我知道我不會允許自己有以後了。梅雲嘆口氣，哎，說出來感覺好一些了，這半年來，憋得我都快瘋了，我真怕自己在夢裡說了出來，然後，然後，生活就唏哩嘩啦了。

喬道說，梅雲妳發生這種事情是我想像不到的，那個男人一定非常那個吧，能讓妳，啊，能讓妳這樣，我真的想不出他是個怎樣的人。

梅雲苦苦地笑笑。看喬道的眼神一直探究地纏繞著，她想想說，我不知道他在別人眼裡是怎樣的，對我來說，可能就是一團光亮的小火焰，我就是一隻蛾子。我自己也說不明白，或許是因為他叫我傻丫頭吧。

什麼？因為他叫妳傻丫頭？

嗯。

呵呵，那妳可真夠傻的。

你可能不相信，從那次之後，我只給他發過兩個短信，也都僅僅是三個字，問問他還好嗎？開始我想忘，可是，越想忘掉就越忘不掉，時時刻刻在腦子裡晃著。後來，我就想既然忘不掉就養在心裡吧，像養草一樣。可是，還不行。那茶葉就是買給他的，我對自己說了上千遍，不要買，不要再去招惹心裡面的那棵草。梅雲抬頭直視著喬道說，可是我做不到，我對他唯一的一點了解就是知道他喜歡喝綠茶，他的話總在腦子裡糾纏著，他說，每天早晨泡上一杯綠茶，熱熱地喝進去，會感覺身體像禾苗一樣伸展開。這句話牽著我，給你一遍遍打電話。我，哎，或許我能做的就是每年給他寄一次茶葉吧。

喬道歪著嘴角笑起來。

梅雲停住話頭問，我是不是很可笑？

喬道搖搖頭說，給他喝呀，我要是早知道，我給包上狗屎。

李娜用鄙夷的眼神看著張大良他爸像小孩子一樣戴了生日蛋糕店贈送的黃色紙圈，雙手合十，閉目許願，然後用一口夾雜著唾沫星的酸腐口氣吹滅了七支紅色的有著螺旋花紋的小蠟燭。蠟燭的火苗一滅，她的女兒樂樂和張大良的外甥就伸手來搶，樂樂只搶到三支，比表哥少一支，哇哇哭起來。張大良的姐姐從兒子手裡奪了一根塞給樂樂，她自己的兒子又哭起來。大人們七嘴八舌批評著兩個孩子。李娜想想，趁著亂哄哄的勁兒，自己或許能把好聽的話說得順溜一點。她從腳邊提起茶葉盒子，隔著蛋糕遞向張大良他爸，說，啊，那個，我給爸買了一盒春茶，爸別的愛好我也不知道，我就知道你愛喝茶，哈哈。李娜說著說著，看公公婆婆的臉上堆滿了笑，自己先他們發出了聲。

婆婆替公公接過來，說，還不快接著。婆婆看看上面的字說，哎呀，老頭子這茶葉好著呢，其實呀，一家子不用這麼破費。大姑姐伸頭看著茶葉袋子，抬頭對他爸說，好像真的不錯。張大良他爸扭頭對兒子說，大良，把茶壺的茶葉換了。張大良喜滋滋地瞅眼老婆說，好！他把嘴湊近李娜的耳朵說，妳每天都能這麼表現就好了。李娜瞪瞪眼脆生生地笑著說，那得多少錢？

張大良指著茶葉盒上面的圖片大聲說，哎呀，這茶好，看這圖片——實物照片，現在這茶葉敢表明生產廠家電話位址的就應該算好茶了。張大良姐姐說，喝茶，爸是內行，你就是看包裝的水平。張大良他爸的熱情已被調動起來，看了一眼李娜，催促兒子，趕緊泡茶。張大良翻開茶盒，拿出裡面圓柱形的茶筒，拔開蓋子，伸了三個指頭進去拿茶葉。他的手指沒有觸到料想中的茶葉袋子，不由自主地繼續往下探，整隻手伸進去，探到了筒底，一無所獲的手指在裡面轉了個圈，連一片茶葉也沒摸到。

咋是空的呢？張大良不敢相信自己的手指，抽出手來看看，再伸進去。

張大良的爸爸媽媽姐姐姐夫的臉上立馬升騰起同樣的警惕，一起看著李娜。樂樂臉上抹了蛋糕，因為聽媽媽說自己像小貓，她就喵喵地叫著，伸了手指要把媽媽抹成貓媽媽，樂得李娜正哈哈大笑。張大良扔了手裡的空盒子，打開另一個。還是空的。

李娜，茶葉盒是空的！張大良滿臉通紅地朝老婆喊起來。

李娜笑著說，你就放屁吧。說完意識到公公婆婆在，趕緊改口說，咋可能呢？

咋不可能？張大良把空空的茶葉盒子塞給她。妳在哪裡買的，趕緊找他去！

我，我，會不會是小孩子給拿出來了？李娜扯過女兒，厲聲問道，是不是妳動媽媽的茶葉了？女兒哇的一聲哭起來。

張大良他爸臉上的警惕隨著小孫女的哭聲轉化為洶湧的憤怒，他大喝一聲，夠了！還沒來得及被切割分享的蛋糕隨之飛出去，漫過張大良他媽的肩頭，在緞面軟包的牆壁上損毀了美麗的形狀，然後一塌糊塗地死在地板上。樂樂和表哥立即跑過去，圍著破碎的蛋糕哭起來，邊哭邊罵，爺爺壞，爺爺壞。壽星在孩子的哭聲裡拂袖而去——要我！張大良他媽拿起老伴的外套跟著站起身，看看兒媳，伸手給了兒子一個大嘴巴——有這樣要你爸的嗎?!

喬道決定見梅雲還有另外一個原因——他給梅雲的並不是珍貴的春茶，而是去年的秋茶。每年的秋天他都會採一批品相好的，炒好之後保存在冰箱裡，應付第二年春天那些找他要茶的人。那些口口聲聲買茶實際上又不會付錢給他的人。秋天的茶，幾元的成本，就能冒充春茶換得上千元的人情，可謂一本萬利。偶爾遇到一個堅持付錢的，就平了一春的虧本。他沒有想到梅雲會付錢給他。他決定留下來和梅雲好好敘敘舊，讓他們之間的情意濃厚到不會因為春茶和秋茶的一字之差而受影響。儘管他做過實驗，好的秋茶用冰箱保存到次年春，在品相色澤上幾乎和春茶相差無幾，僅僅是湯色稍稍偏黃，氣味上不再是板栗的香，而是一種醇香。這些微的差別不懂茶的人是很難發現的。當他看見跟他簽訂了合同的那個人用一種陶醉的神情享受春茶的氣息時，他心裡突然有了一點忐忑——如果喝梅雲茶的人也是這樣品茶，如果那個人因為洞察了茶的區別而挑撥了梅雲和自己之間三十多年的友誼咋辦?梅雲會怎樣看他?

二十年來，喬道等待著梅雲向他訴說對婚姻的不滿，對焦穩的失望或者對生活的憤怒。

等待一個讓她明白對他的愛視而不見是種錯誤的時刻。二十年，她竟然一直都是平靜的，安寧的，寬厚的，隱忍的，默默付出的，默默承受的。孩子幼時的病弱，焦穩的失業，婆婆的偏癱。二十年，她在他的心目中日漸高大美麗。甚至五年前，他看著她把那品相極好的茶葉像嚼菜一樣嚼碎，碎片黏附在澀燥的唇齒間時，看見她端杯子翹起的手指不再蔥白潤滑時，他都在失望之後把它們轉化為一種她甘於奉獻的令人崇仰的符號。讓他沒有想到的是，她用一個月的工資買了珍貴的「春茶」來餵養她心裡的那棵草。一個積聚了所有傳統美德的女人竟然是一個允許心裡長草的女人！

和梅雲分別後，他斟酌再三，撥通焦穩的電話。喬道說，老兄，我今天來辦事和我老同學見了一面，她看起來憔悴了不少，這可就是老兄你的不是了，女人跟花草沒啥區別，你得施肥澆水，滋養她。不不不，梅雲沒說啥，她你還不知道麼，在她嘴裡能聽到的都是你的好，我就是多管閒事，看她精神不太好，提醒你多關心她。焦穩哈哈笑著說，在惜香憐玉這方面，我還真得向你學習，好好好，今晚回家就關心。

晚上，梅雲和焦穩給母親洗了腳，洗了臉，擦了身子，刷了牙，解了小便，等母親睡下後，兩個人回到臥室。焦穩關了兩人的手機說，今天你猜喬道給我打電話咋說的？

他給你電話了？咋說的？梅雲緊張起來，低頭揪著焦穩毛衣上的絨球。

焦穩看著她的手指說，這天說變就變，前兩天暖和得都穿單衣了，這又把毛衣穿上了，穿不了兩天又該熱了，妳又得洗一遍。

喬道說啥了？

呵呵，他呀，他說，女人跟花草一樣需要施肥澆水，需要滋養，看妳憔悴了讓我多關心妳。哎，老婆，這可不怪我啊，我的肥料都浪費了，快半年了吧？焦穩抓起梅雲的手按在自己精神抖擻的私處，咬了她的耳朵說，打支美容針吧，藥水已經準備好了。

為了阻止自己腦子裡亂放電影，梅雲邊配合焦穩邊在心裡念叨，好好做，從今往後每次都好好做，好好做，每次都好好做，不能再錯了，不能再錯了。梅雲發現男人的影像還是在這些話語的縫隙裡探頭探腦，她趕緊在心裡高密度地呼喊焦穩的名字——焦穩

焦穩密集成點狀分布在梅雲的大腦溝回裡，分布在她每一條用來思考用來思念用來思想的

神經枝條上。

焦穩憑藉以往的經驗以為完成了前戲的時候，他激情滿懷地打算讓自己運載著給養的潛艇開始出發，卻發現航道依然是乾澀艱難的。焦穩後退了身，伏下去。她的腳丫抬起來撫摸他的面頰。

那個夜晚的動作。

那個夜晚，男人抓過她的腳丫一個個吮吸腳趾，像吮吸小小的棒棒糖，一顆又一顆，然後，把五顆一起吮進嘴裡。愛憐而貪婪。那一刻，他是魔術師。那一刻，她是得到魔法的小美女。一個在糖果上面，在會彈跳的糖果上面飛升舞蹈的小仙女，她飄飛成彩色的雲，成尖叫的淚，成奔湧的泉。

焦穩撥拉開她的腳。

焦穩。焦穩。

一個撥拉的動作使得焦穩和焦穩的密集排列中間突然出現了一個空白點，一粒悄悄潛入的濃縮炸藥。轟的一下，那濃密得如同一籮筐小米的焦穩瞬間像揚落的米粒四散而去。梅雲忽地一下坐起來，如同從一場夢裡驚醒，喘著粗氣，目光迷離不安。

焦穩被梅雲毫無前兆的抽身而退弄得懊惱不已，他趴伏在床單上，平息自己的情緒。然後，他坐起身，捋順梅雲的亂髮，嘆息說，咱們再看看大夫吧，妳哪天有時間告訴我，我陪妳去。梅雲歉疚地說，對不起，我不是故意的。焦穩笑笑說，說啥呢，我又沒埋怨妳。焦穩說著，開始穿衣。梅雲問，幹啥去？焦穩說，上廁所，我得自己解決一下。梅雲囁嚅著，我，我幫你吧。焦穩說，我還是自己來吧。幾分鐘以後，焦穩一聲粗短而壓抑的——嗷，窗縫裡的寒風一樣衝進臥室。她不由得打了個哆嗦。

李娜提著給她婚姻捅了大窟窿的茶葉盒子看著張大良和女兒的背影，一時不知該如何和丈夫說明白。張大良守著姐姐姐夫的面恨恨地說，我帶孩子先回家，誰賣給妳的妳就找誰去，看準了，原樣的，別讓人家再糊弄了妳，換不回來就別回家！李娜知道，張大良挨了他媽一個大嘴巴還堅持不肯說李娜是故意戲耍他爸的，說明這件事情在他和他家人心裡已經很嚴重了，嚴重到張大良開始長腦子了，開始費心思維護他們的關係了。她站在酒店門口的冷風裡，想到應該跟梅雲說一聲，讓她幫著出個主意。連打兩遍都是關機，李娜握著手機一時六神無主。站了一會兒，她撥通了處長的電話。

什麼？妳說什麼？怎麼會有這種事?!不開玩笑？

處長，你說我咋就這麼倒楣，我可是聽了梅大姐的話放下架子去和他們一家修補關係的，這可好，成了我要弄人家了。你說，我那盒茶葉怎麼會是空的？

妳在哪裡，我馬上過去。處長意識到了事態的嚴重，可能不僅李娜的茶葉盒是空的，很可能所有的茶葉盒都是空的！他送給王副局長的也是空的！

處長邊開車邊給趙有亮打電話，把李娜的事情講了一遍。趙有亮當時就結巴了——這這這怎麼可能？處長說，你趕緊看看你的是不是空的。趙有亮用哭腔說，我的也送人了，這咋辦?!處長說，李娜在朝陽湘菜館門口，咱們見面再說吧。

三個人在酒店門口碰了頭，坐到處長的車裡，處長和趙有亮扭著脖子又聽了一遍李娜的敘述。趙有亮說，給梅大姐打電話，她接的，她應該知道咋回事。李娜說，我已經打了，她關機。處長想想說，這事好像不那麼簡單吧。他說，這樣吧，李娜，妳趕緊給劉倩倩打電話，讓她看看她的盒子是不是空的。

劉倩倩也關機了。

處長問李娜，知道劉倩倩的宿舍嗎？李娜說，知道。

李娜把劉倩倩從被窩裡拽出來，說明緣由。劉倩倩聽得目瞪口呆，她擺著手說，萬幸，萬幸，我沒有送出去。

劉倩倩下班後給媽媽打電話聊天，說自己發了一盒春茶，那盒子特精美。媽媽當時沒說什麼，過了一會兒打了電話回來說，讓她去火車站，徐阿姨路過這個城市，很想見見她。劉倩倩知道那個徐阿姨是媽媽羨慕不已的人——有一個當大官的老公，一個非常帥氣的出國留學的兒子。媽媽最常說的就是——妳要是能找到像妳徐阿姨那樣的婆家就好了。她明白媽媽的意思，大聲和媽媽保證，一定完成任務！她媽媽說，妳帶著那盒茶葉就行，火車可能就在你們那裡停五分鐘，人家就想看看妳。當劉倩倩翻箱倒櫃地把自己武裝起來時，媽媽又來電話說，諮詢過火車站了，火車改成動車後只停留一分鐘，根本沒有時間相互尋找、相認。劉倩倩心情鬱悶就早早睡下了。

劉倩倩和李娜鑽到處長的車裡，說，我的還在辦公室呢。處長果斷地扭動了方向盤下的鑰匙，朝著辦公室飛奔而去。四個人你擠我撞地進了辦公室。劉倩倩從桌洞裡拿了茶葉袋子放桌上，眼睛看著處長。處長說，打開呀。劉倩倩說，我不敢。

又不是炸彈。處長說著在沙發上坐下。他知道那就是炸彈。如果劉倩倩的盒子也是空的，那就證明他送給王副局長的就是炸彈！

趙有亮看看盒子，看看處長，他也頹然在沙發上坐下。兩隻手掌在膝蓋上摩挲著，把裡面冰涼的汗蹭乾淨。

李娜看看同病相憐的處長，她拿過來打開。

空的！

空的！

四個人各自抱著胳膊，目瞪口呆地看著那首尾分離的兩個茶葉筒在劉倩倩的辦公桌上輕輕地遐意地晃動著。

晃。

晃。

晃。

我讓你晃！趙有亮抓起茶葉筒扔地上，用腳狠狠地踩上去！茶葉筒調皮地從趙有亮腳底下竄出來，閃得他一趔趄，劉倩倩趕忙扶住他。李娜把滾到腳底的茶葉筒用她尖尖的棗紅色的鞋尖踢向門後面的垃圾桶。處長看著他們說，你們是怎麼看這個事兒的？

四個人紛紛談自己的看法，綜合有二：

一、送禮的人送的就是空的，梅雲和他們一樣，也是無辜的被戲耍者。這樣的話，梅雲的也肯定是空的。

二、送禮的人送的不是空的，梅雲自己的也不是空的，但是她把所有的盒子拿空了！

處長說，第一種可能很小。因為既然是送禮的就是有求於我們的，有求於我們的人怎敢戲要我們？處長咬牙切齒地說，要是讓我找出是哪個狗崽子敢這樣戲耍我，我不捏死他！他要是能從我這裡得到一張訂單，我把姓倒過來寫！這樣說著，處長和趙有亮兩個人心照不宣地看了一眼。都看到了局長和王副局長的憤怒。

李娜搓搓面頰說，我都起雞皮疙瘩了，如果是第二種的話，梅大姐也太陰險了，這麼多年她都表現得那麼好，哎呀，我真的不敢想下去了。

嗯，我媽媽說這個季節的茶葉很貴的。劉倩倩說。

事情不會那麼簡單，或許是她摸清了咱們的心思。處長嘆口氣。

李娜哀求說，處長，別說了，我直害冷呢，她昨天上午一個勁兒勸我不能錯過張大良他爸過生日的機會，買點稀罕東西把關係緩和了。唉，這稀罕東西就出來，你們說咋解釋？她故意害我？

為啥？劉倩倩問，我不明白，她為啥害妳？

趙有亮說，為啥？嫉妒！她肯定是嫉妒！你們想想一個人怎麼可能會那麼好？一個家庭怎麼可能會那麼和諧？我現在斷定都是因為嫉妒使得她在裝！你們想想，她其實是在很多方面不如我們，她的學歷最低，年齡最老，在咱們這裡一喊減員的時候，她的競爭力是最小的。她，她的家庭最困難吧？她家焦穩單位破產，給人家打工……看她穿的，和李娜劉倩倩都沒法比。

她什麼都不如我們，所以她就裝好，裝得比誰都好，家庭比誰都幸福，就用這一點來把我們比下去，李娜妳還總是跟她哭訴家裡的事，正中下懷！

趙有亮把他福爾摩斯的手指指向李娜，想到自己正是因為無法剔除的嫉妒才把茶葉送給了局長——他嫉妒他們當地人的人情優勢。除了他趙有亮，他們活得多麼呼風喚雨，多麼溫暖融融，多麼如魚得水——處長開車違規被警察查住，就可以用指頭理直氣壯地指著警察說，你放不放我，你不放是吧，你會給我打電話會給我把車送回去的！果然，處長的車就被那個警察送回來了，那個警察和處長一起坐在沙發上抽著菸，哥們兒哥們兒地相互叫著。而他，趙有亮，同樣的情境下，只能乖乖地點著頭，哈著腰，不轉眼珠地看著警察的手指頭，哀求人家少寫一點，然後不敢耽誤地跑到銀行交錢。他理解嫉妒的力量。

深刻！處長拍拍趙有亮的膝蓋。

劉倩倩問，這麼說真是梅老師幹的？越說越像啊，中午你們都不在，她就很反常，後來她說不舒服，我就催她去醫院，哎，這麼想想是跟以前不大一樣。

處長說，不管是不是她故意給我們挖坑，我還是很佩服趙有亮對人性的透視。

李娜在趙有亮的分析裡看見了自己的愚蠢，想到自己這麼多年無遮無攔的哭訴可能都給梅雲當了口香糖，當了襯比她美好形象的墊腳石，心裡窩火得很，拍拍胸口說，哎呀，我真是傻到家了，找她去！

處長說，妳不是說她關機了麼。

李娜說，我知道她家，她都讓我們坐蠟了，家都回不去了，她倒好，關機睡覺？

好，找她，看她咋說。劉倩倩附和著。

處長拿起車鑰匙說，走，哎，你們比我都幸福，你們說要是王副局長打開茶葉盒子發現是空的，我這輩子估計也就到頭了。一週前，處長剛從幹部管理處長那裡得知局裡的中層幹部很快要實行重新競聘。幹部管理處處長說，競爭非常激烈。

李娜說，不要緊，我們都給你作證，證明你不是故意的。

處長冷笑一聲說，你們以為領導跟咱稱呼一句哥們兒，就真跟哥們兒一樣啥都能解釋啊，他不會聽你的，關鍵時候給你一雙小鞋穿上就夠你難受一輩子。

劉倩倩問，處長你該咋辦？

處長說，能咋辦？一點辦法沒有，我現在就寄希望於王副局長自己並沒有喝那茶，而是把茶葉送給了別人。處長的話嘎然而止。

四個人走到車前，趙有亮說，我就不去了，剛才老婆發短信說孩子不舒服，讓我早回家。說完，不等別人贊成就自顧自地走了。李娜說，趙有亮就善於這樣，分析起來一套一套的，到

你咋就不打開看看？你打開看看不就沒這事了？趙有亮攤著兩隻手說，現在說這話有意思嗎？咋辦？咋辦？耍弄局長，天啊，我真不敢想下去了。李小燕說，趕緊想想辦法啊，你挖挲著兩隻爪子有什麼用？趙有亮說，辦法我已經想出來了，就是得妳同意。李小燕說，什麼時候了還這麼娘們兒，想出來就趕緊去辦。趙有亮說，我想去找局長祕書，讓他幫幫忙，可這麼晚了已經沒地方去買禮物了，把結婚十年紀念日那天我送妳的羊絨衫送給他家屬吧。李小燕說，那可不行，那是我十年辛苦得來的，再說了，也太貴了點吧，兩千多呢，春節發的購物卡不還有麼，送張卡不就得了。趙有亮說，求妳了，就還有一張五百元的，拿不出手。李小燕撅著嘴找出沒捨得穿的羊絨衫，對趙有亮說，打開盒子，看準了，標牌都沒捨得拽下來呢。

趙有亮提著老婆的羊絨衫敲開李立的家門，哈著腰說盡了抱歉的話進了門，對穿著花花綠綠家居服的李立兩口子懇求再懇求。李立彈著菸灰一再說，這可難辦，局長的脾氣你是不知道啊，這事難辦啊，又是時令的不重複的東西，局長印象深著呢，想替換都替不了。李立老婆心軟，她說你看人家小趙眼淚都出來了，幫幫他吧，拿回來是不可能的，你就先帶他到辦公室看看，萬一裡面不是空的呢，就是空的，你先給遮遮，容他有時間買了補上。

李立從局長辦公室出來對等在辦公樓下的趙有亮說，確實是空的，我能做的就是把它放進了櫥子，不引起局長的注意，他要是說想喝新茶，我看情況先幫你應付著。正巧明天局長要去北京出差，可能需要個三四天，你抓緊搞到同樣的，我給你換回來。

趙有亮舒了口氣，千恩萬謝地辭別李立，回到辦公室撿起那個沒有踩癟的盒子把上面的電話號碼和地址抄了下來。

梅雲和焦穩躺在床上，彼此聽著對方清醒的呼吸，黑黑的空氣裡突然就有了不該清醒的隔閡和恐懼。各自的胸中都堵著一股壓抑而潮濕的氣體，像窗外一天未散的霧。焦穩的嗓子眼粗，雖儘量按壓著，那股氣還是瞅了他疏忽的瞬間衝了出來。長長的，濕漉漉的嘆息，如同一條從水中撈出的黴濕的皮帶被看不見的手揮動著，顫顫悠悠就抽到了梅雲身上。她不由得緊縮身子。焦穩感覺出她的動靜，就乾脆再嘆口氣。梅雲哽咽了問，怪我是不？對不起，我，我保證以後不會讓你自己那個的。

焦穩側了身子背對著梅雲說，只要妳心裡沒藏事，我就是從現在開始一直都自己那個，我也不怪妳，這點事和兩口子之間一輩子的恩愛比起來算啥？

梅雲驚恐地說，瞎想，我能藏啥事？

焦穩換話題說，妳知道姐今天來幹啥，找我商量和姐夫復婚的事，姐夫託人來試探她。

梅雲問，姐自己啥意思？

焦穩答非所問，妳要是我姐，妳會咋著？

梅雲一時不知如何回答。焦穩等不來答案就說，這個年紀的女人還能咋著？復婚吧，曾經被背叛的傷害在心裡去不掉，不復吧，也找不到比那個人更好的了。姐說，就是能找到合心意的，帶著一個男人幾十年的記憶，兩家兒女的是是非非，活在另一個人身邊，心裡也舒坦不到哪裡去。

梅雲說，那就是打算復婚了？

焦穩說，破了的鏡子咋拼也不是那回事了，叫我說這兩人都弱智。鏡子都是兩面的。梅雲不知該怎樣把話題繼續下去，也不知該怎樣把話題打住，冒出一句辭不達意的話。焦穩笑笑說，兩個面，幾個面也不是摔碎的理由。

處長一行在梅雲家樓下，仰望著梅雲的臥室窗戶。黑著燈呢，太晚了點吧？處長說。

李娜說，對睡覺的人來說是晚了點，對我這無家可歸的人來說就不晚。她說著按動了電子門上梅雲家的號碼。處長說，妳倆別亂說，先聽我說，畢竟是老同事，萬一是送禮的人搞鬼，話說重了不好，一句話，水深之處，不可輕舉妄動。李娜和劉倩倩頻頻點頭，她們樂得當看客。

焦穩把三個人讓進客廳，梅雲也穿戴整齊地笑著迎出來。什麼風把你們都吹來了？三個人哼哼哈哈地坐下來。梅雲看李娜面頰紅撲撲的，就問，喝酒了？去參加妳公爹的生日宴了麼？焦穩忙著倒茶，梅雲不等李娜回答就開始削蘋果。處長說，你們別忙了，我們來就問個事，本來打算打個電話，可梅大姐手機關了，就只能來了。梅雲說，這麼巧。焦穩笑笑說，我就今天勤快了一回，早早地給她關了，她頭疼。梅雲問，啥事呀？

處長說，其實就是問問妳，廢品屋裡的茶葉是誰送的，這事搞大頭了。

梅雲皺了眉反問，廢品屋裡的茶葉？誰送的？我不知道啊。

妳不知道？李娜和劉倩倩異口同聲。

不知道啊，啥時候送的？我下午沒上班。

處長看看李娜和劉倩倩，乾笑一下說，我們三個和趙有亮都不知道，以為妳知道呢，妳要是不知道，這事就怪了，妳不知道還好，我們還怕妳萬一也拿了茶葉送人，送給人家才發現茶葉筒裡是空的。

茶葉？空的！你們是說那桌子上的空茶葉盒子？那是我買了送人的，不好寄，就拆了包裝，咋了？你們當茶葉送人了？

什麼?!

真的?!

三個同事和焦穩不轉眼珠地盯著她。梅雲看見了他們的不信任。她的額頭瞬間就冒出了汗珠。她丟了手裡削了一半的蘋果，去翻自己的錢包。我有發票的，我好像還沒丟，真的，不騙你們，我今天早晨剛從一個專門搞茶葉的老同學那裡買的。

處長看了看發票遞給了李娜，李娜看了看遞給了劉倩倩，劉倩倩看看打算遞給梅雲，焦穩先伸手接了過來。他看著上面的三千六百，嘴角哆嗦了兩下，說，這麼貴，妳寄給誰了?

嗯，嗯，你不認識。梅雲搪塞著。

焦穩的臉青起來。

處長看看焦穩，再看看低頭削蘋果的梅雲，說，今天王副局長去要紙箱子，看見了茶葉，要要，我哪敢說不，就拿了一盒送他了，李娜拿了一盒送張大良他爸，當場在酒席上就出笑話了，趙有亮也送人了，這事鬧得。

梅雲依舊低垂著頭說，真是對不起，都怪我，我沒想到這點，我就覺得那盒子或許哪天還能用來盛點東西……要不，我，我去跟王副局長和張大良家解釋解釋吧。

處長說，明天再說吧，你們趕緊休息吧。三個人起身告辭。李娜走到門口回頭對梅雲說，梅大姐妳可把我害慘了，張大良一家認為我要弄他爹，都不讓我回家了。梅雲說，對不起，妳，妳在我家住吧。劉倩倩說，還是去我那裡擠擠吧。

三個人下了樓，趙有亮的電話就來了。聽了處長的敍述，趙有亮說，她說啥你們就信啥了？處長說，明天上班再說吧。

焦穩關了門，重新仔細看了看發票上面的印章，是喬道公司的。梅雲已經回到臥室，潦草地脫了衣服進了被窩躲避焦穩。焦穩過來坐到床沿上，盯著她的後腦勺問，這麼貴的東西妳寄給誰了？

不是說了麼，妳不認識。

妳有我不認識的朋友？誰？值得妳送這麼貴的茶葉？

沒那麼多，喬道虛開的。

能虛多少？我問妳那人是誰？我就想知道是什麼人值得妳這麼破費！焦穩整個上半身起伏著，床在他的屁股底下顫動不已。

梅雲扭回頭看著他紫青的臉，心臟再次緊縮起來，縮成硬硬的一坨。一個鐵的疙瘩。她想了想，囁嚅著，部裡主管咱們局的一個領導。

焦穩的呼吸一下子緩和下來，半信半疑地重複說，部裡的領導？

嗯，部裡的領導。

妳還認識這麼高層的人，咋不早說呢，或許找找人家，我就下不了崗呢。

後來認識的。梅雲看著焦穩的怒氣平息下來，心開始放鬆的同時泛出一股黏稠的悲哀，她突然不忍再看焦穩，也不忍讓焦穩再看自己了，她蒙了頭說，趕緊睡吧。焦穩的聲音鑽過被子進入她的耳朵——有這關係就好好處，以後說不定還有用得著人家的時候，我聽說要成立路橋處，人員從我們這些下崗的人裡聘，到時候妳找找這人，這麼大的官放個屁都管用。

處長和趙有亮李娜劉倩倩一大早就不約而同地來到了辦公室。處長說，一晚上跟吃了屎似的。三個人附和著說，就是，我們也這麼覺得。李娜說，問題是接下來咋辦？劉倩倩對李娜說，讓梅老師再找她同學弄一盒給妳，妳就說賣茶葉的給換了。處長說，李娜的最好辦，難辦的是趙有亮和我。趙有亮說，是是是。三個人一起看著趙有亮，見趙有亮不接下文，又彼此看看。李娜說，有亮你不會也送給王副局長了吧？趙有亮紅了臉說，哪能呢，不過我覺得劉倩倩說得對，讓梅老師買一樣的，處長你不是和王副局長的祕書關係不錯麼，讓他趁領導不注意把茶葉給塞進去呀。三個人一起點頭，連誇趙有亮聰明。

四個人好不容易等來梅雲。把想法告訴她。梅雲說，好好好，我現在就打。四個人一起看著梅雲一遍遍撥喬道的手機。手機處於關機狀態。趙有亮拿了茶葉盒說，撥這上面的。梅雲撥了幾遍依舊沒人接。折騰了快一個小時，喬道的手機終於通了。李娜說，梅大姐用免提吧，我們都聽聽。梅雲猶豫著。處長說，對，用免提，這樣大家需要說啥他都能聽見。梅雲生怕喬道再扯到男人身上，她對著話筒說，喬道，我同事有事找你，我用免提和你說啊。喬道哈哈一笑說，不用害怕，我不會出賣妳。這話從小喇叭裡散出來，四個人相互對視著。梅雲的臉頓時跟紅燒了一樣。梅雲清下嗓子說，喬道你再幫著準備三盒春茶行嗎，我同事急用。處長說，多準備幾盒吧，還有祕書那裡。梅雲說，多準備幾盒行嗎？喬道說，還多幾盒呢，我跟妳說吧，一盒也沒有，氣候這麼冷，最快也需要十天半個月的，到四月二十日，穀雨左右吧。

梅雲說，就要我買的那樣的。

喬道昨天和梅雲聊過之後，他已斷定關於茶的信息是不會再傳回梅雲耳朵裡了，他和梅雲的關係已經擺脫了茶葉的陰影，但他要是再拿相同的茶賣給她同事，就不保險了。他說，妳那茶，我跟妳說吧，全江北估計也就妳那兩斤。明前茶，啊，就是清明前的茶，那是指南方茶，咱們北方的第一茬春茶都是穀雨茶，今年前些日子氣候反常，暖了十來天，我整個茶園就採了妳那兩斤。

四個人的心都懸了起來。處長插話說，其他的廠家呢，梅大姐讓他問問其他的廠家，如果有，用他家的包裝不也一樣麼。

梅雲說，喬道，幫幫忙吧，真是急需，你能不能聯繫其他的茶園，用你家的包裝，就是價錢再高點也好說。處長和趙有亮李娜一起點頭說，就是，價錢無所謂。

喬道說，梅雲，咱倆誰和誰，妳張嘴的事沒有我不辦的，妳可能不知道，這整個地區的茶園都被我兼併了，我這裡沒有，就代表著整個日照沒有。天氣要是轉暖，過十天我和妳聯繫。

李娜說，南方的也行啊，只要是春茶不就行嗎？

喬道哈哈笑起來，一聽就知道妳不懂茶，南方的和北方的能是一回事麼？茶的香型不一樣，日照綠茶是板栗香，別的茶沒法比。

掛了電話，除了劉倩倩，三個人都嘟嚕著一張臉，唉聲嘆氣，讓梅雲坐臥不寧。處長悄悄把趙有亮和李娜叫到庫房，三個人商量一下，由處長和趙有亮開車照著茶葉盒子上的地址去一趟，費用三人平攤。喬道那句——放心吧，我不會出賣妳的，讓他們重新懷疑梅雲——她可能就是和同學聯手導演一個惡作劇，讓他們出醜，看他們笑話！處長叮囑兩個人說，從現在開始，關於茶葉的事我們不能再讓梅雲知道了。

晚上，處長和趙有亮一無所獲地回到了辦公室。問遍了整個產茶區，得到的答案和喬道電話裡說的一樣。等在辦公室的李娜從食堂裡要了菜，三個人一起無精打采地吃著。李娜說，梅雲應該不是搞惡作劇，我找人查了，她確實在郵局郵寄過茶葉。

趙有亮問，咋查的？

李娜說，同學在郵局，現在都聯網，一查就查出來了，郵寄人，郵寄地址，這還不簡單。

趙有亮暗自感嘆，自嘆不如。

李娜說，你們猜猜，她寄給誰了？

那上哪去猜？

嗨，你們都認識，這樣說吧，咱們都從電視上或者會議上見過這個人，照著官大的猜。

寄到哪裡的吧？

當然是北京呀。

部裡的領導？處長的嘴巴張得大大的。

不會吧，可能嗎？從來沒聽她提起過啊。趙有亮嘴上不相信，心裡面卻也知道李娜沒有說謊。

咋勾搭上的呢？李娜皺著眉頭。處長咂咂嘴說，梅雲沒那本事，會不會是親戚？圍著領導團團轉的那些二三十歲光鮮的姑娘小媳婦多的是，那麼大的領導能看上她那樣的？李娜說，要是硬往上貼應該能貼上去吧。肯定不是親戚，你忘了昨晚焦穩的話了？處長回想一下，然後朝李娜豎起大拇指，感嘆說，人心似海啊！

趙有亮說，是人不可貌相，看人家不聲不響，整天給咱們講平平淡淡才是真，一副與世無爭的樣子，其實人家使的是障眼法，暗暗往上溜鬚呢，說不定就是為了下次競聘做準備呢，要不花那錢有啥用？

處長看著趙有亮指來點去的手指，想起去年自己和梅雲的一次談話。那是他參加一線處室處長的競聘失敗後，梅雲對他的失敗曾有過非常精闢的分析。她說，我認為你失敗在缺乏上層強有力的支持上，其實人只要把兩頭的關係搞好就行了，中間的完全可以忽略不計。底層的搞好了，測評時能得高分，頂層的能讓這高分發揮作用，而你把大部分的精力用在應付無關緊要的中層上了。處長想著，想著，脊梁柱直起來，他看到了一直隱藏在身後的威脅。

李娜鄙夷而妒忌地說，她肯定是紅杏出牆了，我今天才知道什麼是悶騷啊。趙有亮督促說，別管人家牆裡牆外了，快想想還有啥辦法。李娜說，還能有啥辦法，又不能讓人家寄回來。

寄回來？趙有亮和處長的眼睛同時亮了。

可能嗎？李娜看著處長和趙有亮。兩個人誰也不回答她，誰也沒有勇氣跳出來當小人。

真那樣的話，說不定是在幫助她，她那樣的能抓住當官的多久啊？弄來弄去，兩頭空的可能很大，這麼大年紀的女人，到時候不就慘死了。再說了，焦大哥對咱都不錯，咱們知道他戴了綠帽子還不幫著往下摘，沒良心對吧？李娜鼓勵著兩個男人。兩個男人的嘴角上站住了同樣的笑容。

有道理，你認為呢？處長看看趙有亮。

趙有亮朝著處長頻頻點頭。他已想好了讓人家寄回茶葉的辦法，只是沒有勇氣說出來。看見處長表態，他說，要挽救梅大姐，幫助焦大哥其實很簡單，電話本上就有部裡主管領導家的電話，明天估計領導上班的時候，咱們以焦大哥的口氣給領導家打個電話，就說因為聽別人說老婆和領導的閒話，一直很生氣，這兩天聽說老婆給領導寄了茶葉，但老婆不承認，自己就懷疑這事真有點不對頭，為了兩個家庭的安定團結，讓對方把茶葉寄回來，好讓自己有證據證實自己的懷疑，管住老婆以後不給領導家裡添亂。我覺得這麼一說，領導家屬肯定會照辦。趙有亮說，不過，這種事一旦傳出去，咱們三個人就……趙有亮話裡眼裡都咬住了同夥。

李娜拍拍趙有亮的肩膀說，放心吧。李娜站起身眼睛看著梅雲的辦公桌前的轉椅，她期待著它越轉越低，期待著坐在上面的人也像曾經的自己一樣哭訴著，把更大的痛苦，劈剝開，給她李娜當口香糖，嚼著嚼著就能嚼出她李娜的幸福。

處長清清嗓子說，話就到這裡，就爛在咱三個耳朵裡。

男人看著祕書放在他面前的小箱子，看著包裹單上梅雲用娟秀的字體寫成的他的名字，他皺了皺眉頭。拆開來，是幾包茶葉，並沒有信之類的東西，男人的眉頭展開了。

他喜歡梅雲這樣的女人，喜歡在她們的愛裡滋養自己在官場被虛假掏空的日漸衰老的身心，面對這樣的女人和這樣的愛，唯一的麻煩就是她們會向他訴說愛情，在他認為愛的活動已經結束的時候，她們才剛剛開始。開始訴說。這就使得每一場時間限度為一個晚上的事情，後面留滿了省略號。那個夜晚，在女人哭泣著抱住他說我愛你的時候，他一瞬間是打算放棄的，他有點怕女人真動了感情——糾纏不清就麻煩了。後來，完全出乎意料，梅雲很識趣，很省心，沒有電話沒有來信，僅僅是發過兩次問候——你好嗎？他回了兩次——還好。不冷落，也沒熱情。

他把茶葉從箱子裡抽出來，拆開。祕書趕緊拿過他的杯子。男人說，不要用滾開的水，八九十度就行。祕書點著頭，卻不知如何測定水的溫度。男人說，暖瓶裡的水應該就是這個度數。祕書趕緊去倒水。一不小心水溢了出來，祕書慌張著拿了抹布擦茶几。男人坐在辦公桌前看著水杯裡的茶葉，慢慢伸展著肢體，慢慢地，洇綠了周圍的水。慢慢地，橢圓的葉片打開了，雀舌一樣的芽伸展開來。

一葉一芽。

上好的一葉一芽。

男人邊回想著自己對女人說過的關於茶葉的話，邊重複給祕書聽。我小的時候，村裡只要有一戶人家炒茶，滿村都是撲鼻的板栗香，現在茶葉都搞成大棚裡的了，用葉片素往茶葉上一噴，該十天長成的，四五天就成了——葉片薄，不但不經泡，香味也不行了。男人感嘆說，真正的茶香像毒品一樣引誘人，近幾年，十次品茶有八九次失望。祕書看著男人的水杯說，茶葉還有這麼多學問呀，這是真的嗎？男人自信地笑笑說，這個應該是真的，看葉片厚度，湯色，都像，端過來我聞聞。祕書趕緊端到他面前。男人伸了鼻子，用手搧動那嫋嫋娜娜的熱氣。祕書站在一邊等待著領導的鑑定結果。

男人臉上的自信淡化下去，眉頭開始緊縮。他的鼻子靠近一些。再靠近一些。邊聞邊看著女人寫下的字——春茶。他想起那個夜晚的女人，女人那個夜晚的話——我能找到真正的春茶。

男人的老婆出現了。男人慌忙抬起頭，鼻子上面是密集的小水珠，使男人的鼻子看起來像長滿了水皰疹。她對祕書說，你出去一下。祕書趕緊走出去，並忠實地站在遠處盯著領導的門，防備別人打擾。

過了一刻鐘的工夫，男人的老婆走出來，把手裡的紙箱子塞到他懷裡說，照著上面的地址寄回去，再有這個地址這個人寄東西過來，一律先告訴我。祕書連忙點頭答應。女人憤怒的背影僵僵的，自言自語的話傳過來——真是林子大了，什麼鳥都有！

看女人的背影消失了，祕書抱著箱子推開領導的門，試探地問，這茶葉？

男人低頭翻看著報紙說，假的，寄回去吧。

李娜又找同學查詢了一次梅雲在包裹單上寫的郵寄地址。一字無誤的辦公室地址。三個人商定，都盡可能地早來晚走，確保茶葉被寄回的時候有目擊證人——避免梅雲偷偷地銷毀。

下午快下班的時候，讓三個人望眼欲穿的快遞專用車停在了窗外。處長給趙有亮使了個眼色，趙有亮立刻點了菸走出去。半分鐘後，趙有亮叼著菸捲，捧著紙箱子帶領著快遞公司的人進來喊，梅大姐，梅大姐，妳的包裹，北京的，茶葉。

北京的，茶葉。五把燒紅的炭鏟按向梅雲。她看見了趙有亮手裡熟悉的小紙箱。自己盛裝寄出的小紙箱。她使勁低著頭在快遞人員的指點下，寫下自己的名字。她懷著一絲絲希望打開紙箱——或許是男人回贈她的禮品，或許是男人讓她品嚐的另一種茶。

八包茶葉。她親手寄走的茶葉。

梅雲看著三天前自己派出去的八個愛的使者，夢一般地回到了面前，眼裡頓時湧滿了淚。她在內心裡質問著那個半年來讓她日夜不寧的男人。為什麼？這是為什麼？你怎麼能這樣對待我？你怎麼能這樣？你不喜歡你可以扔掉啊，你怎麼可以寄回來羞辱我！她想起那個夜晚男人的愣神，想起自己試圖用長久的默默的愛換取男人一句——我愛妳。為那個夜晚的自己，為那句衝口而出的話——我愛你，尋找一個依託。一個交代。她無法控制地哭起來。像丟失了漂亮髮卡的傻丫頭。

待她意識到自己的失態，恐懼地止住悲聲，四下觀望的時候，辦公室裡就剩她一個人了。梅雲咬著唇，流著淚揉捏那一袋袋珍貴的春茶，把男人的號碼從手機裡翻出來。想想。再想想。她把那個時常對著它傻笑的號碼從手機裡刪除掉！她把茶葉塞回紙箱，扔進樓外的垃圾箱裡。往回走了幾步，突然看見趙有亮的身影從拐角處閃過，她想起自己給他給李娜和處長惹下的麻煩，走回去，把紙箱子撿起來。

梅雲在趙有亮的桌子上扔下兩包。

在李娜的桌子上扔下兩包。

在處長的桌子上扔下兩包。

把最後的兩包扔在自己的桌子上。

茶葉從開口的袋子裡一洩而出，如同一個醉酒的人無法控制的嘔吐。那些被煎炒被揉搓過的葉片在昏暗的燈光裡，在栗色的辦公桌上像無數蜷曲著僵死的蟲子。梅雲抓起一把，塞進嘴裡。

嚼著。哭著。

哭著。嚼著。

想起那些自我折磨的日夜裡，那一杯杯的茶，那一個個被撈起、剝開、說也說不盡的欲說還羞。她抓起另一些葉片，放進杯子裡，倒上水，看著它們伸展，再伸展。

一葉一芽。

女人和茶葉最好的時期。

她看著那個無法伸展成葉片的芽苞，那樹林一樣擁擠著拼命消散自身的色彩博取別人一聲喝彩的短暫，想到那其實就是一個個生活裡的女人，在人生的舞台上沒有兩隻水袖的女人。或許水袖是有兩隻的，但舞動的只能是一隻。另一隻必須是緊握著的，是永遠不能順應生命和情感的需要拋撒舞動的。

一隻水袖。

一隻水袖的女人。

梅雲哭著在手機裡給喬道寫下短信：最好的一葉一芽，如同舞動一隻水袖的女人，舞動兩隻的就會破壞了規則和審美。握緊一隻水袖的疼痛是高尚的，但斷袖的疼痛卻是令人恥笑的。

喬道看著梅雲的短信，知道梅雲出了問題，因為他的茶葉，不，應該是她的茶葉。他不敢向她求證，又擔心她。再三思考之後，給焦穩發了一個勸解短信——梅雲一次的錯誤和她這麼多年的好比起來是應該被原諒的，你要原諒她！相信我，那僅僅是她一時的情感衝動。

梅雲的錯誤！情感衝動！焦穩嚼著每一個字，回想著梅雲半年來的異常。嚼著，嚼著，他全身的血液暴漲起來。他攔了出租車，直奔梅雲辦公室。

焦穩趕到物資管理處的大門前時，正是天幕遮蔽了最後一絲亮光的時候，焦穩看看四合的夜色，昏暗的樓道，一種在夢裡的感覺。他在心裡對自己說，真在夢裡該多好啊。他試探著推開梅雲的辦公室。這一瞬，他所有的憤怒都變成了對婚姻破碎的恐懼，他突然沒有了聲討她的勇氣。他低著頭，聽著自己鼻子裡的氣流如狂風一樣流動。

沉浸在哭泣裡的梅雲清醒了，她本能地去藏那個紙箱子，藏她面前的茶葉。她笨拙的掩藏告訴他——她真的錯過，真的衝動過！他的恐懼一下沉落下去，竄上去抓住她的手腕，把贓物搶到手裡。

一個方方正正的小紙箱。上面有老婆和那個放屁都管用的人的名字。他有些糊塗了——他老婆要是真的和人家情感衝動過，為什麼寄給人家的東西又被寄了回來？妳和他到底有什麼事？他問。他盯著她的嘴，期待著她說——就是想巴結領導，人家不收。

她哆嗦著嘴唇，淚流滿面。

他在心裡對自己說，她真的背叛了你，你一直標榜的這輩子幹得最正確的事，錯了。錯了！他吼起來，妳說呀，妳沒臉說對嗎？那我找人替妳說！他憤怒地去撕紙箱子有男人地址和姓名的那一面。

你幹什麼？跟人家沒關係。梅雲撲上來抱住紙箱子。是我自己的錯，是我自己的錯！

護什麼？護什麼？焦穩冷笑著質問她。他的話音未落，自己就給出了答案——護你的綠帽子！一頂由老婆踮起腳尖給你製作的綠帽子！他把她摔到牆角。

必須毀了它！趁處長沒看見，趁趙有亮沒看見，趁李娜劉倩倩沒看見，趁其他人沒看見，毀了它！他轉臉看見每個桌子上都有著亮閃閃的綠色碎片，他把它們抓起來，塞進紙箱，掏出打火機……

幸福的生活

幸福從夢裡驚醒過來，猛烈地咳嗽了幾聲，朝著床前醬紅色的塑料桶裡吐了一口黑呼呼的濃痰。濃痰落在他和老婆兒子積攢了一個晚上的尿液裡，發出沉悶的聲音。他從枕頭底下摸出紙菸，點了火抽起來。他老婆張臘梅踹了他一腳說，吐吐吐，一天到晚抽抽抽，看哪天不抽死你。

幸福把一口打算嚥下去的煙，在嗓子眼裡攔截住，連帶著在夢裡的恐慌，長長地吐出來。幸福說，別胡說八道，做了個夢不好呢。張臘梅說，啥夢？賈幸福說，做夢下雪呢，哎呀，那雪下得我心慌，下得我心驚肉跳，好像那不是雪，是刀子，是玻璃片子，有一個老太太，好像是俺姥娘在掃雪，從我身上往下掃，就是掃不乾淨，我就眼看著那些刀子玻璃片子插進自己的肉裡，嚇得我一下子醒了。張臘梅披衣坐起來，軟塌塌的乳房耷拉在肥胖的肚皮上，她把兩隻胳膊環抱著，兩口子對視著。幸福說，是不是夢見下雪會有災？張臘梅說，好像是說會有白事吧，可能我三爺爺要不行了，昨天就聽說一口氣只出不進了。

幸福思忖了一下問，妳三爺爺？

張臘梅的三爺爺是個孤寡老人，年輕的時候曾經也有老婆有兒子的。兒子七歲的那年在河裡洗澡淹死了。張臘梅的三奶奶天天坐在河邊哭兒子。有一天，張臘梅的三奶奶對張臘梅的三爺爺說，你回家給我和孩子拿飯去吧。張臘梅的三爺爺拿了飯回來的時候，張臘梅的三奶奶已經被別人從水裡撈出來，放在河邊上的草叢裡。張臘梅的三爺爺從此後天天手裡拿把鐵鍬，見溝填溝見河填河。人們都認為早晚有一天會在水裡發現他的屍體。

幸福嘆口氣說，妳三爺爺當初要是有兩孩子的話就不會變成後來這個樣子，妳三奶奶也不會死。這當父母的人呀，就得有孩子牽掛著才能夠在大災大難裡活下去，妳說是吧？大孩子死了，要是還有別的孩子牽掛著才能行。再說了，一個孩子太少了，連個伴兒都沒有，長大了，老了，連個親戚都沒得走動，多孤單，兩個正好。張臘梅哼了下鼻子說，這道理誰都懂，可國家不允許呢。幸福說，我就不相信國家多了咱一個孩子就不行了，咱們國家地大物博。幸福想起了小時候地理課本第一頁第一段的第一句，我們的祖國地大物博，有九百六十萬平方公里。幸福憂心忡忡地看著張臘梅肥胖的肚皮，壓低聲音說，妳怎麼回事，老沒動靜？張臘梅搖搖頭，看了眼身邊熟睡著的兒子如意，說，前幾天找人問了，說我可能是輸卵管堵塞了。幸福努力去想輸卵管的樣子，沒有想出來。他疑惑地說，那東西又不是下水道怎麼能堵呢？張臘梅說，人家說可能是上次流產的後遺症，說再懷起來可就難了，除非把它通開。提到上一次流產，幸福的嘴角哆嗦了兩下，他把幾乎燒到手指的菸屁股扔進尿桶裡。菸屁股發出吱的一聲，一個圓圈在黃黃的尿液上誕生，一絲青煙在產生的瞬間消失了。賈幸福看著漂浮的菸屁股說，那趕緊通去，這次我打聽出好辦法了，花三百元錢辦一個出國打工的證，這樣就不用隔三差五地接受檢查了，找個地方藏起來，這次誰也不告訴，誰也找不到。張臘梅嘆口氣。幸福說，嘆什麼氣，把錢盒子拿給我。

幸福的錢盒子是他母親留給他的。錢盒子是用幾塊未打磨的楊木板子釘成的。上面的一塊木頭板子是活動的，用自行車的舊輪胎和其他木頭板子連在一起，構成了幸福的錢盒子門。張臘梅扭身從頭頂的貨架子上把錢盒子拿下來，遞給幸福。錢盒子裡有兩摞錢，左邊的一摞是幸福開摩的掙來的，右邊的是張臘梅經營小店所得。平日裡，幸福對錢盒子有著嚴格的管理規定——左右兩邊的錢堅決不能混淆。

起初，張臘梅對幸福的規定很不以為然。她每天把收到的五元以上的大票隨意地扔進幸福的錢盒子裡，搞得幸福每天晚上臨睡前要對著幾張眼生的錢左看右看，回想是不是自己掙來的。後來，幸福開始記帳，把自己每天掙得的錢都記錄在一張小紙片上，比如：去菜園村五元，去城東大街三元，去酒廠四元……吃午飯一元。晚上對照著紙片就能把兩個人掙的錢分清楚。他把自己掙的放在左邊，張臘梅的放右邊，並嚴厲警告張臘梅，要是再不遵守規定，他掙的錢就不放在錢盒子裡了。張臘梅問，不放錢盒子裡放哪裡？幸福低頭喝著茶碗裡的散裝白酒說，告訴妳和放在錢盒子裡還有區別嗎？張臘梅搞不懂幸福的肚子裡到底藏了什麼歪心眼子，非要把兩口子的錢分得一清二楚。一天晚上，張臘梅看著幸福扒拉完錢盒子，趁幸福不注意，她一把搶過錢盒子抱在懷裡，對目瞪口呆的幸福說，你說，你心裡面到底存了什麼樣的不良念頭，非要和我分那麼清楚，你要是不說，我就燒了它。幸福看了一眼旁邊的煤球爐子，說，我什麼歪心眼子也沒有，就圖心裡有個數。張臘梅說，一家子的錢合在一起就沒有數了？非要分著放才有數？幸福說，這樣才能知道我一天掙了多少錢，妳一天掙了多少錢，我一年掙了多少錢，妳一年掙了多少錢，平日裡花妳掙的，我掙的全部存起來，留著大事上用。張臘梅轉了一下眼珠子說，那你到老了會說，咱家的錢都是你掙的怎麼辦？幸福說，要不就平日裡花我掙的，存妳掙的。張臘梅想了想，半信半疑地說，還是存你掙的吧，只要你沒歪心眼子，存誰掙的還不都是咱一家子的。張臘梅開始自覺地把自己每天的所得整理好，預留出第二天批貨用的錢後，整齊地放在錢盒子的右邊，上面拿塊小石頭壓著。

分清楚後，張臘梅才知道自己小店的收入比起幸福開摩的來差了一大截。張臘梅的小店

人不地道，造假簽名，把錢都提走了。幸福把存摺從張臘梅的手指頭底下抽出來，闔起來，用手掌壓了壓說，人家說了，這東西不能折，不能放在潮濕的地方，還不能和手機放一塊。知道了，張臘梅說，問你呢，放銀行保險嗎？幸福把存摺遞給張臘梅，自己跪在地上從床底下掏張臘梅的鞋盒子。幸福把鞋盒子打開，裡面是幸福的大姐送給張臘梅的舊棉皮鞋。幸福把存摺小心地塞進鞋裡，把鞋盒子放回原處說，妳就放心吧，那畢竟是少數，不是還被發現了嗎？放銀行裡最放心了，有密碼，小偷都偷不走。張臘梅說，密碼是多少？幸福說，妳知道的，是咱們家最重要的日子。張臘梅嘟囔著，最重要的日子？哪一天？幸福說，想不起來就算了。他趴到地上看著床底的鞋盒子，吧嗒了兩下嘴唇說，我覺得還是放錢盒子裡吧，別哪天忘了，把鞋盒子當廢紙殼賣了。幸福把存摺拿出來，放進錢盒子紙板下面的左側。張臘梅看著他，突然注意到幸福原本白淨的臉膛，不知什麼時候起已變成醬色的了，皺紋也在眼角和額頭上出現了，使得幸福的臉看起來就像抽了幾條絲的褐色舊布。張臘梅心裡一熱說，風裡來雨裡去的，掙幾個錢容易嗎？她伸手在幸福的額頭上撫摸了一下。幸福抬起頭嘿嘿地笑著看張臘梅，他心裡突然冒出一個響亮的聲音：我賈幸福也不怕罰款了！幸福把張臘梅抱起來扔到床上。張臘梅說，大白天的，讓人笑話。幸福說，誰笑話誰，大家都一樣。幸福在即將結尾的時候趴在張臘梅耳朵上說，咱們也不怕罰款了，再懷一個娃吧，要是個閨女，咱就兒女雙全了。等張臘梅打開房門出來，賣涼菜的鄰居指著一個騎自行車飛奔的背影說，大白天的躲屋裡幹啥？買賣也不管了，我回頭的工夫被那人偷了一盒菸。張臘梅笑著朝那個背影罵道，缺德的畜牲，生個孩子沒屁眼！幸福走出來，扛起他的釣魚竿，一根細長的舊竹竿往河邊走去。張臘梅朝著他的背影喊，你得空就知道守在臭河溝邊，眼裡一點也沒活兒，人家誰不是放下鋤頭拿钁頭地幹，就你懶死了！話雖然是一成不變的，語調裡卻分明摻著寬容和快樂。

幸福翻開錢盒子，伸手把左邊的一摞錢掏了出來，又歪著頭往裡看了看有無遺漏。手出來的時候把右邊的錢碰散了，他看了一眼說，這是幾天的？就這麼點呀？張臘梅嘆口氣說，從村後面的新路通了以來，什麼時候多過？你又不是不知道，幹嘛說這風涼話？我又不是吃裡扒外的人，雖然娘家窮，可我從來沒有背著你給過他們。幸福嘿嘿乾笑了兩聲說，女人就小心眼。他右手食指在嘴唇上沾了唾沫，和大拇指碰了碰面，一張一張地捻著錢數起來。數完了，他翻開存摺看了看上面的數字，在心裡面把兩個數字進行累加。片刻，幸福嘆口氣說，整三個半月了，還沒掙回本兒來。

張臘梅問，還差多少？

五百來塊。幸福說著，再點一遍錢，五百三，存摺上是兩萬九千二，這是二百七，還差五百三。

30000，那拉著四個米粒子的螞蟻，在幸福的存摺上只待了一個星期，就變成了26000。幸福的摩托車壞了。修理行的人說，發動機壞了，前後減震都壞了，最多值一百塊錢，已經沒有修理的必要了。幸福只得戀戀不捨地把他的舊摩托車賣給了修理行，從存摺上提了四千元買了輛新的。買了新摩托車的那個晚上，幸福在床上輾轉反側，直到深夜才睡去。他在睡覺前對張臘梅說，很快就會掙回來的，我保證不出四個月就把本兒掙回來，到那時，我再釣魚。張臘梅說，你能不釣魚了，那日頭可得從北邊出來，從西邊出來我都不相信。幸福突然火了，他在黑暗裡瞪著眼珠子朝張臘梅吼道，不相信妳等著看呀，我就是釣又能怎麼著，不就釣個魚嗎，我又不打牌，又不賭博，又不偷女人，不就釣個魚嗎？張臘梅氣哼哼地說，人家都打牌都賭博都偷女人嗎？還不就釣個魚嗎？釣魚多耽誤工夫呀，你天天從城裡回來就蹲在河邊，也不替我一會兒，釣那些小柳樹葉子似的魚鱗子，吃吃不著，只能餵貓。幸福說，妳懂個屁，那是為了吃嗎？那是個愛好，等我攢夠了三萬塊錢，我就去買個真正的魚竿。張臘梅說，你敢花那閒扯淡的錢，我就敢給你弄折了。幸福悶悶地閉上眼睛。張臘梅知道幸福的火是因為心疼錢才發的，見幸福悶不作聲，用腳踢踢幸福的屁股說，我知道你疼錢，錢也不是一天掙的，哪有光掙不花的，我雖然老是說要弄折你的釣魚竿，不也從來沒真幹麼……

釣魚是幸福最大的愛好。他每天從城裡回來，放下摩托車就拿起他的竹竿和一個鐵皮小桶去釣魚。去的時候，小桶裡是一點麵團或者一兩條未成年的蚯蚓。他用指甲把蚯蚓掐成段，或把麵團團成小團，穿在魚鉤上，放進河水裡，他一手拿著魚竿，另一手拿著菸捲，任憑時間在等待裡悄悄地穿過去。運氣好的時候，幸福會釣到三四條小鯽魚，幸福用鐵皮小桶盛著牠們，回去先讓兒子玩，玩夠了，小魚也就停止了呼吸，幸福在張臘梅炒菜的時候把牠們扔進熱油裡，熱油發出劈哩啪啦的聲音，兒子如意就會瞪圓眼睛吸著鼻涕看著逐漸變得焦黃的魚，香噴噴的炸酥了骨頭的小鯽魚眨眼的工夫就消失在他的嘴裡。如意總是邊吃邊說，爸，你要是每天都能釣到大魚就好了。張臘梅一手端菜，一手扒拉他兒子說，離遠點，別讓油點子蹦到身上，你爸要是天天釣到大魚，咱們家的菜就天天腥兮兮的。

十有八九的日子裡，幸福釣到的都是小柳葉一樣的魚鰷子。開始的時候，幸福的兒子把那些小魚養在臉盆裡，天天往裡面扔饅頭渣，天天把牠們拿在手裡端詳小魚是否長個了。總是過不了三天，那些貪吃而不長個的小魚就會鼓著肚皮飄在臉盆裡。幸福就會把他家的貓抱在懷裡，從臉盆裡把死去的小魚撈出來，一條一條地遞到貓的嘴邊。貓總是每吞下一條小魚就發出一聲滿足而討好的喵。後來，慢慢的，幸福的兒子只要看見爸爸帶回來的是些「小柳樹葉子」，他就會朝貓喊，過來，給妳好吃的。那隻黃白相間的小母貓立刻朝他發出溫柔的喵喵聲，伸出又薄又柔軟的舌頭舔著嘴唇，蹲下身，仰頭看著，眼睛裡滿是貪婪和期待。如意把手伸在幸福的鐵皮小桶裡，抓住一條捏死一條，把所有的小魚一把拿出來撩在地上。喵，貓發出尖利的驚喜聲。這樣的時候，幸福就會責備兒子，分頓兒給牠呀。張臘梅聽了就會笑起來。張臘梅笑的時候，鼻子上堆滿了皺紋，還會伴隨著嘿嘿的聲音。張臘梅會笑著對他兒子說，你爹以為自己釣來的是金魚呢，寶貝得不行，塞牙縫都不夠，還分頓兒呢。

幸福把錢放回盒子裡，對張臘梅說，我估計得準吧？四個月準能掙回來。

張臘梅說，快掛牌去吧，我整天提心吊膽的，萬一被交警抓著又要罰款了。

幸福把兩隻手扣在一起，伸個懶腰說，聽人家說，下個月掛牌的費用會降下來，到時候再掛吧，我平時注意著呢，隔老遠一看有警察我就繞道，抓不著的。等下個月，等掙回本錢來，我就掛牌去。

張臘梅說，駕駛證不也早該換了，聽人家說，現在可嚴了，要是抓著了，罰款狠著呢，交警上就靠這些個發獎金呢，每個月都好幾千地發。

幸福再點上一支菸，深吸一口，然後把煙直著吐出去。煙霧在張臘梅面前散開，她揮手搧了搧，嘟囔說，那菸怎麼就不能少抽兩口？少抽兩口能怎麼著？幸福不接話茬，他再吐一口煙，說，妳以為我不想什麼都辦得齊全呀，什麼都齊全，見了誰也不心驚，怎麼查都理直氣壯，我平日裡一看見警察心口裡就像有針扎一樣疼，可是咱掙的那點錢要是把什麼都辦齊全了，就剩不了幾個了，這個費那個費的。張臘梅說，你不是說颼冷風的時候或猛地有動靜驚著你的時候這樣嗎？怎麼見了警察也這樣？我覺得你還是去醫院查查吧，別是心臟裡真有毛病？幸福哼下鼻子說，又不是什麼大事，還去醫院？妳以為那醫院那麼好進？掛個號就五六塊錢，夠咱們吃一天的，何況只要妳去了，大夫總能給妳找出毛病來，一花就是上百上千的，醫院可不能隨便進。等二姐回來的時候或者往家裡打電話的時候問她一聲就行了。張臘梅說，馬上就國慶節了，她回不回來？你這兩天就打電話，要是真什麼的話，不正好讓她帶點藥回來，就省下咱的錢了。

幸福有三個姐姐。幸福的娘在生下幸福的時候，幸福的爹給她做了一碗荷包蛋。幸福的娘淚眼朦朧地看著四個荷包蛋在紅糖水裡晃悠著雪白的身子，心裡面百感交集。在沒有出嫁的時候，幸福的娘就聽說女人在生了孩子以後要吃紅糖水荷包雞蛋。幸福的爹愧疚地說，四個蛋，都吃了吧，把前面生三個丫頭的都補上。幸福的娘先喝了一口熱熱的紅糖水，再一口咬掉半個荷包蛋，她慢慢地嚼著，品味著又甜又香又脆又軟的感覺，品味著作為產婦被關愛被照顧的感覺。幸福的娘吃完荷包蛋，問幸福的爹，咱缸裡有多少麥子？大缸裡滿滿的，幸福的爹說，滿滿的呢，比往年都多，還有半囤地瓜乾，還有好幾掛玉米棒子，明年不用擔心鬧飢荒呢。幸福的娘放下飯碗，縮進被窩裡伸了個懶腰說，那這個小兒就叫幸福吧。幸福的娘看了看旁邊小鋪上像小狗一樣熟睡著的三個丫頭說，就到此為止了。幸福的爹說，行，到此為止。幸福的娘說，雖然前面是三個丫頭，可是不許你偏心的，個個都要上學，哪怕是要飯也要孩子上學。幸福的爹嘿嘿笑著說，行，聽妳的。幸福的大姐沒考上大學，因為長得出眾嫁到了縣城裡，姐夫拿出所有的積蓄給她買了城鎮戶口和工作，可惜沒上兩年班單位就倒閉了。二姐在省城一家不大不小不夠興隆的醫院裡當護士，三姐在一個遙遠的鄉鎮中學裡當老師。雖然都是距離小康水平有一截距離的日子，可也足夠張臘梅和幸福為之滿足，為之驕傲的了。不但幸福的姐姐們一再表態不會和幸福爭爹娘的家產，還會在過年的時候給幸福的兒子成百的壓歲錢，把替換下來的衣服成包地送給他們。

幸福看看窗外，天還沒亮，他欠起身，伸手够過牆角裡的釣魚竿，上面的魚鉤已經生鏽了。幸福把它拆下來，在牆上來回蹭了蹭，拿枕巾搓了搓，重新拴上。張臘梅知道幸福過不了多久又會蹲到河邊，不到天黑不回來。她又會每天氣哼哼地在暮色裡看著他扛著他的破竹竿提著那個小鐵皮桶回家，她的菜裡又會發出腥兮兮的味道。張臘梅說，別擦了，一個破鉤子跟寶貝似的，把本兒掙回來也不許再釣魚了，我就吃不慣菜裡那股腥氣味，要吃魚就買去。幸福拽了拽魚鉤子上的線頭說，買魚多貴呀，不會享受，吃不花錢的魚還不樂意呢。張臘梅說，你要是能釣個三斤兩斤的，真夠腥回嘴的也就罷了。幸福說，會有那麼一天的，等咱們攢夠了錢，供兒子上完大學，給他蓋上房子，到那時，我就買根真正的魚竿，到水庫裡到海裡去釣，四五斤的也能釣著，我那時候就帶著飯，一釣釣一天。張臘梅說，有本事別吃飯呀，喝西北風釣魚。幸福笑起來說，我在城裡經常看見老頭釣魚，老太太送飯的，還沒說讓妳送飯呢，就不樂意了。張臘梅躺下去，從幸福的腿底下拽了被子蓋在肚皮上說，嗨，你還和誰比呀，和城裡的老頭比，怎麼比？等你變成老頭的時候，國家要是也給你月月發養老金，我不但給你送飯，還給你搭個屋子讓你住在水庫邊上呢。

天亮了，大街上有了車輛和行人的聲音。張臘梅起床把平日裡賣的東西擺到門外面的攤子上。幸福把他的摩托車推到外面，拿了抹布擦起來。張臘梅問，今天還去嗎？幸福說，夢不好，心裡猶豫著呢。張臘梅說，你要是不去，就在家看攤子，我去看看我三爺爺。幸福說，看看吧，看看天怎麼樣。

太陽出來了，血紅血紅的。張臘梅看著太陽說，今天倒是難得的晴天呢。幸福看了看太陽，夢裡的恐慌突然消散開了，他拿了車鑰匙，把涼開水倒在塑料瓶子裡，拿了三張煎餅用塑料袋子包好，塞進張臘梅給他縫製的布包裡，掛到摩托車把上。張臘梅看著幸福突然想起自己夜裡也是做了夢的，好像是有人要宰豬，她自己懷裡抱著兩頭小豬，到處躲藏，突然有人從她懷裡搶過一頭豬，說就宰牠了。張臘梅想到幸福和兒子都是屬豬的。她拽住幸福的摩托車說，要不就不去了吧？今天說不定我三爺爺真不行了。幸福說，馬上過中秋了，這兩天活可能會好，要不去少掙幾十塊呢。張臘梅想了想鬆了手說，那你注意點兒，早回來。

一個背著皮包，四處張望的男人。

幸福和摩的司機們一起圍上去。

男人看了他們一眼，徑直往前走。

幸福他們一路跟著，七嘴八舌地問，到哪去？價錢好說，到哪去？

男人走到幸福的摩托車前，拍了拍摩托車座位問，這新摩托車是誰的？摩托車座的彈性很好，男人白得沒有血色的手指在幸福的黑色人造革的摩托車座上跳了兩跳。幸福受寵若驚地說，我的，我的，去哪裡？

去羅湖縣一帶，一天多少錢？

吆，一聽是遠途，所有的摩的司機不約而同地發出羨慕的聲音。

幸福咧著幸福的嘴唇笑著說，一天呀，你說能給多少錢？他的眼睛看著那群眼珠子發紅的哥們兒。

男人說，上次去過一回，八十元，這個價行嗎？另外管一頓中午飯。

幸福沒想到客人這麼痛快，一般的都是出價很低，幸福根據里程要出一個價，客人再往下砍價。他說，行行行，八十元一天。

幸福載著男人在同伴們嫉妒的目光裡離去。

羅湖一帶盛產速生楊，男人是做木材生意的。幸福去過幾次羅湖，對客人要去的每個村鎮都比較熟悉。太陽剛剛偏西，男人就辦完了事情。男人和幸福坐在一家羊肉館裡吃午飯。男人要了兩瓶啤酒。幸福說，酒就免了吧，我騎車呢。男人說，就兩瓶啤酒，跟喝水一樣。幸福說，那讓你破費了，飯就不要了，我帶著煎餅呢。男人看看幸福說，老兄真實在，上次那人點了好幾個菜不說，還要了不少飯，都浪費了。幸福說，誰掙錢都不容易，都要節約。男人掏出錢包，拿出八十元錢遞給幸福說，先把車錢拿起來，別一會兒喝酒再忘了給你錢。幸福笑笑說，那我就拿著了。男人說，拿著，拿著。幸福掏出他的錢夾子，把八十元錢放在外層裡，從內層裡拿出一支藍色圓珠筆芯和一個小紙片，在上面寫上，羅湖八十元。男人笑咪咪地看著他粗笨的手指捏著圓珠筆芯歪歪扭扭地寫著什麼。他問，寫什麼呢？幸福抬頭笑笑說，記帳。男人說，你一天能掙多少錢？幸福說，不好說，有時候一二十，遇到遠路的就多點，像今天就快一百了。男人打開啤酒瓶子，把一瓶遞給幸福說，看你是個實在人，以後我可能還要來，到時候還找你。幸福感激地說，那太謝謝了。他再次掏出圓珠筆芯，在小紙片的下端寫下自己的手機號，撕下來遞給男人說，這是我的手機號，你來的時候打我的電話，或者我給你打，到時候我請你吃飯。男人思忖了一下說，我可能要換手機了，我要是來，就給你打。

幸福帶著最近一段日子裡的最大收穫，帶著男人還會再坐他車的承諾和男人愉快地揮手告別。這一瞬間，他的眼前浮現出張臘梅笑得鼻子上堆滿皺褶的臉，他坐在小板凳上凝視著河水，看著浮漂在水面上輕微抖動。那抖動，那不仔細辨認就會忽略的漣漪會讓幸福整個人為之一振，他的心臟會加速，會有一種說不出的快樂和滿足從心裡面跑出來。就像和張臘梅相親之後，結婚之前，每次遠遠地看見張臘梅一樣。這個時候的快樂是張臘梅不能理解的。幸福也懶得告訴她。

嶄新的摩托車發出了悅耳的啟動聲，他調轉摩托車頭朝向回家的路。突然，他感覺有什麼東西在他的右側發出一股無法抗拒的力量。一輛疾馳的名字叫做「斯太爾」的大型貨車猛地撞在幸福的摩托車上。幸福連同他嶄新的摩托車一起飛出去。降落的瞬間，他看見了六個巨大的車輪朝他壓過來……

天漸漸地黑了下來，張臘梅朝著縣城的方向看了看，遙遠的燈光在黑暗裡閃閃爍爍，如同掉隊的星星。她熟悉那些遙遠的燈光，知道它們是從城裡日漸擴建的工地上發出來的。這是幸福告訴她的。幸福對城裡的情況瞭若指掌。夜晚一家人坐在大路邊上吃飯的時候，兒子就會指著遠處的燈光說，爸爸那是哪裡？超市吧？十歲的如意固執地認為那些燈光是從超市裡發出來的。他的大姑曾帶他逛過夜晚的超市，那裡面的燈比天上的星星還多還亮。他還固執地不允許張臘梅說大姑小氣。那一次，他大姑對他說，你喜歡什麼就往籃子裡拿什麼。那一次，如意感覺無比幸福，喜歡什麼就有什麼！幸福總是用筷子指著燈光告訴兒子和張臘梅，那是建築工地，那裡正在建很高的樓，比超市更大更高的樓。如意目光迷離地看著父親比比畫畫的筷子，這時候，他總覺得那些閃閃爍爍的燈光變成了超市裡誘人的果凍，飲料，父親的筷子能把它們夾過來，撂在自己的碗裡。張臘梅則希望那些燈光越閃越近，希望城裡人的胃口越來越大，大得把他們的村子也一口吞進去，那樣他們也會成為城裡人，雖然和真正的城裡人有些區別。

如意從屋子裡出來站在張臘梅身邊和她一起看著遠處的燈光。他說，媽媽，妳說哪一個燈光是爸爸摩托車的？張臘梅嘆口氣說，越來越近的那個吧。如意定睛看著，過了片刻，他碰碰母親的胳膊說，沒有越來越近的燈光。張臘梅說，天涼了，回屋吧，你爸來的時候，隔老遠咱們就能聽見了。如意邊走邊回頭看著遠處的燈光說，媽媽，妳猜猜爸爸今天會帶什麼好吃的回來？香腸？麵包？張臘梅想起幸福早晨的言談，心裡忐忑不安。她含糊地說，麵包吧。如意說，麵包呀？沒勁，我希望是香腸，或者是沒吃過的東西，爸爸答應過我，說如果撿不到香腸，他就給我買。

幸福經常在車站撿到香腸麵包餅乾什麼的，都是乘客沒有吃完丟棄的，或者擠車擠掉的。幸福總是把它們塞進張臘梅縫製的布包裡，帶回家給兒子改善生活。

羅湖縣醫院急診室的走廊裡。恍惚中，幸福覺得有一張黏稠的網把他罩住了，無法計數的冰冷而尖銳的疼痛，蜘蛛絲一樣裹住他……他拼命地揮舞著胳膊，踢踏著他的雙腿，他渴望站起來奔跑，甩掉那張黏稠的疼痛的網。兩個年輕的大夫不知所措地看著掙扎的幸福，看著他的右下肢，血肉模糊得令人作嘔，鮮豔的紅色液體從撕裂的傷口處呼嘯而出，如同一場正在襲來的風暴，沖開一切阻擋，沖裂堤壩……

那個有著蒼白雙手的男人看了一眼幸福，他的雙臂正在無助地努力地想抓住什麼，血滴從他右手的指頭上飛起來，散落在空中。他突然意識到自己應該趁亂離去。他一溜小跑著來到醫院門口，馬上有三個和幸福一樣的黑紅色臉膛圍上來，問他去哪裡？他看了一眼他們的摩托車，繼續往前跑。跑到十字路口，他看見一輛白色的警車朝著縣醫院駛去。他慌慌地攔住一輛出租車，趕往車站。他的內心裡升騰起一股恐懼——他第一次看見一個活生生的人在瞬間被死神拉住，他覺得幸福的手正在和死神進行拉鋸戰，而他是唯一的觀戰者。他的內心裡有一種打算看見結局的欲望，但是他知道那會把自己牽扯進去，會給自己平靜的生活帶來麻煩，或許還會被那雙瘋狂的雙手抓住——是他勸說他喝了酒。他暗自慶幸沒有留下自己的電話號碼。他突然發現自己對孤獨抗爭的幸福有了一絲內疚，他趕緊晃了晃身體。一個奔逃的影子出現在他的腦海裡。一個年輕消瘦的背影。一個恐慌的背影。肇事司機的背影。他蒼白的雙手停止了顫抖。

幸福的娘在土炕上輾轉反側。幸福爹說，妳一晚上翻來覆去，跟煎鹹魚似的，幹什麼呢？幸福娘嘆口氣說，到現在還沒聽見幸福的摩托聲呢。幸福爹說，或許早回來了，放在小賣店裡了，昨晚不就放在那裡嗎？幸福娘再嘆口氣說，唉，幸福也是當爹的人了，怎麼就不理解爹娘的心呢？一再告訴他，回來晚了或者不把摩托車放回來的時候要說一聲，全當耳旁風，就不知道爹娘惦記著。幸福爹說，三十好幾了，妳還天天惦記，到什麼時候是個頭？就是妳操不夠的心罷了。幸福娘的心裡突然咯噔一下，一種莫名的恐慌湧上來。她從炕上下來，到臉盆前洗了手，從抽屜裡拿出三支香，走到屋子的東北角，在一個水泥缸前站住，轉身問，火柴呢？

水泥缸上面鋪了一塊木板，木板上面一個白瓷的觀音菩薩，安詳地坐著，右手翹著蘭花指，有一種把任何事物都悄然化解的自信和輕鬆。幸福爹爬起身看了一眼觀音菩薩和她身邊豔麗的塑料花，把火柴從褲子口袋裡掏出來，扔過去。幸福娘接住火柴，把香點上，插到香爐裡。幸福娘邊插香邊禱告，大慈大悲無所不能的觀音菩薩，請保佑我兒子幸福平安回來，請保佑我兒子幸福平平安安地回家。然後，幸福娘呆呆地盯著香。三個豔紅的點在幸福娘的注目下，徐徐下降。淡藍色的煙霧如同青衣抖起的水袖，曲折迴旋地升騰著。幸福娘閉上眼睛，雙手合十，再禱告說，大慈大悲的觀音菩薩，求求您老人家一定讓我兒幸福平平安安地回來呀，大慈大悲的觀音菩薩呀！幸福娘禱告完，對幸福爹說，不行，我不放心，我得到幸福家看看回來了嗎？香燒得不整齊，煙也不直。幸福爹聽了，說我和妳一起去，天太黑了，哪能就憑著香燒得怎樣就擔心的。他邊說邊用腳在地上找自己的布鞋。

老倆口深一腳淺一腳地往幸福家的小賣店走去。遠遠地，看見小賣店黑著燈。幸福娘心裡針對張臘梅鑽出一股怒火。她自言自語道，怎麼就能睡得著呢？怎麼就不知道惦記呢？怎麼就不知道心疼自己的男人呢？幸福爹說，也許是心疼的，這又不用說出來。幸福娘說，不說也看得出來，每天早晨幸福走的時候，布包裡就放幾張乾煎餅，從沒看見她給幸福炒點菜什麼的，幸福又心疼錢，不捨得買著吃，你沒看見幸福瘦成啥樣了？整天罵罵咧咧的，連軟乎話都不會說一句。幸福爹嘿嘿笑笑說，缺不著他的，還不是隔三岔五地把咱家的雞蛋都炒著吃了，我算了一下，光上一個星期，他和孫子就吃了咱二十一個雞蛋，幸福一次炒四個吃，如意一次炒三個。想起兒子和孫子吃炒雞蛋的樣子，幸福娘不由得微笑起來，說，爺倆一個樣，都愛吃炒雞蛋。幸福爹笑著說，好東西誰不愛吃，我也愛吃。幸福娘說，那就是爺三個一個樣。

突然，黑暗裡有人說，打聽一下，這裡是賈家村嗎？

幸福娘渾身一哆嗦。她捂住胸口說，哎呀，嚇我一跳，這裡是賈家村，你是幹什麼的？這麼晚了。

說話的人，把摩托車燈打開。兩道耀眼的光柱唰的一下洩出來。幸福的爹娘看清眼前是一個年紀和幸福相仿的小夥子。年輕人問，知道賈幸福家住在哪裡嗎？

幸福的爹娘異口同聲地說，幸福還沒回來，他怎麼了？

年輕人說，可找著你們了，是大叔大嬸吧，幸福出事了，被車撞了，羅湖縣醫院的大夫給我打的電話，說是從幸福的手機上找到我的號碼，我接到電話就往這趕，你們趕緊去人吧。還有，人家大夫說，要帶錢，多帶一些。

幸福娘的腿一下子枯朽了，如同經年的玉米秸一樣無法承重。她的身體倒下去，伴隨著從肺腑深處鑽出的疼痛。年輕人一把扶住她，再看幸福的爹，也如寒風中的樹葉一樣抖著，他緊張起來，扶著幸福娘坐到地上說，大嬸妳沒事吧？大叔你們可不能倒下啊，幸福在醫院裡等著你們呢，你們可不能倒下啊！你們要是倒下了，幸福怎麼辦？他媳婦在哪裡？我還是找她去吧……

幸福的娘說，我沒事，他爹你趕緊去告訴如意媽。

幸福的爹晃晃悠悠地跑起來，小夥子推著摩托車在後面跟著。幸福的娘突然想起幸福的大姐，朝著幸福爹的背影喊，趕緊打電話告訴大丫頭。

張臘梅呆呆地站在醬紅色的塑料桶前，看著渾身顫抖的幸福爹和陌生的青年，搞不清是否在夢裡。如意拉拉她的手說，娘，快點吧，拿錢呀，拿錢救我爸去。張臘梅醒過神來，慌忙從貨架子上抱下錢盒子，又找不到鑰匙。鑰匙在哪裡？如意肯定是你又亂動我的鑰匙！說你是不是又偷拿錢了？張臘梅伸手來打如意。年輕人說，嫂子，趕緊吧。張臘梅只得抱起錢盒子往外走。張臘梅和幸福的爹坐在年輕人的摩托車上到縣城裡去找出租車。幸福的大姐夫和大姐早已等在車站上。幾個人趕到羅湖縣醫院的時候，幸福已經在麻醉劑的作用下，昏迷著。

張臘梅看著血肉模糊的幸福，心裡面突然冒出一股怒火。她把錢盒子撩在旁邊的空床上，看著昏迷的幸福哭起自己的不幸來。和幸福訂婚的時候，張臘梅對幸福是十分滿意的。因為幸福的家接近縣城，也因為幸福家的地裡沒有石頭，更因為幸福的三個姐姐都有工作。訂婚的那一年，幸福家附近有人搞了縫製棒球的廠子。幸福的爹娘託人把張臘梅安排到皮球廠幹臨時工。那裡的活是兩個人一組，一個人剪皮子，另一個人縫。和張臘梅配對的是張臘梅鄰村的王順。王順不但身材長得乾巴瘦小，就連五官也是乾巴瘦小的。張臘梅開始覺得王順就像旱地裡半死不活的一棵苗，不屑正眼瞧他。過了兩天，張臘梅就知道自己大錯特錯了。她首先發現廠長對王順說話的態度和對別人不同。廠長對別人說話不是直呼其名就是喊哎，或者嗨，不高興的時候就喊你他媽的。但對王順一直稱呼王師傅。後來，又發現王順的工資和別人也不一樣，是他們的兩倍。慢慢地，張臘梅看王順的眼神裡就有了些歡喜和欽佩。那些據說被運到外國的球，是有著嚴格要求的，不但每一塊皮子大小要均等，就連縫的針腳也要整齊劃一，對接在一起的皮子，相互間不能有任何的缺口和皺褶。除王順之外，每一個人都在暗地裡罵老闆和外國鬼子的苛刻。因為除了王順幾乎每個人都有殘次品，都被老闆根據殘次品的個數扣掉原本不多的工資。這樣的時候，張臘梅就會出神地看著王順那雙乾瘦如雞爪的手，拿著長長的針上下翻飛，變換魔術一樣將那些針腳整整齊齊地排列在皮球上，就連張臘梅剪得不夠標準的皮子也能在縫的過程中補缺過去。常常是別人還在滿頭大汗地趕工的時候，王順和張臘梅早已完成了

有了酸酸的感覺。王順從褲兜裡掏出一個白紙包，打開，裡面是一條粉紅紗巾。王順把紗巾捏起來，抖了抖，套到張臘梅的脖子上說，今天就是情人節，悲哀啊，張臘梅。張臘梅不敢看王順，一直盯著包紗巾的那張白紙，看著它像一張碩大的紙錢在風裡翻滾，直到王順騎上自行車走了，張臘梅還在看著。

婚後的張臘梅發現少言寡語的幸福連個笑話都不會講。張臘梅也是一個不會講笑話的人。兩個人的日子很快過得和她父母的日子一樣。張臘梅不由自主地模仿母親說過的話，模仿母親算計日子的方法，用母親罵父親的話罵幸福，罵他愚笨無能，罵他不如他三個姐姐出息，罵他不知道心疼人，罵他一天到晚抽菸熏死人，罵他一天到晚蹲在臭河溝裡釣那幾條柳樹葉子一樣的爛魚鱗子。偶爾的時候，張臘梅的心裡會泛起一點愛戀，像那次幸福一下掙來了三百元錢，像他們家存摺上出現30000那一天，但它們僅僅是沉悶日子裡的一個小小氣泡，轉瞬即逝。張臘梅再也沒見過王順，每到那一天，張臘梅總會想起那條自己偷偷燒毀了的粉紅紗巾，想起那個叫情人節的節日，想起王順的嘆息——悲哀啊，張臘梅。有的時候，張臘梅還會做夢，夢裡沒有幸福，也沒有如意，只有王順和她，縫皮球，說笑話。

幸福的大姐安慰張臘梅說，別哭了，事情已經出了，看把身子哭壞了，還要熬夜看幸福呢。張臘梅看了一眼幸福乾裂的嘴唇，說，從不知道替別人想，別人說的話從來不聽，幹個事管頭不顧腚，這不出大事了吧？幸福的大姐聽張臘梅一肚子牢騷，懶得和她理論。只督促張臘梅趕緊把錢盒子放好，用手掌托著幸福的屁股和後背。幸福的後背幾乎沒有好皮了，白咧咧血淋淋的，屁股在硬板床上已經磨破了。張臘梅把手墊在幸福的屁股底下，看著那條在天亮就要被截掉的腿，張臘梅哭起來，張臘梅邊哭邊說，不指望你給俺大富大貴的日子，平安總行吧？不指望你有疼有熱，不添堵總行吧？幸福的大姐看著張臘梅的眼淚，聽著張臘梅對幸福不鹹不淡的埋怨，想到截肢後的幸福要一輩子聽張臘梅類似的話活著，她的眼淚再也無法控制。兩個人各懷心事地哭著。一直哭到天亮。

主治大夫對張臘梅說，趕緊交錢去吧，再不交錢就不給用藥了，像他這麼大面積的開放性傷口，不用藥馬上就會感染，人就有生命危險。張臘梅從床頭櫃裡掏出錢盒子說，錢都在這裡，就是找不到鑰匙呢。主治大夫看了一眼幸福的錢盒子，轉身走了。不一會手裡拿把生鏽的剪刀回來，說，用這個一撬就撬開了。張臘梅咔嚓咔嚓地撬著。幸福睜開眼睛看了一眼張臘梅說，妳幹什麼呢？張臘梅說，找不到錢盒子鑰匙了。幸福嘟囔一句，錢盒子？又昏迷過去。主治大夫站在旁邊看著。幸福的大姐說，他頭沒事吧？怎麼總昏迷著。大夫說，顱內沒發現血腫，應該沒事，因為好幾個人都按不住他，沒辦法就給他用了鎮靜劑。主治大夫看著張臘梅費勁的樣子，說，我來試試。拿過剪刀插到鎖鼻下，然後，在錢盒子上面猛拍了一掌，鎖鼻就開了。張臘梅把裡面的錢攏在手裡，點了點。主治大夫說，這點錢哪裡夠，他昨晚光血就輸了好幾個，趕緊想辦法弄錢吧。張臘梅從錢盒子的紙板底下拿出存摺說，還有。主治大夫看了一眼存摺說，農行的？那趕緊去提呀，醫院門口對面就是農行。

幸福的衣服在搶救的時候剪碎了。張臘梅蹲下身從床底下扯出那堆衣服碎片翻找幸福的身分證。張臘梅邊翻邊說，哎呀，這衣服全都碎了，都是剛買不久的。張臘梅找出幸福的身分證，看了一眼幸福說，天天記帳，也不知道是啥心思。

銀行的人看著張臘梅說，輸上密碼。

張臘梅說，我不知道呢。

不知道不能取錢。

可他出車禍了，就躺在對面醫院裡，等錢救命呢。

沒密碼取不出來，妳想想看看，可以幫妳試試。

他說是俺家最重要的日子。

妳家最重要的日子是什麼？

不知道。

一般都是孩子的生日什麼的，妳想想。

孩子的生日？九六年十月初一？

錯誤的密碼。

妳的生日？

嗨，我的生日？我自己都不知道自己的生日到底是哪一天，身分證上都是瞎編的。

他自己的生日？張臘梅看了看幸福的身分證。

錯誤的密碼。

妳再想想看，在妳丈夫眼裡什麼日子最重要？比如結婚紀念日呀，定情日呀，第一次求愛的日子呀……

農村人哪有過那些的，張臘梅說，我都忘記是哪天結的婚了，他就更不用說了。張臘梅的腦子裡在想自己到底是哪天結的婚。一瞬間，張臘梅想起王順在情人節那天套在她脖子上的紗巾。她突然有了一種深深的遺憾，如果當初跟了王順，今天會是什麼樣子呢？

好像是九五年九月初九結的婚。

妳可想準了，這可是最後一次，超過三次機器就不允許再試了。

他呀，在他眼裡除了釣魚再沒什麼重要的……

那這個日子試不試？

試試吧，我也想不出別的了。

這次對了。

什麼？

密碼對了?!

她回味著幸福的話——密碼呀就是咱們家最重要的日子，不知道就算了。張臘梅的眼裡突然有了淚水，心像被開水澆了一樣疼痛而滾熱，她抬頭看著玻璃後面提示她各種紀念日的女人，嗚嗚地哭出聲來。

取多少？

都取出來吧，花多少錢也要給他治病。張臘梅擦把鼻涕說。

妳還是少取一點，離得近，不夠再來，取多了拿在手裡不安全。

玻璃後面的一個女人說，還挺恩愛的。

玻璃後面的另一個女人說，唉。

張臘梅哭泣著，用手絹包了一萬元錢，挺著她剛剛體會到愛情的腰杆走了出去。她決定先交五千元，她聽幸福同病室的人說，有錢也不能交多了，要不大夫會誤認為你很有錢，可著勁地給你花，不會讓你剩下個錢渣子的。她邊哭邊在心裡計算五千元除以二十元（幸福的平均日收入）等於多少。她走進醫院，找到收費處，得出了五千除以二十等於二百五十。張臘梅在收費處的拐角處，把錢分成兩半，小心地把一半揣進褲兜裡，把另一半遞進收費處，說，骨科11床賈幸福。張臘梅把有錢的褲兜抵在牆上，斜著身子看著裡面的男人把錢放進點鈔機。機器發出刷刷的聲音，那聲音讓她想起小的時候，深夜裡吃桑葉的蠶。男人把錢在機器裡過了兩遍，抬頭說，五千。張臘梅說，是五千。

男人說，還欠一千七呢。

什麼？張臘梅不敢相信自己的耳朵。

男人不耐煩地說，還欠一千七，交不上錢就記不上帳，還有錢嗎？

張臘梅說，還有一些，該交多少？

男人說，手術了嗎？

沒有。

那先交五千吧。

張臘梅囁嚅著，能不能少點？

男人突然發出了爆笑，笑得眼鏡從鼻梁骨上滑脫下來，男人把眼鏡拿在手裡，用眼鏡指著另一個笑得彎著腰的女人。女人緊緊地併著腿，彎著腰，那頭卻是抬著的，額頭和眼角處堆著皺紋，那些皺紋在女人恣意的笑裡扭動著。

張臘梅聽不清裡面的人在說什麼。她知道他們的快樂和自己沒有關係。她莫名其妙地看著裡面的兩男一女，等待著他們停住笑聲。女人彎著腰跑出去。男人戴上眼鏡對另一個男人說，肯定尿褲了。兩個男人再次發出笑聲。

能不能少點？張臘梅把嘴巴湊到小小的窗口上，一股迎面的風灌進她的嘴裡。

男人說，隨便，反正沒有錢就記不上帳，打不了針，做不了手術。

張臘梅把抵在牆壁上的腿挪開，從褲兜裡掏出另一半，遞進去。男人瞅了一眼張臘梅，拿錢的手在回縮的時候，快速地擺動了一下。張臘梅看出男人是不耐煩了，不敢再說什麼。跑出去的女人回來了。臉上已經沒有了皺紋，卻仍殘留著皺紋的印痕。女人洗了手，坐到男人對面，翹著手指仔細地擦油。張臘梅看了看女人的手指和上面的戒指，把自己的手從小窗口處拿下來，攥緊空空的手絹。

回到病房，張臘梅看著幸福，眼淚又一下子湧出來。她拿了毛巾蘸了點水擦擦幸福乾裂的嘴唇，眼淚吧嗒吧嗒地滴到幸福的面頰上。幸福的大姐低聲對張臘梅說，大夫已經來找妳好幾次了，說要給幸福截肢了，讓妳簽字。我已經給妳二姐打過電話了，她說，她請專家來看看能不能保住幸福的腿，要妳告訴大夫暫時不要急著截肢。幸福睜開眼睛看著張臘梅問，幹什麼呢？張臘梅一下哭出聲來，你說幹什麼呢？要給你把腿鋸掉了，怎麼辦呀？鋸掉了腿，往後可怎麼辦呀？幸福說，我不鋸腿，鋸了腿我怎麼開摩托車？幸福說著，又昏過去了。

張臘梅擦擦幸福臉上的淚水對幸福的大姐說，我想過了，只要能把幸福的腿保住，花多少錢我也願意。幸福的大姐感動地說，但願老天能善待幸福，但願能保住吧。幸福的大姐問，提出錢來了嗎？張臘梅嘆口氣說，已經交上了，怎麼這麼貴呀，已經花了小七千了，交了一萬呢，我算了一下，一兩年也掙不回來。幸福的大姐也嘆口氣說，咱們老百姓就這樣，攢半輩子的，一場大病就花個精光。

大夫走進來，指著張臘梅說，妳到辦公室來一下。張臘梅走到門口，幸福的大姐又拉住她的衣角叮囑說，別忘了，妳二姐的話。張臘梅堅定地點了點頭。

大夫指指排椅讓張臘梅坐下，然後拿過幸福的病歷和手術單說，賈幸福必須馬上手術，由於昨天和你們聯繫不上，他已經錯過了最好的手術時間，現在必須馬上手術了，再不手術就有生命危險，現在需要妳同意。

張臘梅一聽情況這麼緊急，一時沒了主意。大夫說，妳還猶豫什麼呢？

張臘梅說，俺二姐是在省城的醫院裡上班，她說找專家再給看看的，能不能等俺二姐來了再做手術？幾個大夫同時抬起頭看著張臘梅，然後相互看著，最後把目光集中到一個中年男人的身上。中年男人用手指敲了下桌子說，妳就是到北京去看，就是把北京的專家請來，也是這樣的方案，必須截，已經沒有保留的希望了，傷口都開始壞死了，這麼和妳說吧，妳現在同意手術，妳失去的是妳丈夫的一條腿，如果妳錯過現在的手術機會，那妳失去的就可能是妳丈夫的一條命，到底是留腿還是留命妳自己決定。

張臘梅用她搖搖欲墜的理智一字一字地琢磨著中年男人給她的選擇。她的眼睛愣愣地看著中年男人的手指。中年男人再敲敲桌子。那微弱的敲擊聲進入張臘梅的耳朵，把她薄如紙的理智推倒了。張臘梅號啕大哭。她不想失去把結婚日期當作最重要的日子的丈夫，也不想因為自己的決定讓丈夫失去一條腿。幸福的大姐和姐夫聽到張臘梅的哭聲，跑到醫生辦公室來。中年男人再敲敲桌子。張臘梅在幸福的大姐手掌拍打下，勉強壓住哭聲。中年男人看著張臘梅和幸福的大姐、姐夫再一次重申了留腿和留命的問題。

張臘梅說，要不跟爹娘說一聲？

爹，爹呢？幾個人突然想起爹。昨天晚上娘留在家裡照顧如意，爹是和他們一起來的。

幸福的主治大夫和中年男人對看了一眼。大夫把手裡的筆啪的一聲扔在桌子上。他們心裡都明白，這個病號看來是很難留住了。中年男人看著那支用膠布纏著筆殼的鋼筆，他突然提高嗓音對張臘梅說，我再給妳三分鐘的考慮時間，現在可是分秒必爭的時候，晚一分鐘就有可能會耽誤生命，妳明白嗎？如果妳決定現在不做也可以，我們就要安排其他的手術，今天你們就排不上了。

張臘梅的身子不由自主地朝著中年男人的方向移動著。主治大夫拿起剛剛扔下的筆和手術單，朝張臘梅遞過來。張臘梅伸出手去，突然渾身戰慄，紙和筆掉落在桌子上。張臘梅抬頭看了看幸福的大姐和大姐夫，她抓起筆，歪歪扭扭地寫下自己的名字。

幸福的大姐在一樓樓梯下面找到了父親。看見父親的一瞬間，她禁不住哭出聲來。父親瞪著渾濁而無神的眼睛看著女兒。他張了張嘴又閉上。他不敢問關於幸福的事。從昨天夜裡，他看見兒子的第一眼，他就散架了，癱軟在地。他不敢多看幸福一眼，生怕在哪一眼裡把唯一的兒子看沒了。他勉強把自己挪出病房，倒在樓梯下面。

幸福的大姐說，爹，幸福進手術室了，腿是保不住了。

父親說，命呢？命沒事吧？

命應該沒事吧。

幸福的大姐突然發現父親蒼老無比。她哭起來，爹，你怎麼一個晚上就變成這樣了？你是不是餓了，爹？

不餓，妳趕快上去等幸福吧，有啥事，和我說一聲。

一個瘦高個子的男人出現在手術室門口。男人推門走了進去。裡面傳出恭敬的聲音，張主任吶，您怎麼來了？

另一個聲音高聲喊道，中心醫院張主任來了。

又一個聲音說，什麼風把您給吹來了？請都請不到。

張臘梅和幸福的大姐大姐夫一起看了看咣噹作響的門。

瘦高個的男人出來了。看了看張臘梅他們，問，誰是賈幸福的家屬？

張臘梅和幸福的大姐大姐夫趕緊站起來說，我們是，有什麼事情？

瘦高個男人做了一個跟我來的手勢。三個人相互看了一眼，寸步不離地跟在後邊。瘦高個男人走到樓道拐角處停下來說，我不是這個醫院的，是中心醫院的，這裡經常請我來做手術，我剛剛給賈幸福檢查過了，他的腳趾頭都還有血供，這就說明他的腿和腳都還有保住的可能，我已經吩咐他們照我說的給他處理了。

啊?!幸福的腿還能保住？張臘梅和幸福大姐哆嗦著嘴唇笑起來，淚流不止。大姐夫不停地搓著兩手說，太感謝了，太感謝了！

瘦高個男人說，不客氣，再晚幾秒鐘就鋸掉了，我進去的時候，已經麻醉好了，就要開電鋸了。他停頓一下說，你們家什麼親戚在衛生廳？

張臘梅和幸福大姐、大姐夫相互看了看，誰也想不起有這麼高貴的親戚來。

瘦高個說，市醫院的骨科主任給我電話，說你們是衛生廳領導的親戚，我不敢怠慢，接了電話就來了，我也是這麼和他們說的。他指了指手術室。

幸福大姐想起二妹，說，我妹妹在省城工作，可能是她的朋友在衛生廳吧。

一絲失望在瘦高個男人的臉上閃現，像一層稀薄的霧漫過。

幸福大姐夫趕緊說，我妹妹她一定會把您的幫助告訴衛生廳的朋友的。

瘦高個笑笑說，我回了，我還有手術等著，有需要幫忙的就再找我。說著掏出一張名片遞過來。幸福大姐夫雙手接過名片。三個人用無限感激的眼睛凝視著瘦高個的背影。

一刻鐘以後，幸福被推了出來。張臘梅看著幸福被紗布包裹著的腿，哭起來。那條腿看起來比另一條粗了兩三倍。和進去前不同的是，幸福的腳後跟上被穿進了一根類似自行車輻條的不鏽鋼條。

幸福的二姐在汽車上已經給幸福聯繫好了新的醫院。新河市骨科醫院。那裡有很多她的同學。她的同學已經給幸福準備好了病床，已經聯繫好了大夫。那個大夫能把十個掉下來的手指頭再接上去，而且能讓十個再植的指頭都活過來。張臘梅聽了說，那就趕緊轉過去吧，聽聽人家那水平，接根指頭跟栽棵小樹似的，幸福到那裡肯定沒問題了。幸福的二姐說，到哪裡也不能保證幸福就沒問題了，只能說醫術水平不一樣，處理的結果會不同，我只是提建議，決定權在妳手裡。張臘梅蹲下身把幸福破碎的衣服塞進大塑料袋子裡，說，就聽妳的。

幸福的二姐對幸福的主治大夫說，感謝你們給我弟弟的救治，我想把他轉到我的醫院裡，照顧他方便。主治大夫請示了中年男人後，給幸福開了出院證明。從醫生辦公室出來，幸福的二姐說，還不錯，沒推三阻四的。張臘梅說，哪有那麼離譜的，咱自己花錢治自己的病，還能說了不算？幸福的二姐看看她說，妳呀，妳和幸福哪知道外面的世界？我昨天還看了一篇報導，說一個老太太病危，他兒子打算給她轉院，醫院裡不同意，因為病人走了，他們就沒錢掙了。火葬場和醫院有合作關係，大夫為了拿火葬場的提成，早就提前通知了火葬場，火葬場的人也候在醫院裡等人嚥氣，一看要轉院也進行阻攔，因為病人轉到別的地方死了就不能在他們的火葬場火化，他們也賺不到錢，他們關了醫院的大門，不讓外面的救護車開進來，最後還是家屬和阻攔的人展開肉搏，那兒子趁亂背著老娘跑出醫院的。張臘梅聽得目瞪口呆，說，那咱們趕緊走吧。幸福二姐說，妳去結帳，我聯繫新河市的救護車。

幾分鐘後，張臘梅陰著臉回來了。一進門就說，哎呀，差點給咱把腿鋸了不說，還又收了一千多塊，什麼沒幹還收這麼多錢？一天都不到就花了將近八千塊。幸福的二姐接過結帳單看了看說，和他們沒法理論，就認了吧，除非特不靠譜的收費，像深圳一家醫院把每天的護理費收成二十五個小時或者是一天輸血幾十萬毫升那種，妳根本和他們理論不清。

旁邊病床上少了一隻手的小夥子羨慕地看著幸福。他滿臉皺紋的母親在用開水給他泡餅乾。張臘梅拿起床頭櫃上的三根油條和一個饅頭問小夥子，大兄弟，這些，你要不嫌棄，就送給你了。小夥子轉臉看了眼他母親，他母親趕緊走過來接到手裡說，都是糧食，有什麼好嫌棄的。頓了頓，又說，你們有福呀。說完，轉過臉看著從截掉了手就沒有說過話的兒子。

幸福被轉到了新河市骨科醫院。那個能夠接活十個手指的大夫成為了幸福的主治大夫。主治大夫仔細察看了幸福的傷腿，逐個捏了捏幸福的腳趾頭，試了每個腳趾頭的溫度，在幸福的腳後跟的鋼條上掛上了五個秤砣。最後，他招呼護士拿來了烤燈。幸福腫脹紫紅的腳趾頭頓時籠罩在橘紅的燈光裡。主治大夫點著頭說，很有希望。一家人歡欣鼓舞。帶著好消息回到家的幸福爹如實彙報了幸福的歷險記。幸福娘激動地用肥皂洗了三遍手，點了香，敬獻給大慈大悲的菩薩。

深夜，麻醉的效力退去，巨大的黏稠而冰冷的疼痛之網重新籠罩了幸福。他煩躁地試圖爬起身，一股劇烈而尖利的疼痛抽走了他肢體的力量。他摔倒下去，發出慘叫。慘叫聲喚醒了所有潛伏在他神經裡面的疼痛，瞬間，幸福被暴烈的疼痛捆綁了，俘虜了。趴在床沿上的張臘梅驚醒過來，趕緊拿了止痛片塞進幸福的嘴裡，把插在水杯裡的一截輸液管塞進幸福的嘴裡。幸福嚥下止痛藥，卻無法控制自己的身體，疼痛像一架劣質的起重機，不停地來吊幸福。吊起來又扔下去。幸福背後皮膚破損處的黏液，隨著身體的起伏、扭動，扯拉出一條條絲線。張臘梅把一雙筷子塞進幸福的嘴裡讓他咬著，自己跑出去喊值班護士。護士睡眼朦朧地看著幸福說，沒有辦法，只能打針了，打針需要病人的身分證，帶了嗎？張臘梅說，帶了，帶了。張臘梅從床頭櫃裡拿出錢盒子，用身體擋住護士的目光，從裡面拿出幸福的身分證。等張臘梅把藥從藥房裡取回來交給護士，回到病房，暴烈的疼痛已經有所緩和。張臘梅說，你再忍一忍，護士馬上就來給你打針了。幸福拿掉筷子問，那針貴嗎？

張臘梅說，好幾塊錢，還要身分證呢。

幸福說，我現在好一些了，妳趕緊去看看，要是藥還沒打開，還能退，我就不打了。張臘梅跑到護士站。護士已把藥水抽到了針管子裡。張臘梅說，要是藥瓶還沒打開，俺就不打了，他覺得好一些了。護士舉著針管子說，已經打開了。

打了針的幸福，迷迷糊糊睡去。睡夢裡，六個巨大的車輪朝他輾過來，他自己就像是一粒豆子在石碾下癟了下去。他驚醒過來。看著張臘梅，他發現自己記不起那個男人有沒有給他車錢。他對張臘梅說，我的錢包妳看見了嗎？張臘梅說，我給你收好了。

妳看看外層裡有沒有八十塊錢？

張臘梅說，早記不清了，裡面的錢都讓我拿出來交醫療費了。

幸福說，那妳看沒看見一張小紙片？

張臘梅說，紙片還在你錢夾子裡。

幸福說，妳趕快看看上面有沒有寫著八十元。

張臘梅拉開床頭櫃，拿出錢盒子，在裡面摸幸福的錢夾子。幸福疑惑地說，妳怎麼把錢盒子拿來了？

張臘梅翻開幸福的錢夾子找出小紙片說，有個八十。

幸福說，妳拿過來我看看。

幸福看著小紙片，笑笑說，我一直擔心那人沒給我錢呢，張臘梅妳還真有心，咱們不在家是應該把錢盒子帶著，放在家裡，萬一被小偷偷了就壞了。壞人太多了，那天那個壞人就要搶我的摩托車，用鐵棍擼我，妳看了嗎？這個胳膊一鐵棍，這個胳膊一鐵棍，都打紫了。幸福指著自己胳膊上的血瘀。

張臘梅笑笑說，睜著眼說胡話，那是給你抽血抽的。說完，張臘梅意識到幸福是真的在說胡話，一股冷颼颼的風颳過脊梁，她的汗毛站立起來。她看著幸福一本正經的表情，紅著眼睛說，幸福，你不會腦子壞了吧？我和如意還指望著你呢。

幸福說，壞了腦子不要緊，只要能保住這條腿，能保住我的腳丫子，我就還能開摩托車，妳和如意就不用愁吃愁穿，吃飽穿暖沒問題吧？四五年的時間，我不就掙回來三萬麼。妳知道，我為什麼非和妳分著記帳？不分，妳哪能知道我掙得多？我掙得多，我才有資本去釣魚。

張臘梅說，等你出院了，就給你買一根真魚竿。

一陣疼痛襲來，幸福閉上眼睛，咧著嘴唇等待疼痛過去，說，等我把治病的錢掙回來再買吧。

幸福的腦子確實出了問題。他不但對自己出事時的情景沒有任何印象，還有幻覺。大夫說，這是大腦受了驚嚇的後遺症，過些日子就會好的。幸福在疼痛裡滿懷希望地凝視著自己的傷腿。渴盼著它突然好起來。很多時候，他看著看著，就對自己的傷腿充滿了信心，他覺得它們已經好了，只要自己穿上衣服，穿上鞋子到外面走上一走，它們就會恢復到原來。這樣的時候，他總強烈要求張臘梅給他找來衣服找來鞋子。張臘梅說，你瘋了嗎？你看看自己那樣能穿進鞋去嗎？骨頭都碎了好幾段，怎麼走？幸福看看自己的腿，撐起上半身，使勁動一動傷腿，床尾的秤砣在他的努力下上升了一點又落回原處。鑽心的疼痛從他的腳部衝上去，重新把他擊倒。他倒下來，惱怒地對張臘梅說，妳去給我買菸，我吸一口菸就好了，妳去呀，妳聾了嗎？妳啞巴了？妳就那麼喜歡看我難受？張臘梅跑到洗臉間裡，擤著鼻涕，擦著眼淚，哭自己，哭幸福。

第四天下午，幸福突然發起了高燒。第五天，高燒再起。主治大夫捏捏幸福的腳趾頭說，這兩個沒有希望了。那兩個被主治大夫宣布沒有希望的腳趾頭迅速地枯萎了，就連一直被看好的第三個腳趾也枯萎了。枯萎的腳趾乾巴巴的，黑如炭條。幸福悲哀地看著它們，他心裡面的希望如掉在地上的水杯。他的眼淚悄悄地流下來。淚在他久未清洗的臉上像蚯蚓一樣爬過，留下無法掩飾的印跡。

淚乾了的時候，幸福忽地坐起來，推醒伏在床沿上打瞌睡的張臘梅說，妳趕緊去辦出院手續，趕緊去，一天三百多！一天三百多！趕緊給我穿上衣服，我走，現在就走，這裡和賈立來有什麼區別？（賈立來是幸福村裡的赤腳醫生）

張臘梅氣惱地說，又發瘋了不是？你多少讓人休息一下。

幸福推她一下說，妳趕緊去，叫妳去妳就去，廢話啥？花錢妳不心疼是吧？妳看看，妳看看，還剩多點吶？我掙了好幾年的，哧溜溜就沒了，好了還好，都成這樣了？這裡就是糊弄咱的。幸福抖著絳紅色的農行存摺。

張臘梅一把奪過存摺，扭頭看了看其他兩張病床。低了聲說，就怕別人不知道是吧？人家都休息呢，你嗷嗷麼？

幸福咬緊牙關使足勁把傷腿往回抽，試圖下床。秤砣在他的床尾下，晃晃悠悠地拽著他腳後跟裡的不鏽鋼條。鑽心的疼痛讓他不得不放棄。他頹然地倒在枕頭上。一隻從枕頭裡面爬出來的黑色小蟲子摔落到地上，在張臘梅的鞋底下悄無聲息地喪了命。

這個醫院所有的枕頭裡都潛伏著黑色的硬殼小蟲。前兩天，護士長對幸福和張臘梅說，可能是裡面的蕎麥皮不純的原因，換掉不用吧，又怪可惜的，再說還要扣科裡的成本，還有幾個棉絮的枕頭，要不給你換？幸福捏起一個小黑蟲扔到地上說，不用換，我家裡的糧缸裡也經常有蟲子爬出來，這算什麼。護士長笑著說，都像你就好了，有的病號就不理解，還小題大作地告到院領導那裡。張臘梅鼻子上堆著皺紋說，到這裡來又不是享受的，一個小蟲子值當的？

幸福最被看好的第三個腳趾也壞死了。第四個，靠近第三個的一面也黑了。在第四個和第五個之間，有一個豌豆粒大小的洞，時不時地往外流著膿。整個腳掌腫得如同一個盛放著汙泥的玻璃瓶子。張臘梅擔心地用棉籤蓋住那個洞口，說，第四個已經被傳染了，黑了一半了，不會都被傳染吧？幸福經過主治大夫的講解，反而信心很足，他雙手抱著頭說，腳趾頭沒了，又不影響開摩托車，我都是有老婆孩子的人了，不怕掉幾個腳趾頭。張臘梅扒拉開幸福的手說，別繃著勁，看再把傷口弄開了。幸福用手摸摸頭上的傷口對張臘梅說，好想著，下次拆線的時候，別忘了這裡。幸福的頭皮傷在前兩天就已經拆線了，但漏掉了一針。張臘梅找到護士長反映。護士長聽了小聲說，咱都沒外人，我們和妳姐都是同學，這拆線就要打開一個手術包，這一打開至少要五塊錢，先這樣，等下次別的地方拆線的時候一起拆得了。張臘梅感激不盡地回來了。幸福聽了感慨地說，哎呀，一打開就五塊錢？多虧問了問。

幸福的臨床是一個十八歲的小夥子。小夥子是他姨媽紙廠的切紙工。鋒利的紙刀切掉了他左手五個手指。小夥子的手指頭早已經被接上。小夥子的父親每天都湊過來看幸福的腳。一天，小夥子的父親終於憋不住了，他把張臘梅拉到陽台上悄聲告訴她，都爛了還不做手術？妳沒想過原因？妳要送紅包的，我家送了這個數。他伸出五個指頭。張臘梅低聲問，五百？他苦笑了一下說，五千，咱兩家是一個大夫，我知道他可忙了，是最出名的，除了在本院裡做，還經常到外面做，忙得很，妳得送，要不拖下去，我看玄。

張臘梅陰沉著臉回到幸福的病床前，趴在幸福的耳朵旁，轉述了小夥子父親的話。幸福邊聽邊扭頭看著小夥子的父親。小夥子的父親朝他點著頭。幸福聽完，嘆著氣盯著自己的腳丫子。過了一會兒，他說，給二姐打個電話問問，要是真這樣，我還不如在羅湖被人家一下截掉。

張臘梅到醫院外面的電話亭打電話去了。另一張病床上的是一個斷了胳膊的人，跟在張臘梅後面走出去。幸福看看小夥子的父親說，我和你們家不一樣，你們花再多有人賠，我可能都得是自己的。小夥子父親問，對方的車跑了？幸福搖搖頭說，跑倒沒跑，就是交警上說是我的全責，我自己到現在一點也記不起來當時是咋回事了，只記得六個大車輪子。幸福嘆口氣望著天花板。小夥子父親說，交警那裡你得送。幸福說，送了，上次我二姐來，她也說這事得送，對方肯定送，咱要不送就討不到公平，我二嬸家的妹夫的同學的爸爸是羅湖交警那裡退休的，我二姐已經拿了五千塊送過去了。前天，那裡回話說，是我的全責，只能稍稍偏一點過來，偏多了，怕丟飯碗。稍稍偏一點，那還不跟都是我的責任差不多？最多能把俺的五千元偏回來？我都不敢和張臘梅說，怕她心疼錢。小夥子的父親說，怪不得你總心焦。幸福說，從結婚攢到現在的，快花光了。小夥子的父親深有同感地說，就是，咱老百姓都這樣，省著省著，窟窿等著，就怕生病，還好，畢竟不是那種砸鍋賣鐵的病，治好了，你還年輕，還能掙。幸福迷茫地看著天花板說，要是保不住腳丫子，就沒法掙錢了。

一會兒，張臘梅眉眼帶笑地回來了，說，問過二姐了，二姐也問過她的同學了，不用。幸福說，真不用？張臘梅說，你二姐說的，她說，她已經問過大夫了，是因為還需要觀察才不手術的，做手術要等消了腫才能做，沒有別的原因。她趴在耳朵上說，她還說，咱就是送人家也不敢收的，她同學在，要是傳出去，對大夫不利。

三十五天過去了，幸福的腳掌絲毫沒有消腫，只是腳背上原本變黑了的皮膚在邊緣處有了黃色的摻入。傷口在黑色縫合線努力的牽拉下，露著肉芽，滲著血水，不時有蒼蠅飛過來尋覓美食。張臘梅拿了一塊紗布蓋在幸福的腳丫子上，然後用毛巾趕著那隻垂涎欲滴的蒼蠅。早晨查房的時候，主治大夫說，明天給幸福做手術。兩口子的心情一下明朗起來，張臘梅笑著對幸福說，做了手術就好了，很快就能出院回家了，想想剛出事那幾天，沒差點被你嚇死，要不就不說話，要說就說些沒邊沒沿的，還一個勁問台灣「倒扁」倒成功了嗎？跟個神經病似的。幸福笑而不語。過了一會兒，幸福說，我現在想起來，妳倒是比平時對我好了。張臘梅抿嘴笑起來，一小撮活潑的皺紋出現在她的鼻梁上。她說，原來都是讓活兒給急的，現在又沒活幹，只要你不發瘋就行了。

幸福要進手術室了。他招手示意張臘梅湊近來，說，把錢盒子看好了。張臘梅點點頭，蹲下身，用自己的身體和床頭櫃組合出一個安全的角落，把錢盒子從床頭櫃裡拿出來，點了點裡面的錢，然後把錢和存摺一起塞進背包裡。張臘梅背著背包流著眼淚，和幸福的大姐二姐一起送幸福到手術室。

進手術室的門前有一道鋁合金的壓條，車輪在上面一顛，幸福發出一聲慘叫。張臘梅擔心地瞅了一眼幸福的二姐。二姐說，沒問題，護士長是我的好朋友呢。張臘梅把挺直的脊背放鬆下來。護士把幸福推進了手術室的一個房間裡，兩個戴口罩穿綠衣服的男人和一個女人盯著幸福看了兩眼，女人對兩個男人說，你倆一個托後背，一個托屁股，我托腿。女人嘴裡喊著，一二三，自己的節奏卻比兩個男人快了半拍，幸福腳後跟裡的不鏽鋼條碰在手術台的邊沿上，幸福禁不住啊啊慘叫，他攥緊雙拳，咬緊牙關，閉緊雙眼。幾分鐘後，男人和女人相繼走出去，疼痛慢慢地消散開去，幸福鬆開手指，活動著指關節。另一個女人走進來，對著幸福的腳丫子看了看說，哎呀。然後走到旁邊拿起病歷夾看了看說，截肢呀？幸福說，截肢？不是說俺這腳丫子能保住嗎？女人警覺地問，你叫什麼名字？賈幸福。住哪科？女人又問。幸福說，骨三科68床。女人一步躥出去，喊起來，來人，來人，誰幹的？把骨三的68床推到這裡來？先前走出去的女人又走了進來。女人朝著她喊，接病號的時候沒問嗎？不是強調過很多次了，一定要問清楚再接嗎？先前的女人小聲嘟囔說，送病號的直接推進來的。女人說，直接推進來妳就不問了？我要是也不問，那你們說會是什麼後果？這個房間今天是骨五科截肢的，趕緊抬走。幸福暗自感嘆著，真是遇到貴人了，要不給我截了咋辦呢？一聽見女人說要把他弄走，幸福恐懼地嚷起來，大夫，大夫，能不能不弄我走，一弄我就疼得要斷氣。女人乒乒乓乓地擺弄著東西，頭也不回地說，不行，這裡是骨五科截肢的手術。幸福說，我的意思是讓大夫換換屋。女人說，那可不行，太麻煩了。女人對先前的女人說，還不趕緊點兒。先前的女人走出去，把兩個男人叫進來。他們再一次分工，你抬肩，你托腚，我抬腿。

一二三，起。女人喊道。兩個男人在她喊三的時候把幸福托了起來，她自己的動作卻爆發在起字上。幸福的傷腿在瞬間被改變了三個姿勢，先是比其他部分低下去，在女人極力想改正錯誤的努力下，又被迅速抬高，然後再降低，落在推車上。幸福早在他們喊數之前就攥緊了手指，咬緊了牙關。他瞪著眼睛，吸著氣，看著斷腿裡的骨茬在晃動。慘叫聲從牙縫裡鑽出來，斷斷續續。他們推著發著不連貫的慘叫聲的幸福走到隔壁房間。幸福睜開眼看了看，說，這不都一樣麼，非要搬來搬去地折騰什麼？女人這次自己站到了幸福的身體中間，指揮說，你抬頭，你抬腿，我托腚，喊到三就抬。

一，二，三。

幸福瞬間變成一條船的形狀。幸福大喊一聲，啊，死也不騎摩托車了。女人把幸福的腚擱在手術台上，揉著自己的手脖子說，看著挺瘦的。

護士長走進來看看幸福說，不要緊張，我給你找了最好的麻醉師。幸福看著她的眼睛認出是二姐的同學，感激地點點頭。麻醉師是個沙啞著嗓子柔聲細語的男人。他小聲說，我要在你的後背上打麻藥，可能會有一點疼，還會有一點脹，不管怎樣都不要動，要保持一個姿勢。麻醉師說著，把幸福的身體側立起來。幸福大叫道，我的腿，小心我的腿，啊，啊，啊，疼死我了。麻醉師拍拍幸福的後背，又拍拍他的肩和腰部說，再彎一點，再彎一點，好，不要再動了。麻醉師把針頭扎進幸福的腰部的椎管裡，又把麻醉導管從針頭裡穿進去。幸福的傷腿噌的一下伸出去又蜷回來。腳後跟裡的不鏽鋼條像一棵被突然襲擊了的小樹一樣，晃悠著。幸福嘴裡的啊字也如風裡的枯葉，跌跌撞撞。護士長說，碰到神經了。麻醉師柔聲說，是的，碰到神經了。麻醉師在幸福的後背上貼上又寬又長的透明膠帶後說，你自己試探著把身體放平，一會兒就感覺不到疼了。護士長把氧氣管的罩子套在幸福的鼻子上。

過了一會兒，麻醉師拿針頭扎扎幸福的兩條腿問，疼嗎？幸福說，不疼。護士長輸出一口氣對麻醉師說，您幹活就是漂亮。麻醉師笑笑，柔聲說，今天不夠完美。護士長說，那不算什麼，正常。麻醉師說，妳放心吧，我一直盯著。護士長說，那我就放心了。幸福的主治大夫和助手走進來。護士長對主治大夫說，您親自上陣我就放心了。主治大夫說，賈幸福的這隻臭腳丫子是我們科的難題，我不來怎麼行。護士長說，保住有可能麼？主治大夫說，一切等打開再說。

幸福的腳丫子被打開了。主治大夫的助手剪掉了幸福黑如炭棒的腳趾頭，用刀子刮掉了腳背腐爛壞死的組織。主治大夫看著，惋惜地說，裡面糟爛了，白瞎了。主治大夫抬起頭對護士長說，妳來看看，白搭了，沒有血供，裡面的肉都變色了，骨頭也缺血壞死了。護士長走近前看了看，又回頭看看幸福。

淚，從幸福的眼角快速地向他的耳朵流去。

哎——

哎——

哎——

幸福的嘆息夾雜著消化不良的口氣，伴隨著淚水，一聲又一聲。

在得到護士長的肯定後，主治大夫說，這樣就簡單了。護士長問，多長時間能結束？主治大夫抬頭看看牆上的錶說，兩個小時吧。主治大夫麻利地用手術刀剔除著幸福腐爛的肉和骨頭，用集市上豬肉販子一樣的動作。他邊剔邊把幸福的骨頭和肉扔在一個不鏽鋼的小盆子裡。

他左邊的助手把偶爾掉在外面的肉和骨頭撿起來扔進盆子裡。主治大夫扔掉手裡的刀子說，鉗子。旁邊的器械護士趕緊遞上鉗子。主治大夫用鉗子一下下咬著幸福的腳弓。腳弓上的骨頭在鉗子下變成三四公分不等的碎骨，然後被扔進不鏽鋼的小盆子裡。主治大夫嘆口氣說，都糟了，就像摔了的蘋果，外面的皮是好的，裡面不行了。

汗，從主治大夫的額頭上、太陽穴上流下來，一個護士拿著紗布不停地踮起腳尖擦著那些活潑的汗珠。護士看著越擦越多的汗珠子說，你肯定身體虛，怎麼這麼能流汗……器械護士笑說，他能不虛嗎？天天中午都往家跑，透支啦。幾個人一起笑起來。擦汗的護士把繃帶纏到主治大夫的額頭上，主治大夫像傷員一樣繼續用鉗子咬著幸福的骨頭。一會兒的工夫，幸福的傷腳除了腳後跟和小腳趾以外，都被扔在不鏽鋼盆子裡了。那個閃光發亮的不鏽鋼小盆子使得整個手術室有了廚房的氣氛，幸福的骨頭和肉在裡面像主婦打算紅燒的材料。主治大夫把幸福腳背的骨頭和肉剔乾淨後看了看已經孤立無援的無名指說，留著沒用了，去了算了，皮還有點用處。說完，他拿了手術刀割開幸福的無名指，把裡面的骨頭割下來，把無名指的皮反扣過來說，還可以用的。主治大夫說，鬆鬆止血帶。護士按了按幸福頭旁邊的一個按鈕，幸福木呆呆地歪頭看了看護士的手。鮮紅的血液出現在幸福殘缺不全的腳裡。主治大夫用歡快的調子說，血供不錯啊。幾個人都隨聲說，不錯。主治大夫把幸福的腳心反扣到腳背上看了看，捏了捏，把它和腳外側的皮膚縫合在一起。最後，人們看著幸福的腳丫子說，真像老太太的裹腳。一個護士說，就是方向不一樣。

接下來是修理幸福的腿。按照原定的方案，是在斷骨處上外置的固定架。主治大夫接過電鑽，在幸福的腳踝上面鑽出了了兩個洞眼。突然，主治大夫發現固定架太長了。他端詳了一下固定架說，這是二十五公分的，用二十公分的最合適。護士長趕緊打電話問設備處有沒有二十公分的。主治大夫利用設備處回電話的空檔，把幸福內側的腳踝骨摳出來，用剪刀修剪一下塞回原處，那一顆四五公分長的螺絲釘擰住。設備處回電話說，沒有二十公分的固定架。主治大夫嘆口氣說，湊合著吧。他的助手把又粗又長的螺絲擰進幸福的骨頭裡。主治大夫左邊的助手掰著幸福分離了一個多月的脛骨說，很難對上呢。主治大夫放下手裡的電鑽，掰了掰說，不行就打開用拉鉤拉過來。助手答應一聲，用刀子割來幸福脛骨斷裂處的皮肉，扒拉出骨頭，用拉鉤拉著，主治大夫在拉鉤的幫助下，把分離的骨頭對接在一起。另一個助手趕緊拿起螺絲擰進主治大夫鑽出的洞眼裡。

主治大夫對他右邊的助手說，開始取皮吧。助手在幸福的左大腿處消了毒，拿了取皮刀在那裡蠕動著。一會的工夫，一團陳舊的紗巾一樣的皮膚被取了下來。掉了皮的地方白咧咧的，泛著細小的血珠，被攔腰折斷的汗毛在毛孔裡以嶄新的姿態存在著，乍一看去，沒有皮的地方就如同春天剛剛澆灌了的發芽的菜地。助手提起幸福的皮問，這行嗎？主治大夫看了一眼幸福的皮再看一眼幸福掉了皮的大腿說，這哪夠？他的助手把手裡的皮遞給器械護士，拿起取皮刀挨著剛才取皮的地方再一次蠕動起來。

護士把幸福舊紗巾一樣的皮小心翼翼地鋪展在一塊大紗布上，用不鏽鋼的刮尺把皮膚刮平整。她問主治大夫，是縫還是「貼郵票」？主治大夫說，貼郵票。護士歡快地說，哈，我就喜歡貼郵票。她把幸福的皮用剪刀剪成一釐米寬四五釐米長的小長方塊，遞給主治大夫。主治大夫把它們像貼郵票一樣貼在幸福的腳上——那些缺少皮膚的地方。

回病房的路上，幸福翹頭看著包了八十層紗布的腳。他對在門口接他的張臘梅說，哎呀，包了八十層紗布還不如另一隻腳大，都快剔把完了，以後沒法騎摩托車了。

注定沒法騎摩托車的幸福開始變得煩躁不安，他不知道不能騎摩托車以後他還能做什麼？他裝作睡覺，他避開人們的問候，一遍一遍思考這個問題。他的眼前晃動著他心愛的摩托車。摩托車已經在大姐夫的幫助下，從羅湖縣拉回了家，那邊交警看在有熟人的關係上把罰款和看車費都進行了折價，加上運回家的費用一共花了一千三百元。思考了無數遍的幸福明白了一個道理，以後沒辦法掙錢了，存摺上僅剩的幾千塊錢一定要節約著花，最好是不花！再打算要一個女兒的念頭是不敢想了，也堅決不能讓張臘梅想了。張臘梅到醫院的食堂裡去買飯去了。值班護士來給幸福腿上的固定架消毒。幸福看著護士把注射針管裡的液體推到固定架的螺絲上。

幸福問，你們天天這樣是幹什麼？

護士說，消毒。

幸福問，消毒，用什麼東西？

護士說，酒精。

幸福又問，這收錢嗎？

護士說，收錢，一次十塊。

幸福驚訝地說，一次十塊呀？不就是推一點酒精到螺絲上嗎，怎麼這麼貴？

張臘梅提著菜回來了。她說，今天我給你買了炒雞，大夫說你腿上的骨頭一點也沒長骨茬，應該吃得好一點。幸福看看塑料袋裡的雞塊說，這麼吃下去，用不了幾天就把錢花光了，妳怎麼不知道過日子呢？錢花光了怎麼辦？如意的學費都交不起。他的眼裡有了淚。張臘梅悶頭坐在床沿上，眼裡也有了淚。過了一會兒，她把方便筷掰開塞進幸福的手裡，自己蹲下身從床頭櫃裡拿出前天的剩飯吃起來。幸福忍住淚，卻看見張臘梅抽搭起來。他拽了一下張臘梅的袖子說，妳也吃。張臘梅哭出聲來說，好像我是浪費的人一樣。幸福說，我又沒這麼說。兩口子吃完飯，張臘梅把幸福吃剩的雞肉用塑料袋掛在陽台上的通風處，防止變味，留著給幸福下一頓吃。幸福等她回來，低聲對她說，妳趕緊去給二姐打個電話，問問她能不能找她同學給咱弄個針管子，弄瓶酒精，以後咱自己往螺絲上滴酒精消毒，妳不知道人家給咱滴那幾滴酒精要收十塊錢呢。張臘梅吃驚地張了嘴重複說，十塊錢啊？

張臘梅匆匆地走出去。

張臘梅匆匆地回來了。

幸福滿懷希望地問，打通了嗎？二姐怎麼說？

張臘梅說，她說再貴也不能自己幹，還說那樣如果出現了感染，醫院就會把責任全推給咱。

幸福嘆口氣。過了一會兒他說，二姐還說什麼了？妳沒告訴她讓她給大夫說說早一點出院？我真是怕給如意交不起學費了。張臘梅笑起來，二姐說了，電視裡剛宣布了以後農村的學生不收學費了。幸福再嘆口氣說，那倒是好，可是還要吃要穿呀，還會生病什麼的呀，妳趕緊去找大夫問問我能不能出院？

張臘梅又走出去。幸福彎下腰打開床頭櫃，拿出張臘梅的包，翻出存摺和一摞子每日費用清單，拿了筆重新計算起來。他唯一的希望就是儘快出院，存摺上的3000不要再減少了……

在樓群中歌唱

1

李守志是個一高興就想哼歌的人。要去省城打工了，李守志在去縣城坐車的山道上，哼唱著——我在馬路邊撿到一分錢。他老婆朱桂芹說，整天哼哼哼的，跟牙疼似的，咋不放開嗓子眼唱呀？李守志知道朱桂芹是故意引逗他，就說，妳以為我嗓子眼是隨便放的？關鍵時候才放一下。李守志的話，跟蜜一樣抹在朱桂芹的心上——她知道李守志僅有的兩次放開嗓子眼都是因為她。

第一次是朱桂芹穿著紅棉襖紅棉褲圍著紅圍巾進門的時候，李守志發覺自己的胸膛裡突然騰起一股活潑潑的氣兒，驚了的馬駒一樣在裡面亂竄。他抿緊嘴巴硬生生地攔截著，直到鬧洞房的人散去，腮幫子上的肌肉又瘦又硬的時候，那股氣衝開他的嘴巴，嗷——的一聲竄出來。朱桂芹笑咪咪地看著他說，跟頭叫驢似的。李守志這才想起來歌唱是需要歌詞的。他停止嚎叫，試圖唱出一支歌。但他發覺自己只會唱小時候學過的——我在馬路邊撿到一分錢。不容他多想，嗓子已如風裡的帆被扯了起來——我在馬路邊撿到一分錢，把它交到警察叔叔手裡邊！李守志的嗓子發出破布在風裡掙扎的聲音時，朱桂芹說看把你美得嗓子都唱啞了。李守志說，撿了妳這麼俊的媳婦我能不美嗎？說著，他突然想起朱桂芹並不是撿來的，而是他給朱桂芹家幹了三年活，又借遍了親朋好友，湊足了朱桂芹父母要的彩禮，才娶到的。那個數字是一分錢的一百萬倍。

李守志和朱桂芹用了五年的時間養大了閨女李歡喜，還清了結婚時欠下的債後，兩個人把歡喜留給母親，開始四處躲藏，過起超生游擊隊的生活。一年後的除夕夜，兩個人潛回村生下了兒子。李守志抱著剛剛出生的兒子情不自禁地再次高歌——我在馬路邊撿到一分錢！極力壓抑的恣得發抖的歌聲引來了村支書和計畫生育工作組。罰款一萬元。朱桂芹憂慮地說，剛還清了飢荒又拉下了，啥時候熬到頭兒呀？取名叫一萬吧，娶我花一萬，生他又被罰一萬。李守志說，不行，我兒子一定得叫歌唱。

李守志和朱桂芹都沒有想到到達省城的當晚，李守志竟然就斗膽為省城人民放開了他的嗓子眼。

這晚，金太陽小區廣場上正巧在搞街道聯誼會，李守志看著那些踴躍舉手參加節目的人到台上吹破個氣球或喝瓶礦泉水就能得到獎品，他心裡癢癢地看著自己蠢蠢欲動的手。朱桂芹也心動了，她用胳膊肘搗搗李守志說，舉手啊，舉手啊，喝瓶水就能得一桶醬油呢。朱桂芹說著眼前浮現出淩晨她剛剛離別了的醬油瓶子。一個綠色長脖子玻璃瓶，沒有蓋子，天熱的時候，瓶子裡就會浮上白渣，再後來就有米粒大的蛆在裡面爬。每次朱桂芹拿著它到村頭的小賣店裡打醬油的時候，都渴望把它換成有蓋的，能用開水涮洗的。有了老婆的鼓勵，李守志迫不及待地把胳膊舉起來，在主持人剛剛登台的安靜裡，他的胳膊獨樹一幟。

李守志被主持人的手指頭點中了。等待他的不是喝礦泉水和吹氣球，而是唱歌，由台下的人給他評判該得什麼獎品。李守志一聽拔腿就跑，卻被主持人白皙的手一把扯住，李守志只得乖順地回到台中央。主持人說，先介紹一下自己，在哪裡上班，幹什麼工作。

嗯，嗯，咋說呢，我，我就在這個小區裡。

物業管理？

不，掃地，收垃圾，嗯，嗯，我和我老婆，嗯。李守志深知在省城人民面前應該把話說得洋氣一些，無奈腦子裡白茫茫的啥洋貨詞也沒有。突然，兩個救兵出現了——上任。又洋氣又氣派。今天，我，我們剛上任。

哈哈哈。台下哈成一片。垃圾工什麼級別的官呀？哈哈。

我以為還是喝水，還是讓我喝水吧，我保證比前幾撥人喝得都利索。

主持人笑著問台下，大家說讓他喝水還是唱歌？

唱歌！

那，那唱一分錢行不行？

一分錢？主持人皺眉問。

我在馬路邊撿到一分錢！李守志不等主持人反對趕緊唱起來，一個趴在台邊上的孩子們仰臉看著李守志好像長了樹枝子的脖子，大聲喊，一分錢，來桶醬油，一分錢一桶醬油。

一分錢一桶醬油！一分錢一桶醬油！所有的孩子喊起來。

一分錢一桶醬油，這廠家該有意見了，再來一首怎麼樣？主持人借用孩子的話開起玩笑。

我就會這一首，你要是覺得太便宜我，我再唱一遍。李守志盯著主持人手裡的醬油桶。

哈哈哈，一分錢再來一個，台下的孩子們在喊。

真不行，就會這一個，不信你們去問問俺村的人。

所有的人都笑起來，孩子們越發起鬨。主持人說，你們村的人我們以後去問，問題是此時此刻你怎麼能讓我相信你就會這一首歌呢？

嗯嗯，實話跟你說吧，俺這人有個毛病，一高興就忍不住哼哼歌，我一天到晚就哼哼這一個歌，要是會別的，十好幾年咋能光哼一個？

主持人看李守志說得誠懇，笑著把醬油桶給他，學他說，俺們大家可都知道你的毛病了，一高興就忍不住哼哼歌，一哼哼就是一分錢。

哈哈哈。台下一陣哄笑。氣氛空前的好。

李守志提著醬油下台來，朱桂芹喜滋滋地迎上去，舉起醬油桶看看說，這麼大一桶啊，你這回唱得真值，就那聲不大像你的，在家裡那聲聽著滑溜溜的，在這咋跟敲破竹筒子似的。一個孩子跑過來扯下李守志的褂子喊，一分錢。李守志猛一回頭，那孩子尖叫著跑了十幾步和四五個孩子站在一起繼續喊，一分錢！一分錢！朱桂芹說，壞了，成外號了。

2

李守志和朱桂芹來金太陽小區幹垃圾工，確切地說是給朱桂芹的表姐打工來了。朱桂芹的表姐和表姐夫承包了小區的垃圾清掃。表姐夫在他倆報到的時候就告訴他們，親朋好友要求來找活幹的人多老鼻子了，就因為知道你們兩口子直實，不會生出花花腸子才答應的。李守志兩口子頻頻地感激地點頭。表姐夫給了他們兩把掃把、兩把鐵鍬和兩輛骯髒破舊的三輪車，領他們在小區裡轉了一圈，交待了他們的管轄範圍之後，把兩人領到東邊一個靠牆的兩層垃圾樓前，說，上面你倆住，下面放廢品。然後拿出早已寫好的一張紙說，什麼東西多少錢都寫在上面，照價收，放不下的時候就交到我那裡，論秤的我過秤，論個的數個。表姐夫從兜裡掏出六百元錢說，這是你倆一個月的工資，我先預支給你們，一部分當收廢品的本錢，一部分拿著花。李守志有些失望地接過錢攥在手心裡，他原來的期望值是八百。表姐夫的目光在兩個人身上掃了一圈之後說，錢不算多，我們掙得也不多，你倆幹久了就知道了，幹得著！表姐夫說完就走，走了幾步又回過頭來說，你們得趕緊收垃圾去，要不居民該有意見了。

李守志和朱桂芹試探著踏上垃圾樓的簡易樓梯，來到他們的新家。兩口子環顧四周，又彼此看了兩眼，都看見對方眼裡的失望，又都把到嘴的話嚥了下去。一間不足二十平米的屋子裡除了一個破舊不堪的床墊子和一床被子之外沒有任何東西。門窗上的玻璃殘缺不全，門外的過道上有一個蜂窩爐子和鐵鍋。兩個人在床墊子坐下，李守志怕朱桂芹打退堂鼓就試探著說，這城裡的樓還不如咱家舒坦呢。朱桂芹嘆口氣說，咱出來又不是享受的，趕緊幹活去呀。

他們的工作範圍是二區的十棟樓。清理十個垃圾箱，清掃十棟樓前的道路，把所有的垃圾運送到小區門口的垃圾樓去，收購十棟樓的廢品。

最後的垃圾桶。十號樓前。一個乾淨的塑料袋子裝著五六個饅頭在垃圾桶旁邊的水泥地上。李守志把塑料袋子提起來，端詳著說，誰掉啦？朱桂芹接過來打開塑膠袋子看了看，小聲說，人家扔的呢，長白醭了。李守志不由得張大了嘴巴，長點白醭就扔了？朱桂芹突然明白了什麼似的眉眼間堆上了喜滋滋的漣漪，湊近了李守志的耳朵說，怪不得表姐夫說幹得著，一頓飯白撿了不是？一股驟然而生的快樂在李守志的胸膛裡升起來，他從朱桂芹的手裡拿過塑料袋子，繫到腰帶上——我在馬路邊撿到一分錢……

朱桂芹環視了一下四周，提醒他說，小點聲，讓人家聽見笑話。李守志嘿嘿一笑，對朱桂芹說了聲，誰笑話唱歌的？然後搬起垃圾桶倒扣到三輪車裡，划拉了一下掉到地上的垃圾，接著哼下去——叔叔拿著錢，對我把頭點，我高興地說了聲叔叔再見！

朱桂芹說，撿幾個饅頭就把你樂成這樣，哪天要是撿一萬塊錢，你不得樂瘋了？李守志說，不會有那好事的，不過我已經有了足夠的信心，表姐夫說得沒錯，能幹得著！

幹完活，李守志和朱桂芹洗了手，把饅頭從腰帶上解下來，拿到鼻子底下聞了聞，有股淡淡的霉腥氣。朱桂芹用毛巾擦了擦饅頭皮說，要是能餾餾就好了。李守志從樹上折了幾根枝條架在鐵鍋裡，然後把饅頭小心翼翼地放上去，從縫隙裡加了水進去。不一會兒，熱氣就把饅頭蒸得汗津津的。汗津津的李守志和朱桂芹瞅著汗津津的白饅頭計畫著未來的日子。李守志說，好好撿，肯定會有很多能夠吃能夠用的東西，工資儘量不花，爭取三年把饑荒還上，再以後，有了節餘的日子，就把歌唱接來，也上上城裡的學校……我琢磨著，不收垃圾的時候也不能閒著，多轉轉，肯定能撿到塑料瓶什麼的，一個就能從表姐夫那裡換一毛錢，十個就是一塊錢。

3

四年過去了。

李守志和朱桂芹還清了超生李歌唱的罰款，有了小區門口銀行的存摺，攢夠了兒子的借讀費。用朱桂芹的話說，他們家的日子是芝麻開花節節高。從四年前撿到六個饅頭開始，李守志幾乎每天都哼哼著他的歌——我在馬路邊撿到一分錢。撿到有用的東西哼；撿到可以賣錢的廢品哼；天氣好的時候哼；心情好的時候哼；大風過後，地上所有的垃圾被吹到犄角旮旯，省了他們兩口子掃地的麻煩時哼；雨雪後，掃地不起塵土的時候哼；撿到了一分錢哼；撿到一角錢哼；撿到一塊錢哼；撿到十塊錢哼（十塊，是他撿到的最大數）；撿到了褪色的塑料花、絹花，插到不能賣錢的瓷瓶瓦罐裡或者用廢棄的掛曆貼滿了四壁，把個十幾平米的小屋點綴得花花綠綠、豔麗絢爛的時候哼……

中秋節的前一週，幹完活後，李守志把一把無處插放的紅色絹花用細鐵絲纏到了朱桂芹的三輪車把上，朱桂芹和三輪車都在瞬間增色不少。朱桂芹在那一刻不自覺地捋了捋頭髮，姿勢和當年相親的時候一模一樣。李守志看著大聲唱起來——我在馬路邊撿到一分錢！朱桂芹彎了腰說，丟了四年的叫驢又找回家門了？李守志笑著用鉗子指指胸口說，沒丟，一直拴這裡頭呢，怕驚著別人。朱桂芹止住笑，撫摸著紅色的絹花說，聽習慣了，你要是哪天不哼哼，我這心裡還真就不踏實，惶惶的，跟丟了啥似的。

中秋節這天，朱桂芹收完垃圾到九號樓頭和李守志坐在一塊歇息。兩個挽臂而行的年輕人走到朱桂芹的三輪車前站住，女孩子對男孩子說，插滿了紅玫瑰的三輪車，真有創意，真浪漫呀！男孩子皺了鼻子說，妳要是喜歡，我們結婚就用三輪車吧，滿滿一車紅玫瑰，妳坐在當中間，我滿頭大汗地蹬著，大街小巷轉一圈，保準很有效果。女孩子用鼻子說，我要一個長長的玫瑰車隊。男孩子說，好好好，讓我那些哥們每人蹬一輛三輪車。女孩笑著靠在男孩的身上走遠了。朱桂芹坐在鞋上的屁股晃悠起來。李守志拿肩膀頂著她說，看把妳樂的！

我在馬路邊撿到一分錢。李守志哼起來。

一分錢，唱一分錢的，你上來幫我收廢品！

李守志和朱桂芹抬頭望著，發現是對面十號樓頂樓的女人在喊。樓頭上正在歇腳的老大爺對李守志說，你也算一唱成名啊，你這樣很好，人能樂呵呵地活著就是種福，我經常聽你唱，唱得好。李守志朝老大爺笑笑，低聲對朱桂芹說，我在嗓子眼裡哼，他竟然能聽見。朱桂芹說，那得看多細的嗓子眼，你那嗓子眼粗得跟槍管子似的，咋掩蓋動靜也小不了。

李守志拿著秤面對女人的垃圾吭吭嗤嗤，這，這。女人笑著說，怎麼，不收衣服呀？李守志笑笑說，不知道咋付錢呢。女人說，十塊錢一斤怎麼樣？李守志盯著地板上那堆花花綠綠的衣服快速地在心裡估算著，合計著。他看出它們都是七八成新的，質地也不賴，就是大小不見得合適。李守志思忖著蹲下身，拽起一件女上衣看著。女人看他認真的樣子笑了起來。不逗你了，不要錢，送你了。李守志紅了臉，喃喃地說，衣服都不賴呢，哪能白要呀，要不我少給點吧。女人說，不要錢，拿走吧。李守志手指上皴裂的皮刮了衣服上的絲線，他手忙腳亂地試圖把絲線拽下來，一著急，身上的汗就出來了。女人看那絲線越拽越長就走上前想幫他，濃重的汗臭味一下子把她頂得倒退了兩步。她有些不耐煩地坐到沙發上抱臂看著他。絲線斷了，在皴裂的指頭上蛛絲一樣纏繞著。李守志說，可惜了，這麼好的衣服俺穿不出好穿來。女人說，都是些過時的東西，別嫌棄。李守志樂起來，連說哪會嫌棄呢。抱了衣服出來又回身敲開女人的門說，以後有啥力氣活叫俺啊。女人點點頭。門，在女人手裡開始慢慢移動。李守志看著女人的半個面孔說，怎麼稱呼妳呀？女人的門轉動一下露出整張臉說，我姓厲，叫厲芝。李守志重複一邊說，荔枝，這名字好，荔枝老師。女人說，不用客氣，叫大姐就行。李守志說，荔枝大姐，有啥力氣活一定叫俺。

傍晚，朱桂芹洗了手，在手指的裂口上抹了馬牌油，把爐子上的水壺偏放著，就著冒出的火頭烤著，說，要有膠布就好了，烤完了包上膠布好得快。李守志看看老婆的手指頭上紅咧咧的傷口，再看看自己的，雖然也裂了卻輕得多。他說，以後別嫌麻煩，戴上手套，咱不是撿了好幾雙麼。朱桂芹若有所思地說，歌唱這麼點小屁孩就知道好孬了，上星期開家長會一再跟我說，媽，妳穿得漂亮一點。我到那裡一看，哎呀，咱確實跟人家不一樣，人家不光穿得好看，那臉也不和咱一個色兒，那小子一個勁用眼斜愣我呢，以後我也有像樣的衣服了，歌唱該滿意了。荔枝大姐送的衣服裡大多是女式的，大小也差不多，朱桂芹用塑料袋子包了，拿繩子捆了，掛到牆上，躲避蟑螂。李守志脫了鞋用腳丫子撥拉了床頭上歌唱的課本躺下去問，歌唱哪去了？朱桂芹說，跳充氣城堡去了。李守志忽地坐起來說，妳怎麼什麼都由著他，不就是跳跳麼，哪裡不能跳，非要花錢跳？朱桂芹慢慢轉著手指頭說，這個月他不是撿了十七個塑料瓶麼，我獎勵他兩塊錢。李守志重新躺下去說，那也不能亂花，咱還得使勁攢，以後用錢的地方多著呢。他嘆口氣接著說，我想了，光讓歌唱進城讀書對歡喜來說是不公平的，咱們節省著花，再攢上一年，看能不能把歡喜也弄來。朱桂芹捏捏手指肚子上的裂口，再抹了點油上去，反問道，那得多少錢？李守志說，妳不讀書不看報就跟不上形勢吧？報紙上說了，以後咱們全國的小孩上小學和初中都不用交學費。李守志的胳膊興奮地在空中一揮，繼續說，這可就省大發了，再不收借讀費，就更省大發了！高中雖然要花錢，我估摸著勒勒褲腰帶也能挺過去。

朱桂芹伸頭欽佩地看著丈夫說，我從看你第一眼起就知道你是個有主見有能力啥事也難不倒的人。

李守志說，那妳當初還拿捏著勁兒不給個痛快話，害得我跟頭牛似的趴在妳家地裡三年，還交了一萬塊彩禮錢。

朱桂芹把爐子上的水壺放正，走進屋在李守志的腳邊坐下，整理著兒子的書本說，不拿捏著點兒，俺娘不白養俺了。她用胳膊肘搗搗李守志的腳丫子說，你剛開始那會兒咋想我來著？看我會踩縫紉機？還是能吃苦？嗯，我想起來了，你說你看我面善，能對你爹娘好，對吧？李守志說，說實話，我那時候就看妳俊，啥也沒想，我就想娶個俊媳婦，這樣幹啥都有勁。朱桂芹喜滋滋地看了眼牆上的衣服說，人靠衣裳馬靠鞍，人家給這麼多衣裳，咋回報來著？李守志說，我想了，以後逢年過節咱幫人家擦擦玻璃，洗洗油煙機什麼的，平日裡看見人家有重的東西幫著往樓上搬搬。朱桂芹站起身說，要是能把歡喜接來我這心裡就省了牽掛了。說著，從牆縫裡拽出一個塑料袋拿在手裡說，過節了，賣菜的收攤早，我再去撿些菜葉。

4

厲芝在農村有一個姨媽。姨媽家有一個表弟。厲芝高中復讀的時候曾在姨媽家住過一年，當時雖然和表弟經常因為吃東西和誰騎大金鹿自行車吵得面紅耳赤，卻想不到在以後的日子裡那些嘔氣和爭鬥成為她心裡最溫暖的回憶。表弟成為她除了父母之外最惦念的人。尤其是厲芝和丈夫在工作上都有了些成就，家境日漸好轉的近幾年，她總是每年都抽時間回去看看表弟。姨媽和姨夫早已去世，只有表弟一家三口。她每次回去都要給表弟一家買應時的新衣服。每次，表弟都會說，姐，別買新的，把妳和姐夫替下來的拿來就行，穿新衣服下地可惜了。她家的衣櫥裡堆滿了過時的衣服，但她總覺得拿穿剩下的、淘汰的衣服給表弟是不尊重的。她堅持買新的。儘管她回去的時候，從沒看見表弟穿過她買的衣服。最後一次見表弟的時候，表弟像以往一樣讓媳婦炒了酒餚陪她喝酒，喝到高興處，兩個人用筷子敲著碗沿唱歌。我愛北京天安門、學習雷鋒好榜樣、東方紅、我在馬路邊撿到一分錢、三大紀律、社會主義好……一一唱遍。有鄰居來湊熱鬧，表弟媳拿出她買去的新衣服一件件展示給人家看。臨走的時候，表弟打開他家的衣櫃說，這得多少錢啊，姐，咱倆客氣啥，有件新的逢年過節穿就行了，要給妳就給你們替換下來的。她答應了。還沒有等到她兑現自己的承諾，一場車禍奪走了表弟一家的性命。

得到消息是中秋節的前天晚上，當次日紅腫著眼睛醒來後，她聽見了熟悉的歌聲。厲芝淚如泉湧，她知道那不是她的表弟，那只是和表弟年齡差不多，生活狀況差不多的垃圾工，是那個經常一邊幹活一邊哼歌的垃圾工。她站在窗前，看著李守志把廢品整整齊齊地捆扎起來，撂到三輪車上，看他在垃圾箱裡翻找，看他寶貝一樣把一個塑料瓶塞到車把上的蛇皮袋子裡……看著他骯髒的左側腰間補了補丁的藍褂子。那種藍是她和表弟一起讀書的時候經常穿的。那時，那種藍色叫學生藍。厲芝的眼淚無聲地滑落下來。她打開衣櫥，往地上扔打算送給表弟的衣服。

她從沒見過一個人臉上瞬間出現的那種感激又略帶恐慌的神情。那種帶了點羞怯而又純粹的快樂，那種對別人的饋贈敞開心懷不加任何猜測和懷疑的接受，讓她心裡泛起溫暖而親近的漣漪。她原來擔心他會謙讓，會說出很多廢話，會出現過分驚訝的表情，讓她不得不解釋為什麼扔掉衣服，來遮掩生活裡的虛榮和奢侈。

接下來的兩個月，她發現每次下班回來他都等在垃圾桶旁，用親切而活潑的眼神看著她。一次，她打開後備箱，他馬上朝她走來，問，有重東西啊？她連連擺手，他眼睛裡的活潑一下子消失了。她明白了他回報她的期待。後來，她不再打電話讓人送桶裝水，買水的時候，她總是打開車廂喊他，一分錢，幫個忙。有時他不在，她就回到家站到窗前看著，看見他推著三輪車走過來就喊，一分錢，幫個忙，水在後備箱裡。她用遙控器打開車廂，然後看他把水扛到肩上，哼唱著——我在馬路邊撿到一分錢，走上樓來。

你整天都這麼高興呀？一次在他幫她洗油煙機的時候，她問。

他嘿嘿笑笑說，又沒啥不高興的。

你怎麼總唱這一首歌？

我就會這一首。

她說，其實我也喜歡唱這首歌。

你為啥喜歡？

她說，說不清，也許就因為是唱著它長大的？

他突然提高聲音說，荔枝大姐，妳幹過那種事嗎？就是把自己的錢埋到土裡，然後假裝撿到的，交給老師，受表揚。他的臉紅紅的。她看著他，連連點頭說，對對對，小時候常有這事。他扔了手裡的抹布站起身來比畫著說，我也幹過，我把俺娘讓買鹽的一毛錢趁沒人的時候埋進土裡，等同學走過來的時候用腳一踢，錢就露出來了，在同學們的驚呼聲裡，紅著臉去交給老師，全班的同學都陪我去校長辦公室交公呢，浩浩蕩蕩的三十多個人，前呼後擁！那天下午學校裡開大會，校長表揚我拾金不昧，還把我叫到最前邊，讓我站到乒乓球檯子上帶領大家唱——我在馬路邊撿到一分錢。那乒乓球檯子是用水泥板搭起來的，我往上爬了好幾次也沒爬上去，肚皮都磨得生疼，後來還是老師把我抱上去的……嗨嗨嗨，李守志突然停下比畫的手，彎腰撿起抹布。

然後呢？厲芝問。

然後啊，嗨嗨，然後就是挨了兩頓揍，我弟和我一個學校，回家告訴俺娘我拾金不昧受表揚了，俺娘看了看鹽罈子裡是空的，拿了苕箸疙瘩就打我。我就一聲不吭地挨著。打了一會兒，俺娘就心軟了，撂了苕箸揪著我耳朵要我到學校裡把錢要回來。我就蹲在地上，抱著她的腿。耳朵拉得快掉下來了，俺娘不得不鬆了手。天黑的時候，俺爹回家來又揍了一頓。爹要去學校要錢，我就蹲地上抱著爹的腿。俺娘看我那樣就勸俺爹說，算了，得給孩子留臉面。爹說，咋炒菜？俺娘說，鹹菜缸裡不還有鹹菜水麼。俺家因為這喝了一個月的鹹菜水，嗨嗨……李守志憨憨地笑著，那時候，一毛錢能買一斤鹽，夠吃一個月的。

你後悔了吧？

沒，就是有點擔心別人知道那錢是我自己家的。那時候，每個人都特注重名聲，那時候，能受到別人的尊敬感覺是天大的事呢。俗話不是說人過留名雁過留聲麼，我們那裡每當種麥子的時候就有大雁在空中發出嘎嘎的叫聲，我一聽見那聲音，就想人家一提到俺李守志的名字，就知道俺是一個拾金不昧的好人。有一年過年的時候俺娘買了一張畫，上面畫著個女孩子手托一塊金光四射的寶石，腳邊放著鑁頭，俺從那開始看見反光的東西就瘋跑著去撿，做夢都想撿個寶石交給國家呢！

理解，理解。厲芝說，像咱們這個年齡的人可能都有這個經歷，那時候呀……厲芝發現自己說話的口吻像李守志一樣，不由得笑起來說，一代人有一代人的記憶，那時候，講學雷鋒麼。厲芝忽然想起剛才聽見他說自己的名字，就問，你叫什麼名字？

李守志，我大弟叫李守德，小弟叫李守仁。

厲芝說，這名字很有學問呀。

李守志笑著說，我們門兒裡有個老爺爺學問很深，這一枝上的人家都找他給孩子取名，過年的時候，去給他磕頭，他就把他給起過名的孩子留下，到人堆滿屋子的時候，挨個考問——你知道自己這名是啥意思吧？回答出來的就獎勵一塊糖，答不出來的他就給解釋一遍，等到來年過年的時候再考問。

你掙著糖了吧？

每年都能掙一塊，最後那一年，掙了兩塊。李守志豎起黑乎乎的兩個指頭，灰色的油水順著他的手腕子往袖子裡流，他又趕緊把手放下來搓抹布，邊搓邊說，那年老爺爺已經很老了，過年也起不了身了，他躺在炕上，枕頭邊上放了一包糖，我們給他磕完頭蹲在他炕前，等他考問。問到俺的時候，李守志突然意識到跟城裡人說話不能總俺俺的，土得掉渣，就嚥口唾沫說，我說，人貴在於有志氣，光有志氣不行，還要守住它，還有，人窮志不能窮，人小志不能小。後兩句是我自己加上的，那是聽古書《呼延慶打擂》學來的，我那老爺爺聽了欠起身來看著我說，這娃將來會有出息的！還叫了我爹到跟前說，你養了個好兒子，好好供他讀書，將來他會出息的。老爺爺大聲說，給守志兩塊糖！妳不知道我當時那個榮光啊，那兩塊糖捨不得吃，整天揣兜裡，一直揣到夏天，化了，黏到糖紙上剝不下來，哈哈哈。李守志大聲笑起來。

厲芝有些羨慕地看著他。她的童年裡也曾有過類似的快樂和榮耀，可是都早已被歲月紛雜的塵埃遮蔽了。她突然發現自己平日裡的回憶，大都是短程的，小範圍的，是是非非，緊緊張張，算算計計的。比如，老公去年接了調令到外地工作，雖是平調，但誰都明白等於降職使用。這個事情的前因後果總是纏繞在腦海裡，回憶聽到的每一句傳言，揣測事情發生的每一個環節，懷疑每一個可能的敵人，猜測每一個可能知道內幕的眼神，然後再設想以後的後果……和丈夫分別的一年多的時間裡，電話裡談得最多的也是這些。

5

第五年的中秋。

吃完晚飯，李守志從牆上的畫上抽出他的牙籤——一根彎曲的鯉魚肋骨，剔了剔牙，隨手插回去。李歌唱不滿地說，我都說多少遍了，爹，你不要往臉上插。李守志這才注意到魚刺插到「小燕子」趙薇的臉上了。他把魚刺拔下來，插到另一張畫上，那是一個踢足球的外國男人。李歌唱說，別插足球上呀，球撒氣了怎麼辦？李守志和朱桂芹笑起來。李歌唱噘了嘴說，爹就是不長記性。朱桂芹說，咋說話呢？沒大沒小的。李守志看著兒子嘿嘿一樂說，兒子，你說這小燕子漂亮還是你娘漂亮？李歌唱翻開課本說，還用問麼，當然是小燕子漂亮，我班裡有很多同學的媽媽都很漂亮很時髦。李守志在兒子的腦袋上彈了響指說，你小子啥意思？嫌棄你娘了？你娘要是化吧化吧，抹喳抹喳，不比畫上的人差。李歌唱把眼睛從書上挪到朱桂芹的臉上說，媽，妳再去開家長會的時候也擦擦粉吧，我同學說妳長得還可以就是臉黑。李守志披上褂子說，好好學你的習吧，學好了習，有了出息，掙錢給你娘買香粉。朱桂芹撫摸著兒子的頭說，我才不指望那些呢，就指望我兒子將來有出息，當娘的走到誰跟前都不低人家。李歌唱說，語文單元測驗我是一百分。李守志說，不能驕傲。朱桂芹看李守志披了褂子說，下毛星兒雨了，算了吧，明天早起一會兒。李守志嘆口氣說，撿垃圾的人越來越多，我還是再轉轉吧。李歌唱問，能撿著月餅嗎？李守志說，好好學你的習。朱桂芹說，那還要再過十天半月的才有人扔呢，八月十五正稀罕著呢。

李守志快速地在一到九號樓間巡視了一遍，撿了四個盛魚的紙箱子，雖都散著腥臭味，可並不影響賣錢。他把紙箱子踩扁了拎起來，最多有四斤沉。三毛錢一斤，大約能有一塊二毛錢的收入。他知道外面廢品收購站的價格比表姐夫的高出一毛多，按說他自己撿來的這部分是有權力拿到外面去賣的，但他和朱桂芹都很珍惜表姐和表姐夫對他們的信任，從未出去賣過。李守志把紙箱子扔進垃圾樓的一層。朱桂芹聽見動靜，走出來趴在欄杆上問，誰？李守志說，幾個紙箱子，很味兒，盛魚的。歌唱跑出來問，爹，撿著魚了？李守志說，我還撿著紅燒肉了呢，一天到晚腦子裡就一個字，吃。歌唱伸伸舌頭說，我都做三回吃魚的夢了。李守志仰臉說，過年的時候考第一，拿三好學生獎狀回來，我就讓你小子吃上魚！你倆趕緊進屋，我再逛逛去。

他來到十號樓的垃圾桶周圍看了看，伸手探了探垃圾桶裡面，晚飯前朱桂芹剛收了垃圾，裡面空空的。李守志從垃圾桶旁邊的塔松上揪了幾根松針到他的「沙發」上蜷縮起來，剔著牙，等待著。

沙發是黑色單人的，李守志兩個月前撿了放在九號樓一樓的南陽台底下，正對著十號樓的垃圾桶。是他守候甜頭的據點。沙發的彈簧壞了，李守志找了兩根小鐵條和兩根木棍塞進去，再拿紙板往上一墊，人坐在上面倒也舒坦。剛剛撿到沙發的時候，朱桂芹以為是個很好的甜頭，和李守志圍著它研究了半天，撕了上面的碎皮子給在樓頭上聊天的幾個老人看。朱桂芹說，要是真皮的，靠背上沒壞的地方足夠做雙鞋的。幾個老人都說只是皮革。李守志半信半疑地撕著試試勁道，嗤啦一下把靠背上的皮扯開了，比撕塊布還容易。不能用來做鞋的皮沙發從此成為李守志的專座，他常常蜷縮在上面，看著他收來的報紙上過期的新聞，等待別人喊他收廢品，等待他的甜頭——那些從對面十號樓提出來的東西——那些被當作垃圾扔掉的，讓朱桂芹稍稍加工就可以餵飽全家的糧食、飯菜，甚至還有很名貴的東西，儘管都是過了保質期，或變了點味道的。

松針在李守志的牙齒間鑽來鑽去，不一會兒嘴裡就有了淡淡的血腥味，李守志吸了吸，吐了口唾沫，咬住松針嚼起來。瞬間，一股略帶苦頭的清香在他嘴裡瀰漫開——他從兒時就熟悉的味道。李守志不由得想起家鄉，家鄉的老母親、他乖順的女兒李歡喜和依舊守著那村名叫光腚嶺的兄弟……

雨，越來越緊密，斜著身子落在李守志的腳上，涼颼颼地把他從回憶裡牽拉出來。他縮縮腳，扭頭朝垃圾桶看看。

這時，有鐵門開啟的聲音，接著是一聲慘叫傳過來，噭——

有男人低聲的喝斥，怎麼還沒回去？

女人說，等你呢，蹲陽台底下避雨，碰頭了。人家咋說的？

男人說，只見到了他老婆。

女人說，不會白送了吧？那葡萄我猶豫了好幾回想洗一串給媽吃，又怕不滿箱不好看呢。走了，囉嗦啥！

你說了沒有？咱一家子都指望著兒子的工作呢，七拼八湊的，連媽吃藥的錢都搭進去了。

人家根本不讓多說話，放心吧，我說了名字，我這人就這一點好處，名好記。

要不成咋辦？

妳說咋辦？男人厲聲反問。就知道瞎叨叨！男人大踏步走了。

這日子沒法過了！女人小聲嘟囔著，在後面悻悻地跟著。

李守志斜眼看看黑暗中吵嘴的人影，挪動了一下身子，把褂子罩在胸前，繼續蜷縮著，等待著。

睏意襲來，李守志張開嘴，伸手摸向頭頂的陽台，根據以往的經驗，他的掌心觸到陽台的時候是哈欠打得最徹底、最舒服的時候。他的嘴越張越大，就在舒服的眼淚和啊啊的伴奏聲即將出來的時候，他聽見了趿趿拉拉的腳步聲。

拖鞋的聲音。

他趕緊壓住即將發出的動靜，縮回四肢，豎起耳朵，傾聽著，判斷著，期待著。

腳步在垃圾桶前停下。有東西被放下的聲音。

經驗告訴他，甜頭出現了！一天的疲倦頓時煙消雲散。他悄悄貓腰從陽台底下鑽出來，站在塔松旁邊快樂地看著幽暗的光線裡扭動的背影。他並不急於行動，他知道那些扔東西的人都不喜歡別人看見自己。

咚。防盜門關上的聲音。李守志竄向他等待已久的甜頭。潮濕尖利的松枝在他的腮幫子上飛速滑過，他顧不上理會它們，趕緊蹲下身，摸到兩個紙箱子抱起來，生怕漏了東西又用腳在地上划拉了一圈，他的喉嚨裡早已滾動起快樂的調子——我在馬路邊撿到一分錢！

回到家，歌唱已經睡了，朱桂芹靠在牆上打盹。聽見他回來趕緊站起身接了雞蛋箱子說，不會都是臭的吧？李守志說，快看看。朱桂芹拿了個碗過來，打開紙箱子拿出一個雞蛋，先在手裡晃了晃，覺得裡面還不是很晃蕩，臉上不覺有了笑容，說，八九不離十呢。她啪的一下把雞蛋磕在碗沿上，然後用兩個大拇指輕輕一掰，裡面的內容就落到碗裡。蛋黃像隻剛剛睡醒的章魚伸著觸角。朱桂芹低下頭聞了聞，高興地說，沒味，沒壞！就個小，還沒牛眼珠子大呢。李守志得意地看著她。朱桂芹抬起頭，用手指刮著蛋殼裡的蛋清說，還印著字呢。李守志湊過來看看蛋殼說，山雞蛋，現在城裡興吃這個。說完又嘿嘿樂起來。朱桂芹問，樂啥？李守志說，報紙上說有些超市專門把小雞蛋撿出來當山雞蛋賣，哈哈，糊弄有錢人，其實大小都一樣，哈哈。朱桂芹說，這麼小，歌唱一次不得吃六七個才怪呢。李守志打開葡萄箱說，看看這裡面是啥？朱桂芹說，是啥？葡萄唄，多虧今天沒買，歌唱纏著我要，我問了問三塊多錢一斤。李守志看著滿滿一箱葡萄說，有福之人不用慌，這下子夠他吃幾天的。他提起一串葡萄，張嘴咬下一個說，真甜，這下歌唱該恣了。一隻爬伏在上面的褐色飛蟲來不及起飛，就被甘甜的葡萄汁沖進了他的喉嚨。他把葡萄遞給朱桂芹說，嚐嚐，甜得齁嗓子眼兒。朱桂芹拿小盆舀了水，接過葡萄掐了一半放進去，把另一半遞給李守志。李守志說，都洗了，這不多的是麼。他低頭看看眼前的葡萄，至少有八九斤呢。

哎，這是啥？

一個牛皮紙的信封，

和箱子內壁一個顏色的信封。

拿在手裡沉甸甸的信封。

一沓嶄新的錢！

一沓厚厚的錢！

李守志和朱桂芹的心臟在同一瞬間狂跳起來。兩個人的目光相撞的剎那，彼此從對方驚詫興奮的眼神裡證實了自己所見的真實！巨大的幸運在擁擠的垃圾樓裡降落了！如同萬斤的鐵砣落地，震動得垃圾樓顫抖起來，人的肢體麻酥酥的，精神麻酥酥的！朱桂芹先回過神來，顫聲說，我的老天，我的老天，我的老天！李守志把錢啪地扔回葡萄箱，闔上蓋，低聲說，關門！朱桂芹胳膊往後，把門砰地一下關上，身子往後一仰，用後背把門頂住。李守志把箱子重新打開，拿出錢抽了一張對著燈光看裡面的水印。清晰而和善的面孔。他的嘴角哆嗦著笑起來。朱桂芹說，不用那樣，用指頭肚子摸摸毛主席的肩膀就知道了，麻沙沙的就是真的。李守志把手裡的錢遞給她，她用右手的拇指肚摩挲著毛主席的左肩膀。麻沙沙的肩膀！

歡喜，歡喜可以來了！李守志說完這句話竟然發現自己的眼角癢癢的，他伸手摸了一下，是淚。他終於可以實現自己的願望了！他的一雙兒女都能夠在城市裡讀書了！老天有眼吶！李守志把葡萄箱子推到一旁，把身子挪到門口和朱桂芹一起靠在門上。

老天有眼吶！李守志說，它知道咱辛辛苦苦地不容易，幫咱來了，這樣，歡喜不用等到明年了，今年就轉學，明天我就出去打聽學校去，這裡再差的學校也比咱那裡的強。

朱桂芹從李守志手裡拿過整沓錢，問，多少呀？

一萬，沒破捆兒的，從一到一百。

兩個人的聲音都飄乎乎，顫悠悠的。

朱桂芹捏捏手裡的錢，擔憂地問，人家不會找來吧？警察不會來破案吧？

李守志說，胡說，咱們撿的垃圾，垃圾！又不是偷的，憑啥？

李歌唱懵懵懂懂地抬頭問，爹，你撿著一萬塊錢了？

朱桂芹噌地把錢塞進褂子裡，厲聲呵斥，胡說，你睡莽撞了！李歌唱倒頭繼續睡去。朱桂芹把錢從肚皮處拿出來遞給李守志，低聲說，趕緊藏起來。李守志拿著錢想了片刻，最後決定把錢放到床墊底下。

藏好錢，兩個人誰也無法闔上眼皮。朱桂芹摸著肚子說，起道道了，差點把肚皮劃破了。李守志也想起自己臉上被松枝刮了的地方，摸了摸面頰，那裡也起了鼓凸的道道兒。他摸著熱呼呼的面頰，看著蚊帳裡酣睡的歌唱，被驚詫壓制住的快樂突突地冒出來，跳著跳，打著滾兒——我在馬路邊撿到一分錢，把它交到警察叔叔手裡邊。歌聲嘎然而止。跳著跳，打著滾兒的詞兒一下子跌落懸崖。朱桂芹嘿嘿乾笑了兩聲。李守志訕訕地說，笑個球兒。

6

中秋節的第二天是星期六。李歌唱醒來，從蚊帳裡伸出頭來看了看。屋子裡沒人，牆角當飯桌的木頭凳子上有兩個碗，一個碗裡放了饅頭，饅頭底下是昨晚上吃剩下的菜，另一個碗裡是紫紅色的葡萄。歌唱一把撩開蚊帳，把身子往床外一縱，端了盛葡萄的碗到跟前。這葡萄跟自己在街上看見的一個顏色，只是個頭小一點。他揪下一小串塞進嘴裡。真甜啊——他感嘆著，連皮帶核一起嚥下去，再揪了幾個塞進嘴裡，葡萄汁竄進他的氣管，嗆得他劇烈地咳嗽起來。咳完了，覺得喉嚨裡麻酥酥的，就想起昨夜夢裡爸爸說葡萄甜得齁嗓子眼！齁嗓子眼的葡萄！錢！一萬塊錢！他看著碗裡的葡萄，意識到那夢是真的。他興奮地爬起來，把被子枕頭翻過來摸了摸，再用手把牆上的每一張畫拍打了一遍之後，他發現床墊靠北牆的那個窟窿塞了一團布，他把布拽出來，伸手進去掏了掏，發現裡面有一個塑料袋，包著幾十塊錢。他把手伸進床墊底下摸摸。一個長方形的東西。一沓嶄新的錢！他的小心臟怦怦地跳起來。

他從來沒見過這麼新這麼多的錢，每一張都新得能割下耳朵來。他看看門口，趕緊把錢塞進信封放回去，跳回床上繼續吃葡萄。他學著爸爸快樂時的樣子哼起歌來——我在馬路邊撿到一分錢。

李歌唱平日裡是不肯唱這首歌的，因為他的同學曾說他老土。他最近在唱——姑娘，姑娘，妳真漂亮！

我在馬路邊……他唱著，大聲唱著，吃著葡萄，想到自己家也很有錢，或許自己也能很有錢，書包裡也能有成百的錢，也能請同學們吃肯德基……唱著，唱著，問題出現了——那歌裡唱的是撿到一分錢要交給警察叔叔，可爸爸撿到一萬塊錢為什麼不交呢？

李守志和朱桂芹一夜未眠。由於甜頭太大，兩個人激動萬分又有點惶惶不安。一大早，兩人推了三輪車拿了掃把和鐵鍬上工，但兩個人都不大敢看十號樓的人，生怕哪一個人來詢問撿沒撿到過一萬塊錢？收完垃圾，李守志應該到十號樓前等待收廢品了，但總覺得心裡忐忐忑忑的，他說，回家拿秤去。朱桂芹說，秤就在車把上。李守志說，那回家喝口水。朱桂芹說，喝口水去。兩個人推了車走到十號樓頭，不由自主地一起歪了頭看。樓前的汽車都開走了，只有綠色的垃圾桶空空的靜悄悄地站在那裡。兩口子又一起舒了口氣，彼此對看了一眼。雖沒有人看他們，依然覺得不放心，急惶惶地騎上車往家裡走。回到家，看見歌唱不在，盛葡萄的碗已經空了，饅頭倒還在。朱桂芹說，這孩子把一尖碗葡萄全吃了。李守志關了門伸手摸了摸床墊底下說，哎呀，心裡怎麼這麼不踏實？跟偷人家似的。朱桂芹的眼睛慌忙去看門關嚴了沒有。她說，小聲點兒，讓人家聽見了。李守志把屁股挪到床墊子上說，洗葡萄，趕緊吃完它，免得真有人來看見葡萄懷疑咱，吃完了，把紙殼子扔了。朱桂芹頻頻點頭，把葡萄倒進水桶裡洗。兩口子一把把地往嘴裡送著葡萄粒。李守志拍拍肚子說，一早晨吃得比一輩子的還多。朱桂芹說，我最願意吃葡萄了，歌唱隨我呢。朱桂芹看看桶裡的葡萄說，給歌唱再留著點兒。李守志把紙箱子撕開，翻過來折疊起來，下到一樓，塞進成捆的紙殼裡。回到屋裡，看朱桂芹已經把前天撿的破草帽戴頭上了，問他，去收廢品嗎？李守志說，不去了，這一下頂咱幹一年多的，歇一天吧，妳也別去了。朱桂芹說，不行，我得轉轉去，現在外面有好幾個進來撿垃圾的，這院裡也有兩個呢，歇一天不要緊，就怕他們誤會咱這地盤沒人管了，成了公的了。李守志鎖了門跟下來，又不願意到十號樓前坐著，就推著車四處轉悠，吆喝著，廢品——廢品——

朱桂芹在四號樓前又看見那個穿西服的老頭。她幾乎每天都能看見他。他手裡總提個大紙袋子，紙袋子裡鼓囊囊的，袋子口蓋著塊雪白的手絹，手絹上面印著天藍色的字。老人轉來轉去，像走親戚的找不到門兒一樣。老頭的西服雖然看起來很舊，但很乾淨，一個汙點也沒有，頭髮也梳理得一絲不亂。老頭背對著她，站在垃圾桶旁邊。朱桂芹停住三輪車，呼呼地往右邊跑了幾步，能夠看清楚老人的側影了。朱桂芹的臉突地紅了起來，她噌噌幾步上去，抓住老人厲聲說，你給我放下！你給我放下！老人的臉一下紫了，試圖甩開她的手，又怕手裡的兜子掉了，老人的掙扎就變成了一種扭搭。老人扭搭著說，妳幹什麼，快放開我。邊說邊用白手絹蓋袋子口。朱桂芹看著老人假裝清高的樣子，鄙夷地說，我放了你可以，但我必須告訴你，這裡的垃圾不屬於你，你以後不要再偷偷摸摸地來撿！老人的嘴唇抖動著，脖子上的筋鼓起來。朱桂芹以為老人要動手打人，趕緊鬆了手，後退一步。老人見朱桂芹鬆了手，把白手絹展開，蓋住紙袋子口說，不讓撿就不撿了，幹嗎說不尊重人的話？老人蓋好袋子口，直起身走了。朱桂芹看著他乾乾淨淨微微彎曲的背影，自言自語說，嗨，成我的不是了，還有這樣的人呢！說著，看見三號樓那個撿垃圾的男人走過來。朱桂芹平日裡對他一肚子的火正好借機發出來，她提高聲音說，這城裡人也不知咋想的，不好好找個活幹，非要幹這不上檯面的事，幹就幹唄，還怕人笑話，抹得油頭粉面的裝有錢人！三號樓的男人氣洶洶地瞪了她一眼。朱桂芹小聲說，聽見就好。她早知道全小區的人都瞧不起這個男人，三四十的人了，每個月他爹要給他三百塊錢，整天把頭髮梳得油光發亮，晚上在小區的廣場上和不知他底細的女人跳舞。最近半年，他開始撿垃圾，當著朱桂芹的面也撿。朱桂芹看見他就來氣，但也不敢明目張膽罵他。今天算是解了恨，肚子裡樂樂的，急需找個人抖抖樂子。她推了三輪車，循著丈夫的吆喝聲找去。

突然，就聽見李守志急咧咧的聲音傳過來——你想幹什麼？你想幹什麼？朱桂芹心裡咯噔一下，循聲看去，李守志和一個年輕的小夥子正各自揪著對方的衣領。朱桂芹掄了掃把跑過去。小夥子看看她，慌忙鬆了李守志的衣領，騎上三輪車就跑。朱桂芹幫李守志抻抻衣服問，咋了？李守志說，這小王八羔子，我看他鬼鬼祟祟的，開始以為是小偷，我就跟著他看，妳猜幹啥的？往每家門縫上塞名片，收舊家電的，上面有電話，還說高價呢！我倆就搓起來了。朱桂芹說，我剛才也遇了個人氣得我不輕快。李守志若有所思地說，這活越來越不好幹了。朱桂芹說，就是，就是，一年不比一年，是不是這城裡人也越來越窮了？李守志騎上三輪車說，原因很多。朱桂芹欽佩地看了眼丈夫，等待著李守志給她分析原因。李守志說，咱得把這些現象給妳表姐夫說說。

表姐夫說，你倆說的我都知道，可不好辦。李守志說，門衛不應該放收廢品的進來，這物業上應該有規定的。表姐夫撓著頭皮說，合同上也是這麼寫的，可真找到人家，人家就說不是故意的，是那些收廢品的撒謊進來的。朱桂芹說，這活越來越不好幹了。表姐夫停下撓頭皮的手說，妳那個區比我這裡還強，妳那畢竟還有十號樓，雖然這兩年也差了些勁兒，但甜頭還是有的。嘿嘿，表姐夫乾笑一下說，這個中秋節撿著好麼沒有？

沒，沒，沒。李守志兩口子慌忙擺手否認。朱桂芹的臉紅了起來。表姐夫說，看把你倆嚇得，就是撿著好麼還不是應該的？我們又不搶你的。兩個人隨著表姐夫一起笑了笑，起身告辭。走出來，朱桂芹說，剛才我臉一下子就紅了，他看出來了對吧？李守志咂咂嘴說，哎呀，昨晚上差點樂瘋了，今天怎麼就覺得這事亂得心慌，跟做賊似的。朱桂芹說，不許你瞎想。

7

吃晚飯的時候，李守志的同鄉小張來了。小張前些天回家，李守志託他給娘帶回去三百塊錢和幾盒子治感冒的藥。小張人辦事仔細，又讓李歡喜寫了回信。李守志買了四個小涼菜和一瓶燒酒招待小張。兩個人喝著酒，李歌唱在一旁不時伸手來抓花生米吃。朱桂芹把歡喜的信端詳來端詳去，越看心裡越美。她一遍遍讓歌唱給她唸。歌唱嫌煩，就說，妳不會自己看？朱桂芹嘻笑著揪了歌唱的耳朵說，臭小子，娘供你上學是幹啥的？不是學認字的麼？給娘唸封信都不肯？李守志虎下臉說，歌唱唸！一年花爹兩三千，白供你了？歌唱咂咂手指頭唸起來：爹，娘，弟弟，見字如面！張叔叔捎來的三百元錢已經給了奶奶，我和奶奶都很好，我讀書很認真，上個學期是全年級第一名，我每天都對自己說，一定要努力學習，對得起爹娘和奶奶，我知道爹娘在城裡幹活很不易，那活很髒、很累，等我和歌唱長大了，讀了大學一定不讓爹娘再幹這麼髒累的活了。奶奶這幾天感冒了，多虧張叔叔捎來的藥，吃了很管用。

朱桂芹的眼淚流到腮幫子上，怕小張笑話趕緊用手掌來抹。

小張說，哎呀，歌唱真能耐呀，不是讀二年級嗎？這些字全認識啦？我兒子也讀二年級，還認不到一半呢。朱桂芹說，能耐啥呀？人家城裡的孩子幼兒園就認得比這多。李歌唱不願聽貶低他的話，說，那妳還一個也不認識呢。李守志抬了巴掌來打歌唱，說，咋說話呢？看你姐姐多懂事。你爹娘就是小時候沒你們現在這好時光，要趕上這好時候，我和你娘誰的習也會學得比你好。李守志說著，想起荔枝大姐繡花的樣子來，笑著對小張說，這院裡有一個很有學問的人，當幹部，朱桂芹身上的衣服大部分都是人家送的，那麼有能耐的人繡起花來比朱桂芹差遠了，那費勁的樣子，連我看了都著急，朱桂芹閉著眼都能幹呢，我那天看著她笨手笨腳的樣子就想，她能那麼出息，朱桂芹要是上了大學說不定比她還出息呢！小張點著頭和李守志一起笑起來。朱桂芹不好意思地說，兄弟你可別聽他胡咧咧，他就著酒遮臉都不知道害臊啦，哪有這樣誇自家媳婦的？李守志咂口燒酒說，不是誇妳，我就是琢磨這事兒。小張說，嫂子，我哥的意思是說咱們並不比城裡人笨，就是沒文化，要是一樣有文化咱們不比人家差。李守志端起酒盅子碰了小張的，說，嗨，兄弟說到點子上了，娘們兒家理解不了，所以說，我就是累彎了腰杆子也要把歡喜和歌唱供到大學！李守志的臉和脖子紫紅紫紅的，舌頭和嘴唇卻有些不太聽使喚。朱桂芹說，你少喝點，讓小張兄弟多喝點，你看看人家喝一個你喝兩，生怕便宜了別人。說著給小張倒滿酒，給李守志的酒盅裡滴了一滴。李守志嘿嘿樂著，看著老婆手裡的酒瓶子說，心疼我喝酒，我自己也心疼，好幾年了我今天是第一次敞開了喝，平日裡饞啊，饞！也不喝！有時候撿到酒瓶子，我就咂咂，解饞。小張羨慕地看著他說，你這活好，能撿不少東

著急地喊，送醫院吶，哭頂個屁用？守德，送娘去醫院吶！我這裡有錢！守德站起來，娘在風裡擺動的頭髮停了下來，變成一張燒紙，守德拿在手裡看了看，然後蓋在娘的臉上。李守志爬著，邊爬邊哭著說，娘，妳不能走，我還沒盡孝呢！李守志摸了摸胸口處藏著的一萬塊。眼看就要到娘的身邊了，兩隻女人的腳出現了。女人說，錢是我的，葡萄也是我的。李守志捂了胸口不敢抬頭，爭辯說，是我的，是我孝順我娘的，是給我孩兒讀書的。女人哭起來，邊哭邊說，是我的，是給我媽看病的。李守志不敢看女人，卻看見自己一肚子的葡萄粒，蹦蹦躂躂地竄出來，滾到了女人的腳邊。他急惶惶地捂住自己的嘴……

李守志一骨碌坐起來。天還沒亮，只聽見外面乓乓的聲音——小區牆外邊賣油條的刀剁在案板上的聲音。這熟悉的聲音把李守志從夢魘裡帶了出來，他慶幸著剛剛經歷的只是個夢。又怕自己在另一個夢裡，趕緊拉開電燈。昏暗的燈光下，朱桂芹和李歌唱用一樣的姿勢蜷縮著，歌唱的嘴巴隔兩三秒就吧嗒一下。他推推朱桂芹。朱桂芹睜開眼莫名其妙地看著他。他說，陪我說說話，剛剛做了個夢，嚇一身汗。朱桂芹看他臉上亮閃閃的，拽了頭底下的枕巾給他，問，啥夢呀？嚇成這樣？李守志擦擦臉，把夢複述了一遍。朱桂芹嘆口氣說，小張來勾起你想家了，夢是反的，歡喜信上不是說了麼，娘身體好著呢。李守志說，那妳說後半部分是啥意思？朱桂芹說，啥意思？又不是偷的搶的，用得著這樣麼。李守志說，哎，妳說那錢要真是和夢裡一個樣是人家給他娘看病的咋辦？朱桂芹說，哪有那樣的事？放著錢不給他娘看病倒扔了它？十號樓是啥人住的？當官的，當官的還有缺錢的？錢要是不多的沒地方放的話，能放葡萄箱子裡？李守志說，會不會是人家送給當官的，當官的不知道就扔了？那送禮的或許真就是拿了給他娘看病的錢呢……李守志的聲音低下去，他想起了那個被陽台碰得發出慘叫的女人和男人的對話。

朱桂芹問，咋了？咋不說話了？李守志長長地嘆口氣說，八成這錢就是人家給他娘看病的呢，要這樣的話咱們昧下了是不是不該呀？朱桂芹低頭看著歌唱巴巴唧唧的嘴說，這錢能給孩子辦多大的事？別胡思亂想了，趕緊再睡一會兒，天亮了還有一天的活等著呢。朱桂芹拉滅電燈，黑暗裡沒聽見丈夫的動靜，伸手來拉李守志的胳膊，李守志躺下去，往床邊上挪挪身子對朱桂芹說，我睡醒了，側一會兒就起來，妳往這一點吧，讓歌唱也寬敞點兒。朱桂芹往李守志這邊移動了一下，再把蜷縮著的歌唱翻過身來。歌唱睡夢裡伸了個懶腰。朱桂芹笑著對熟睡的兒子說，四仰八叉了，給點地兒就現原形。朱桂芹給歌唱蓋好被單子，嘆息道，啥時候一家子都能睡得四仰八叉的呀？李守志悶悶地嘆口氣。朱桂芹說，這小區裡住著幾萬人吧？他們都論室論廳地住著，肯定都睡得四仰八叉，舒坦著呢。李守志乾咳一聲說，妳幹的活比我累，以後我睡裡邊，妳睡外邊，擠厲害了胳膊腿還能夠往床外邊伸伸呢。朱桂芹說，人家睡得四仰八叉不說，還睡得冬暖夏涼呢，咱，夏天像蒸籠，冬天像冰窖，四周就一層薄薄板。李守志明白朱桂芹話裡的意思，拍拍朱桂芹的肩膀說，我心裡明白著呢。

9

袁帥的母親又吐起血來。從知道兒子籌措了錢給孫子找工作那晚起，她吐血的時候就把枕頭翻過來捂到嘴上。但這次的血來得太凶猛，讓她來不急翻過枕頭。鮮紅的血，紅得讓人頭暈目眩。每吐一下，母親的身體就哆嗦一下，鮮鮮的血液從嘴裡湧出來，在淺藍色的枕巾上如同濃豔的花朵瘋長。母親昏沉沉地看著眼前的花，用盡力氣喊著兒子。她很高興自己的血能這麼洶湧地流出來，洶湧得如同她幼年記憶裡的泉水。她知道這樣自己的心才會停止蹦躂，那口用兒子的操勞維持著的懨懨氣才會消失。人，就和那泉子一樣，泉眼不死，泉就無法乾枯。母親喊著袁帥的名字辛酸地想到，幾年來，自己是一口吃錢的泉子，每吸一口氣，都花著兒子的錢。

袁帥吶——母親虛弱的聲音裡塞滿了心疼和眷戀。

一直睡在母親床邊沙發上的袁帥睜眼應著，哎——，媽，天剛放亮呢，哪裡不得勁嗎？

母親說，得勁著呢。

是不是躺累了，我扶妳起來坐一會兒吧。袁帥坐起來，看著母親的背。

不用了，躺著吧，袁帥呀，媽對不住你和張梅⋯⋯

媽，妳怎麼了？袁帥突然意識到母親的虛弱不同於以往，他赤腳繞過母親的床尾來看母親的臉。這是怎麼了？媽，我這就送妳去醫院，這就送妳去醫院！張梅，張梅，快，快起來看媽怎麼了？顫抖從他的嘴巴出來，迅速遍及全身，他哆嗦著試圖將母親抱起來，卻見母親兩隻如柴的手抓在床沿上。

媽，鬆開手去醫院啊——

母親張張嘴，試圖再和兒子說一句話，那話是在心裡的，需要隨血液流到嘴邊，需要一口有力的氣帶出來，母親用盡全部的力氣發出一聲沉悶而眷戀的——唉——

媽走了，袁帥，媽走了！張梅哭起來。

袁帥抬起頭看了一眼老婆，把臉湊到母親的嘴邊。已經沒有熟悉的氣息從母親的口鼻裡進出了。媽——媽——袁帥整個身體摔下去，面頰壓在母親的血枕頭上。媽媽——袁帥像幼年時一樣呼喚著母親，在自己的呼喚裡他突然看見了自己作為母親唯一的兒子所承載的愛和自己作為兒子的失敗。

萬箭穿心的破碎和疼痛變成悔恨無奈的耳光搧在自己的臉上。

10

李歌唱默默地思考著自己的問題。有很多次他想問問爸爸，歌裡唱的是撿到一分錢要交給警察叔叔，為什麼撿到一萬塊錢不交呢？他還想問問爸爸，一萬塊是多少個一分錢？堆在他們屋子裡能有多大一堆呢？李歌唱知道這些問題只能自己想，那天夜裡媽媽已經喝斥他了，再問還要挨批。

李歌唱的困惑在半個月後的一天下午得到了解答。那天下午他放了學，下了公交車走了十來步就看見地上有一個硬幣。他撿起來，反正面看了看，是一元錢。他攥在手心裡，看看四周，尋找丟錢的人。人們都行色匆匆，沒有人看他。他拿著錢用腳後跟轉了一圈，看見不遠處有一個治安崗亭，一個警察叔叔在打手機。他跑過去，舉起錢對警察叔叔說，叔叔，我撿到了一塊錢。他的小面頰熱熱的，他等待著歌裡的情景——叔叔拿著錢，對我把頭點……警察叔叔皺著眉頭聽著手機，對他擺了擺手，示意他離開。歌唱舉著錢靜靜地等著。警察叔叔掛掉電話，舒展開眉頭。歌唱往他面前伸伸胳膊說，叔叔，我撿到了一塊錢。叔叔看看他手指間的硬幣笑了笑說，拿著買糖吃去吧！李歌唱高興地說了聲，叔叔再見！叔叔依舊笑著說，小朋友再見！李歌唱飛快地跑到小區門口的小百貨店裡，左看右看，最終選了一包方便麵。他拿著方便麵，跑到花園秋風瑟瑟的涼亭裡坐下，撕開方便麵乾吃起來。真香啊！歌唱心裡恣恣的，晃悠著小腿，學著爸爸的樣子哼著歌——我在馬路邊撿到一分錢……唱著，啃著，然後找出料包咬了一個小口，捏出裡面又香又白的油脂，咂著……真香啊！

警察叔叔不收撿到的錢了！揭開了困惑的李歌唱變得活潑起來。朱桂芹說剛安靜了幾天又變成皮猴子了。他經常趁爸媽不在家的時候把那個信封從床墊子底下拿出來看看，有時候也只是摸摸，看它還在不在。他每次都想問問能不能給他一張，他有太多需要買的東西了，比如鉛筆盒，同桌的是那種能自動彈開，上下三層的，他的就是一個破塑料盒。每次他都忍住了，但每次他都不失望，他堅信只要那些錢在他自動彈開的鉛筆盒就在！年終得了三好學生獎狀爸爸就會獎勵自己。或許還會給自己買一個足球！他抬頭看看畫上被爸爸用魚刺扎了很多洞的足球。

李歌唱困惑的那段日子裡，李守志的心情也悶悶的。朱桂芹問他怎麼了？李守志總說，沒啥。雖然他已能像往常一樣，幫朱桂芹運完垃圾後蜷縮在破沙發上等著收廢品，也和往常一樣有著小小的收穫。朱桂芹生日那天，他還撿到半個蛋糕，蛋糕上套著盒子，用玫紅的彩帶捆著，就像專門為朱桂芹準備的。他把蛋糕帶回家，朱桂芹和歌唱吃得連連稱好。他看著娘倆快樂的樣子心裡面暖洋洋的，他試探著唱歌，試探著像以往一樣無拘無束地恣起來！卻發現那歌在中秋節的夜晚離開他了，它們像一群受驚嚇的鴿子在遠處看著他，就是不肯和他一起飛翔。幾乎每時每刻，他都會想到床墊子底下那一沓嶄新的錢，那些差點把朱桂芹的肚皮劃破的錢。想到它們的時候，他就會出神，想它們的樣子，想它們的用處，想扔掉它們的人，想那站在細雨裡低低私語的兩個人，想自己的那個惡夢，夢裡女人悲傷而無助的哭泣……

李守志常常想得出神。有一次，賣紙殼的男人喊他好幾遍他才聽見。男人就住在厲芝的樓下。他看著他悶悶地綑紮了報紙和舊書，稱了秤，接過他手裡的錢，留下整數把毛票還給他說，這些就行。李守志慨慨地說，謝謝。李守志提起東西出門的時候，男人問他，你最近怎麼不唱一分錢了？李守志臉一紅，嘿嘿乾笑兩聲。男人說，看你每天那高興樣，我就琢磨你咋會活得那麼高興？還以為你能永遠那麼高興呢，我老婆還說要能像你一樣天天唱著歌過日子，就是讓她去收垃圾也情願呢。男人哈哈笑著掩了門。李守志的心一陣晃悠！這是他第一次聽城裡人說羨慕他！因為他每天唱著歌過日子！

厲芝大姐也發現了李守志的變化。她問，一分錢，你遇著啥事了？怎麼最近不哼歌了？

李守志紅了臉說，沒，沒啥。

厲芝大姐說，和老婆吵架了？

沒，有啥好吵的？嘿嘿。

厲芝大姐瞇了眼睛說，是誰欺負你了？

沒。李守志怕她再問下去，就說，可能想家了，前些天做夢夢見俺娘病了。

李守志這麼回答厲芝的時候，心裡面真就冒出了回家的決定。他都三年沒回家了，去年接歌唱來上學還是朱桂芹回去的。他和朱桂芹沒有節假日，越是節假日垃圾越多，想走都走不了。

11

朱桂芹把信封塞進給歡喜的衣服裡，又把歡喜的衣服放到包的中間，四周塞上東西，端詳著鼓囊囊的包說，這就保險了，小偷無論從哪邊摸都摸不到，就是割了包也掉不出來。李守志拍拍包說，放心吧，我就抱懷裡，不眨眼地看著。

朱桂芹曾想過很多次如何藏這一萬塊錢。她知道最保險的就是存進銀行裡，但又怕丟錢的人報了案，懷疑到他們，到銀行裡一查知道他們剛巧存進了一萬。她臉上不表現出來，可心裡面一直是忐忑的。上次小張來，她寸步不離地守著丈夫，生怕他酒後說漏嘴，走了風聲。

拿回家好，回家存起來，從此這事就放下了。朱桂芹前前後後地圍著李守志看，手裡拿著濕毛巾，擦著他衣服上的灰塵和皺褶說。李守志不接朱桂芹的話把兒，伸了脖子試圖從門上方那塊髒髒的玻璃裡看自己穿西服的樣子。李守志說，好了，不用擦了，又不髒。朱桂芹趴在他後腰上用指甲刮著一道皺褶說，肥，荔枝大姐她男人得比你胖不老少呢。李守志說，哪能和城裡人比肉，人家天天吃肉再不長肉？

李守志回到了家鄉。三年的時間除了讓房屋變得破舊了一些，閨女歡喜長高了一大截——足有一個玉米棒子的高度，娘變得蒼老了一些之外幾乎沒有任何變化。熟悉的鄉音，如同山泉裡的水一樣流進他的體內。每一個知道他回家的人都過來問候他，打聽省城裡的事。說來說去，母親心疼了，母親對那些串門的人說，守志要待好幾天呢，趕了一天的路，還沒吃飯，改天讓他從早說到晚。人們散去，母親端出熱呼呼的疙瘩湯遞到他手裡，看著他喝了一碗又一碗。待他喝飽了，母親的眼睛還不捨得離開，母親笑著說，省城再好也沒有娘的疙瘩湯吧？守志說，那是，那是。娘嘆口氣說，聽你說那城裡真是有萬個好呀，再看看你我就知道你比在家裡還苦，整個人瘦了一圈。李守志看著母親，鼻子喉嚨裡都酸酸的，脹脹的。母親說，現在人都走了，你說吧，回來有啥事？李守志說，沒啥事，就是想家了，想妳和歡喜了。母親說，不過年不過節的，沒事你能回來？李守志說，真沒事，過年過節更忙。母親研究著他的表情說，我怎麼看也覺得你有事，你不高興。李守志把板凳往後挪挪，把後背靠到牆上。歡喜拿了一個玉米衣編的座墊放到他後背上說，爹，這樣就不涼了。李守志摸著李歡喜的頭說，歡喜真懂事，爹高興呀，爹每天幹活的時候想到我們家歡喜次次考試拿第一，還知道心疼爹娘，孝順奶奶，爹就恣得直唱歌。歡喜彎彎著毛茸茸的眼睛說，真的呀，爹。李守志說，真的，我幾乎天天唱，那些城裡人都羡慕我啊，那個人怎麼就活得那麼高興呀？收垃圾還天天唱著歌過日子！他們哪裡知道我心裡的恣呀？我閨女兒子都懂事，都讀書上進，對吧？尤其是我們家歡喜。歡喜咯咯地笑起來。母親看著兒子和孫女又親又樂的樣子，心裡邊的擔心消失了，跟著笑起來。歡喜問，爹，你都唱些啥呢？李守志說，爹還能唱啥？又不會別的。歡喜說，還是唱我在馬路邊撿到一分錢啊？母親哈哈笑起來。歡喜說，奶奶笑啥呢？都笑出眼淚了。母親拽拽袖子擦著眼淚說，歡喜妳不知道妳爹因為這首歌出的那洋相，第一回是娶妳媽的時候，他扯著個脖子嚎了半晚上，妳爺爺讓我去勸他，我說他高興咱管他幹啥？第二天妳爹吱都吱不出聲來，誰見了誰笑話他，好像這天底下就他一個人娶了媳婦似的。歡喜問，奶奶第二回呢？母親說，第二回讓妳爹自己說吧。歡喜晃著李守志的胳膊說，爹快說第二回。李守志哈哈樂起來，說，哪有當爹的說自己出洋相的，趕緊寫作業睡覺去。

屋子裡只剩下母親和李守志，一時誰也無話。李守志看看母親，沒話找話——妳一個人帶歡喜累吧？母親說，累啥？歡喜大了又懂事，都是她照顧我呢，你這次來帶她走嗎？她可惦記著呢，每天下學回來得空就看書，總說怕到了城裡比人家差，孩子懂事不當面問你，你心裡要有數。李守志說，還得再等等，看看明後年吧。

李守志岔開話說，前些日子做了個噩夢，嚇得我不輕快。

母親問，啥夢呀？

李守志說，好像是得了信說妳病得厲害，再不回來就見不上了，我那個哭啊，腿又走不動，我就在地上爬，好不容易看見守德了，喊他送妳去醫院，他又說沒錢……

母親說，凶夢有喜，夢是反的，就為這跑回來一趟？

李守志拿出信封遞給母親。母親問，啥呀？李守志說，錢，一萬塊。他不等母親問話就把在心裡邊盤算了很久的想法說了出來。他說，這些錢放妳這裡，我二弟不是要蓋房了嗎，妳留下一部分花，另外的給二弟添上，跟他說朱桂芹要是問起來就說借我的。

母親看著手裡的錢，拿眼睛問著李守志。李守志躲開母親的目光，擺弄身後的靠墊。母親問，你哪來這麼多錢？這錢咋來的？李守志裝作不耐煩地說，問那麼多幹啥，給妳就拿著。母親說，不義之財是不？兒呀，外財不發命窮人，咱窮要窮得直實，可不能幹那對不住天對不住良心的事，幹了這樣的事不說別的，就是在自己的兒女面前咋抬起頭來？

李守志拿手搓著臉說，不是妳想的那樣。

是哪樣？母親步步緊逼，把手拿開，別捂臉上，沒臉見娘了吧？

李守志拿開手嘿嘿樂著看母親，說，看妳想哪裡去了？直說了吧，這是撿來的。

撿來的？咋撿的？咋不還給人家？

是人家當垃圾扔的，咋個還法？

放胡屁了吧？還人家當垃圾扔的！誰家拿錢當垃圾？

李守志皺了眉頭咧了嘴說，挺文明個老太太怎麼滿嘴髒話？

母親笑笑說，還不是讓你扯謊給氣的。

李守志把撿錢的前前後後說了一遍，最後總結說，肯定是人家送禮送的，收禮的人以為就普普通通一箱葡萄，看看不新鮮就扔了，就這麼回事。妳說這錢我不拿著咋辦？

母親沉默了，把錢放到枕頭底下，說快去睡吧，床我給你鋪好了。

李守志要走了，母親和歡喜堅持送到鎮上。待他坐上汽車，母親對歡喜說，把信給妳爹。歡喜掏出一張折疊的紙遞給李守志。母親說，看好包，別離了手，寫信來。李守志點頭應著。車開動了，他展開歡喜的信：爹，我奶奶把錢放在那包煎餅裡了，你好好看著，別丟了。奶奶說，她想了好幾天，錢不能要，讓你想辦法還給人家。奶奶說，花這樣的錢人的心裡不敞亮。奶奶說，要是拿錢的人家是好不容易攢起來的，沒辦成事人家也會詛咒用了錢的人，這樣對人也不好。奶奶還說，其實你心裡已經不踏實不敞亮了，她看你在她面前裝高興就心裡難受。奶奶說讓你一定記住，做事只要對得起天對得起良心，人的心裡就會亮堂堂的，鬼敲門都不怕。還了人家給我和奶奶寫信。奶奶說，要是你真想幫二叔就讓二叔先在咱家的房子裡娶二嬸，二叔和二嬸這兩年都跟著建築隊在外面幹活，攢了一些錢，再攢兩年就差不多夠了，奶奶說讓你和娘放心，有奶奶在二叔不會霸了咱家房子的。奶奶還說，你從小就懂事有志氣，這回肯定也錯不了。爹，我一定努力學習，讓你和娘為我驕傲，想起我來就唱歌，唱著歌幹活，讓城裡人羨慕！

李守志的眼前一片迷濛，心裡面的陰霾卻散開了，他吸了吸鼻子，發現那歡快的調子又在嗓子眼裡滾動。我在馬路邊撿到一分錢……

12

傍晚，哼著歌夾著包提著蛇皮袋子回到金陽光小區的李守志出乎意料地發現朱桂芹和李歌唱都在掉淚。朱桂芹看見李守志進門劈頭就一句話，快看看你那寶貝兒子，偷人家鉛筆盒，被老師找到我臉上了，咋就這麼沒出息呢？

李歌唱噘著嘴，眼睛不服氣地瞪著朱桂芹，整個人一動不動，只在鼻涕流到嘴唇上的時候，抽搭一下。李守志放下手裡的東西，挨著歌唱坐下來。歌唱依舊盯著朱桂芹。李守志說，妳先出去幹活吧。朱桂芹拿毛巾擦把臉，摔了毛巾對李守志說，狠狠揍他一頓，讓他記住教訓。又對李歌唱說，記住了，都是為你好，不修理你，長成了歪脖樹，就廢了！

到底咋回事？朱桂芹一出去，李守志就揪了歌唱的耳朵說，能耐了，啊，敢不學好了！啊啊——李歌唱齜牙咧嘴地叫起來，兩隻手一起來扒拉他爹的手。李守志的手向歌唱的後腦勺旋轉起來。啊啊——李歌唱哭起來。李守志說，到底咋回事？說！

不是我偷的，真不是，摔死我，也不是！李歌唱邊哭邊說。李守志鬆了手，到底咋回事？不是你偷的，咋老師說是你偷的？還找你媽了？李歌唱說，是鄒方方誣陷我的，她跟老師說是我偷她的，老師就信了，真的是我撿的，就在這小區花園裡撿的。

就在李守志回老家的那天，李歌唱在小區花園的鵝卵石小徑上撿到了他日思夜想的文具盒，能自動彈開、上下三層的文具盒。裡面的課程表上寫著鄒方方的名字。那個高傲得像隻小孔雀的鄒方方，那個住在五號樓並和同學們說李歌唱的爸爸媽媽都是垃圾工的鄒方方。

李歌唱把課程表扯下來，把文具盒從脖子底下塞進秋衣裡藏起來，然後把鄒方方的課程表撕得碎碎的，塞進花園那個歪著頭啃竹子的熊貓肚子裡。他飛快地跑回家把文具盒放進自己的書包裡。他把書包背在肩上，從床墊子上跳到地上，再從地上跳到床墊子上。他終於有了高級文具盒！他的小胸膛裡有一種脹脹的快樂。李歌唱不敢把文具盒拿到學校去，怕鄒方方認出來要回去。他在家裡轉著圈，想找一個安全的地方。後來他想到了床墊子底下，想到了那沓錢。他把手伸進去，發現錢不見了。頓時，歌唱的心裡湧滿了失望，恨不得立刻找到爸爸媽媽問清楚。轉念一想，可能是被爸爸拿回老家了，好在他自己已經有了文具盒！李歌唱把文具盒塞進床墊底下。過了幾天，他認為能夠拿到學校了：一是鄒方方又有了新的文具盒，她一定忘記了原來的；二是文具盒的一端被床墊子壓得裂了縫。剛發現的時候，歌唱心疼萬分，過後想到那正是和原來的不同之處。在一天下午放學的時候，李歌唱學著同桌的樣子用鉛筆戳了一下文具盒的按鈕，在同桌驚訝的眼神裡，把鉛筆放進去。

李守志把兒子往面前一拽，用兩條腿夾住歌唱瘦弱的膝蓋說，看著你爹！歌唱睜大眼，原來汪在眼圈裡的淚水突地跳出來滴在李守志的西服上，藏藍色的西服上頓時有了黑色的點子。李守志若有所思地看著那幾個黑色的點子。片刻後，他說，爹相信你是撿來的，可是撿來的也要還給人家，不是咱自己的東西是不能要的！

哼，就知道說別人，你自己撿了人家的錢你怎麼不還給人家?!歌唱說著兩隻手就捂在了自己的耳朵上，整個身子往後掙脱著，眼珠子卻死死地盯著爹。

李守志訕訕地笑起來，嘿，你小子啥意思？你是說跟你爹學的？歌唱看見爹笑了，雖拿不準那奇怪的笑容後面跟著啥，可也有了進一步說話的膽量。他說，就是！你還騙人，我娘也騙人，我知道你撿了一萬塊錢藏床底下，還知道現在那錢不見了，你拿回老家藏起來了！

李守志說，好小子，跟個警察似的，什麼事都知道？怪不得一肚子不服氣。李守志打開包，拿出裡面的包袱，解開，扒拉一下，金黃色的煎餅鬆散開來，那個土黃色的信封顯露出來。歌唱定定地看著，深深地吸了下鼻涕。李守志說，打開看看。歌唱拿起信封，歪著頭看了看裡面，狐疑地遞給父親。李守志接過來用它敲敲歌唱的頭，一字一頓地說，這個我是要還給人家的。

又騙人。歌唱說。

不騙你，你奶奶對爹說了句話我琢磨了一路子，我覺得很有道理，人做事要對得起天對得起良心，這樣才能活得心裡亮堂堂的，敞亮亮的！

你說的是真的？你真會還給人家？

李守志看歌唱一副不相信的表情，把手裡的錢遞給他說，你拿著，現在咱爺倆就去一個地方，這樣你就相信了。

李守志牽著李歌唱的手往十號樓走去。遠遠地看見朱桂芹蹬了堆滿垃圾的三輪車過來，李守志拽著歌唱往邊上站了站，用身子把歌唱手裡的信封擋住。朱桂芹扭頭看著他們問，改了嗎？李守志說，改了。

幹啥去？該做飯了。

一會兒就回來。

找荔枝大姐幫忙是李守志在回來的汽車上早就想好的，不同的是他原本打算先做通朱桂芹的工作再找她。厲芝皺著眉頭聽完了李守志的來意。李守志說完了，她的眉頭還皺著。李守志不安起來，他搓著手說，是不是給您添麻煩了？我，我，就這麼想的，我想還給人家又不知道是誰家的，想想這大院裡住的都是你們的人，妳又是幹部，或許能幫我找出這人來。要是妳不方便，我再想別的法子。

厲芝看了眼歌唱，拉開茶几底下的小抽屜拿出幾塊巧克力說，歌唱你吃。然後，她對李守志說，你跟我來一下。李守志跟著厲芝來到廚房。厲芝掩了門嘆口氣說，你還真是個好人呀。李守志的臉騰地紅起來。厲芝說，我覺得你完全可以留著用，這錢明擺著是搞不正之風的，留著吧，全當腐敗官員救濟你的。你要是怕孩子有看法，我就在他面前答應幫你，改天再還給你。你放心，我誰也不說。李守志攥了攥手指說，大姐，不怕妳笑話，我開始也想昧下它，我能用它給俺閨女辦轉學，可是，從想昧下它的那會兒起，我這心裡就堵得慌，尤其是一想到這錢是那困難人家的，七拼八湊了求人辦事的，到頭來落個一場空，你說我要昧下了，這心裡總覺得不敞亮。不瞞妳說，我這趟回家為這事受俺娘奚落了，連閨女都說俺呢。李守志從褲兜裡掏出歡喜的信遞給厲芝。短短的一封信，厲芝足足看了兩三分鐘。李守志也不敢打擾，隔著玻璃門朝客廳裡的兒子看。歌唱伸著長長的舌頭舔著黑乎乎的巧克力回看著父親。良久，厲芝大姐的眉頭展開了，她沒有招呼李守志就自顧自地走出來，李守志跟在後面，不想荔枝大姐並沒有走回客廳的沙發，而是去了衛生間。李守志坐回歌唱身邊。歌唱問，你和阿姨說什麼了？阿姨哭了。

胡說，小心阿姨聽見。

歌唱說，真的，我看見了，她擦眼了。

過了一會兒，厲芝從衛生間出來，手裡依舊拿著李歡喜的信。

荔枝大姐，妳很為難是吧？李守志不安地問。

厲芝說，我好好想想看用什麼辦法能幫你找到錢的主人。李守志強調說，是那個真正的主兒。厲芝說，我明白。李守志又說，錢，妳能不能先替我保管著？我那裡沒個帶鎖的地方。厲芝點點頭說，也好。

走出門來，李守志問歌唱，爹怎麼樣？是不是說到做到？歌唱朝父親伸了伸大拇指。李守志問，那你呢？你該怎麼辦？歌唱想想說，我，我現在就把文具盒還給鄒方方。李守志說，好小子！

從鄒方方家出來，小區裡已經萬家燈火，萬千個油煙機在嘟嘟地轉動著，把刺鼻的菜香排放到暮色的空氣裡。歌唱吸吸鼻子說，我聞到了炒辣子雞的味道，爹，我敢和你打賭這家子一定在炒辣子雞。歌唱指著右邊一樓的窗戶說。李守志拍拍兒子的頭說，饞貓一個。走了幾米，歌唱又吸吸鼻子說，炸魚呀，爸爸，炸魚呀！真香啊！我的哈喇子流出來了。歌唱誇張地張著嘴，用舌尖往外推唾沫泡泡。李守志看著兒子，心裡冒出立刻滿足他願望的衝動。他摸摸兜，又想到買現成的炸魚太貴，把手從兜裡抽出來說，回家了，明天我就買魚炸給你吃，算是給你的獎勵，不過有一個條件，回到家不能告訴你媽去荔枝阿姨家的事。

為什麼呀？歌唱問。

爹是想找個時間好好和她說，你今天要是說了明天就不獎勵吃魚了。

不說就是了！歌唱蹦起來，哦，要吃魚嘍！

李守志看著長成半大小子的兒子，看看他的頭頂幾乎到自己肩膀頭了，快樂如同啟封的啤酒泡泡竄出來——我在馬路邊撿到一分錢……

把它交到警察叔叔手裡邊。李歌唱加入進來。

13

厲芝夜裡和老公通了電話，把李守志讓她幫忙的事說了。老公告誡她絕對不能摻和進去！馬上又要合併單位了，一大批幹部要下崗。我現在正坐火山口上呢！十號樓裡的人誰和誰是一條戰線上的，誰又是誰的親信妳清楚嗎？整個系統盤根錯節，晃晃哪個枝條都連成一片。

厲芝覺得老公的話有道理，但如果真甩手不管又對不起李守志的信任，一晚上的覺睡得跟煎鹹魚似的。天亮的時候想出個兩全其美的辦法，就是打印個尋找物主的啟示貼出去，然後給電視台打個匿名電話。她知道媒體的力量。媒體一介入，什麼事情都能鬧大。鬧大了，就能引起高層的重視，揪出個把貪官來解解心頭的怨氣。前年有人給她提醒說趕緊活動，要不老公的位置不保。當時，她不服氣地說，嚇唬人的吧？幹得好好的，憑啥呢？真就應驗了別人的預言時才恍然大悟——光低頭拉磨，不找個靠山，不燒香不進貢是萬萬不行的。

厲芝撥通了電視台的電話。對方的語氣非常興奮，連問好幾個消息確鑿嘛？厲芝笑笑說，百分之百確鑿，小區門口就白紙黑字地貼著呢。對方說，請留下姓名和身分證號碼，我們對提供線索的人有獎勵。厲芝說聲不必了，就扣了電話，打開電腦，打印了一張尋找失主的告示。從窗子裡伸頭看見李守志在樓下揣著手，歪坐在三輪車上，兩隻手腕子都露在外面。想到自己的私心，想到這一捅，就把一個老實巴交的人放到了風口浪尖上，心裡不免生出一絲愧疚，她到衣櫥裡翻出兩件老式的羽絨服。

李守志知道荔枝大姐的脾氣，笑笑說，這個冬天該暖和了。厲芝大姐，昨天我兒子在他同學面前編這事了，不要緊吧？我就怕知道的人多了不好。厲芝說，知道的人多了也有好處，傳得快，只要關鍵的不說，再多人知道也冒領不去呀。

李守志若有所思地點點頭，想到了那兩個人的對話，暗自慶幸沒有對任何人講。

厲芝發動了汽車，一朵浪花從心裡翻上來，她彷彿看見道貌岸然的臉上高傲如同面膜一樣被揭掉了！通過一隻垃圾工的手！她不由得從車窗裡看他的手。他的手正環扣在一起，抱著她的饋贈。兩件老式羽絨服。厲芝來到小區門口，趁沒人注意的時候把告示貼了，回來正看見朱桂芹在大門口的垃圾桶裡把每一個塑料袋撕開，把裡面的垃圾抖出來，挑揀能賣錢的東西。厲芝自語道，一萬塊錢，夠妳這樣撿十年八年的吧？

大約兩個小時後，樓下熱鬧起來，厲芝伸頭往下看，見一群人簇擁著肩扛攝像機的人朝蜷縮在三輪車上的李守志圍攏過去。正就著深秋的陽光打盹的李守志被眼前的景象搞糊塗了，他大聲質問著圍攏他的人，幹什麼？你們幹什麼？並試圖坐起來撥拉開那個對著他的圓筒子。三輪車隨著他的動作搖晃起來，李守志剛剛坐起的身子又歪倒下去。人群發出哄哄的笑聲。扛攝像機的人閉著一隻眼睛笑了。嗨嗨嗨，李守志隨著人群笑起來，他想起那個圓筒子是錄像用的，他在這小區裡不止一次看見結婚的人家用這個東西錄來錄去。

錄俺幹啥？別錄了，別錄了，俺又不娶媳婦，錄個啥勁？李守志試圖從三輪車上跳下來逃離，無奈屁股底下紙箱子上的鋁釘刮住了他的褲子，他扭頭看看自己的屁股，重新坐回去。

哈──哈──哈──人們又一陣哄笑。攝像機的鏡頭離開李守志的臉對著圍觀的群眾逐一掃描，最後定格在一個美女的臉上。美女對著鏡頭笑笑，優雅地抬起了手臂，這時人們才發現她手裡拿著麥克風，有喜歡露臉的人就往她身邊湊。美女說，這就是傳說中拾金不昧的人，一個垃圾工，一個穿著破爛的人，一個其貌不揚的人，一個生活在社會最底層的人，是什麼原因促使他在撿到了一萬塊錢的時候沒有私吞而是執意要交還失主呢？還是像一部分人猜測的那樣，垃圾工根本就沒有撿到一萬塊錢，只是製造了個謊言以便譁眾取寵，當一回名人呢？今天，我們走進了金陽光小區，走到了故事發生地，相信真相會隨著我們採訪的深入呈現在大家的眼前。

一個好心的老太太幫李守志把鋁釘掰開。李守志說，謝謝大娘，謝謝，差點把褲子撕個口子。有人提醒李守志說，又該錄你了，趕緊站好吧。李守志握住三輪車把說，閃開點兒，閃開點兒。圓筒子和美女的臉一起湊到李守志的臉前，有人幫忙拽住了車把。

美女把手裡的麥克風往李守志面前伸過來說，聽說你撿到了一萬塊錢，這事情是真的嗎？請你講一講撿錢的經過好嗎？

李守志看看美女再看看對著他紋絲不動的鏡頭，他皺了眉頭說，你們問這幹啥？俺這事不用你們知道！

哈——哈——哈——人群一陣哄笑。

這是好事，你上了電視就成名人了！有人在背後戳戳李守志的後脊梁骨。李守志扭頭來找戳他的人，說，俺這事和電視沒關係！美女把麥克拿回自己的嘴邊說，對不起，我們有些冒昧了，我們是電視台的記者，有群眾向我們反應你拾金不昧，這讓我們很感動，尤其是親眼看到你以後，感覺幾乎是可以用震驚來形容的，像你這種人能夠做到拾金不昧真是很難得，請談談你的想法好嗎？

俺沒想法。

哈哈哈——人群整體搖晃起來。

你只要一上電視，全國人民都能知道你拾金不昧，多好呀！有人說。

我老家也能看到？李守志笑著想到母親和歡喜還有把他抱到乒乓球檯子上帶領大家唱歌的小學校長。攝像說，肯定能看到，如果節目效果反響好的話，我們還會做跟蹤報導，說不定還會去你老家拍攝呢。攝像揣摩著李守志的心思繼續說，播的時候我提前告訴你，你告訴家裡人去看。

主持人說，我們從小區門口的告示和對群眾的採訪中已經知道了垃圾工李守志拾金不昧的大體情況，現在我們採訪一下李守志。主持人的情緒明顯地沒有了當初的熱情。請談談撿錢的經過和你真實的想法好嗎？

咋撿的不能說，想法麼，就想還給人家。

為什麼不能說呢？主持人緊追。

這不明擺著嗎？我要是說了，經你們這麼一搗鼓，都知道咋撿的了，要是有很多人來跟俺要，俺咋辦？主持人說，你不就是在這樓前撿的嗎？那肯定就是住在這樓裡的人才可能是失主呀？

俺不找那個人，俺是找那個，找真正的主兒。李守志一著急，又不停地俺俺俺了。

能解釋一下你這話的意思嗎？美女主持的臉上重新浮現出興趣，攝像也開始拉近鏡頭。

李守志因為緊張、害羞、激動而變成醬色的臉在鏡頭裡逐漸放大，周圍的人和樓房逐漸模糊遠去，最後只剩下他的一張臉，他的嘴巴微微地抖動著。主持人和攝像一起盯著他的嘴，他們知道那裡正在露出一個線頭——一根經由他們的牽拽會抖露出有新聞價值的線頭。

你是說這錢有兩個主人嗎？而你又是怎麼知道的呢？

厲芝從窗子上俯瞰著李守志，在心裡催促著，說呀，說呀！不能說，是誰的俺還給誰就得了。李守志突然意識到跟他們說下去可能會把不住嘴上的門，他果斷地鑽過人群，騎上三輪車一溜下坡跑去。厲芝看著他的背影，心裡頓生失落。

攝像慌慌地跟著李守志跑了幾步，把鏡頭對準他的背影堅持了三四秒鐘的功夫，然後又把鏡頭轉向主持人和她周圍的人群。主持人看見鏡頭過來，立馬露出笑容，優雅地抬起手臂說，看來這並不是我們想像的簡單的拾金不昧的故事，下面我們來採訪一下群眾，看看大家是怎麼說的？主持人把麥克風伸到一個男人面前，男人後傾了身子連連擺手說，別別別。主持人收回麥克風找尋能夠接受採訪的人。這時有人說，明擺著的事，這是送禮的，一分錢是想還給那送禮的人。主持人和攝像趕緊轉了身子來找尋聲音的出處。又有聲音說，別照，照就沒人說了，都一個系統的，得罪人。攝像把鏡頭定格在主持人的臉上，鏡頭裡只有掛著職業微笑的臉。

躲開鏡頭的人們七嘴八舌，各抒己見。突然有人說，一分錢他老婆來了！他老婆來了！

你們稱呼他什麼？鏡頭裡的主持人保持著一貫的微笑，歪著頭問。

一分錢！幾個人一起回答。

他老是哼哼地唱我在馬路邊撿到一分錢，這人人都知道。

懶得問他叫啥名，就叫他一分錢唄。

主持人的眼睛如同觸摸式檯燈一樣，在人們話語的觸摸下亮度逐漸增大，片刻後，她忽閃著亮亮的大眼睛對著鏡頭說，一個每天都在哼唱同一首歌的人，這背後有著怎樣的故事呢？他的妻子已經過來了，我們採訪一下。

朱桂芹的三輪車裡堆滿了盛垃圾的塑料袋子，因為是上坡，她的身子不得不離了車座，用力踩著腳蹬，莫名其妙地看著朝她走來的人群。

請停一下，請停一下。

朱桂芹的心臟怦怦地狂跳起來，莫名其妙又身不由己地停下。車子往後倒退，但馬上有人幫她固定住了。啥事？她怯怯地看看攝像機，腳踩著車蹬，忘記了下車。

妳丈夫撿到了一萬元錢，這件事情妳知道嗎？

朱桂芹的腦袋裡轟的一聲炸響，整個人顫抖起來，腳一打顫，人就滑脫下來，下巴碰到車把上，那些褪了色的沾滿了灰塵的紅玫瑰抖動起來。她低頭看看把自己圍得密不透風的人腿，心裡嘀咕著，完了，肯定是破案的！她不敢撒謊，顫抖著聲音說，知道，真是撿的，就在八月十五那晚上，他撿了一箱子招蟲的葡萄和一箱散黃的雞蛋，回到家看見葡萄箱子裡有錢，整一萬塊，你們別怪罪他！都是我不好……朱桂芹的眼淚滴下去，落在撿來的黑皮鞋上。鞋面上裂開的口子如同一張乾渴的嘴接住了她的淚。

請面對著鏡頭好嗎？妳丈夫把錢還給失主這件事情妳贊成嗎？能談談他為什麼每天都唱我在馬路邊撿到一分錢嗎？

朱桂芹聽清楚了把錢還給失主幾個字，她的恐懼消失了，淚水卻更加急速地跑出來，心裡面鑽出一股火氣，一股怒氣，一股失望，一股心疼！她把腿從三輪車上拿下來，執拗地推起車。車上的氣味和飄落的垃圾使得本打算阻攔她的人紛紛後退。厲芝在窗台上對著朱桂芹笑起來。

14

和朱桂芹一起渾身發抖的還有袁帥的老婆張梅。

張梅自婆婆去世以後，體弱多病的她大多數時間裡就是在小區的廣場上隨著人們鍛鍊身體，無論是用巴掌拍打下肢的方法還是打太極拳抑或是舞劍的，她都參加。沒有劍，就撿了塊細木條跟著比畫，等所有鍛鍊的人散去，她就到處逛蕩，見到認識的人就扯拉幾句。不管怎麼逛蕩，都離不開一個中心——十號樓。從給李峰處長送禮後，她的心裡一直不踏實，生怕人家拿了錢忘了給她家辦事，總希望能遇見李峰，嘴上不提，但也能讓人家想起她家的事。平日裡是很難遇見的，因為李峰家兩口子是開車上下班，車就停在自家門口，根本沒有相遇的機會。

一次，好不容易遇見李峰老婆買菜回來，張梅隔老遠就朝她笑著問，買菜去了？李峰老婆目不斜視地走了過去。尷尬得張梅渾身亂顫，心裡面的擔心也日漸增加。

張梅看見一群人圍住了收垃圾的女人，加快了步子湊上去看熱鬧。朱桂芹低著頭小聲說出的每一個字都如同針扎著她的耳朵，如同錘子砸著她功能紊亂的心臟。她渾身熱熱地癱軟下去，如同扔進沸水裡的乾麵條。她想喊——錢是我家的！舌頭卻打不了彎，每個字都如同沉重的麻袋蹲在停電的傳送帶上。她抓著身邊的鐵柵欄，坐到台階上，眼睜睜地看著收垃圾的女人走了，電視台的人走了，看熱鬧的人走了。只剩她一個人的時候，她發現自己能勉強把氣喘勻了，腿上有了點力氣，飄飄搖搖的心也穩當了不少，她趕緊去饅頭店找幹臨時工的袁帥。

張梅把袁帥拉出饅頭店，在焊接防盜門窗的店前把看見的事情述說了一遍。怎麼辦？你快說呀，咱去找垃圾工要回來吧！袁帥兩隻沾滿了白麵的手攥起來，臉色變得青紫，他咬牙切齒地說，他媽的，沒心沒肺的狗官，你不稀罕你還給我啊，幹嗎給我扔了啊?!你不稀罕，你別收啊！張梅看著丈夫的樣子，擔心他去找李峰拚命，趕緊用手來胡拉他的後背說，消消氣，或許人家不是故意的，誰捨得扔錢啊？一句話提醒了袁帥，他說，對對對，這事不能慌，妳讓我好好想想。尖利的電鋸切割著鋼筋，刺耳的聲音貓爪子一樣撓得袁帥心煩意亂，他煩躁地盯了眼切割鋼筋的人，說，亂死了，回家。

回到家，袁帥已經冷靜下來，他問張梅，妳當時怎麼做的？張梅說，我就想喊，錢是我家的！喊了沒？袁帥的眉毛皺了起來。

我心慌得連氣都喘不動了，咋喊得出來？

沒喊就好，沒喊就好！

咋呢？我要是喊了，現在說不定錢就在手裡了。

不能喊，以後也別和別人說，就當這事沒發生，妳可要記住了！袁帥說。

那錢呢，錢什麼時候去要回來？張梅莫名其妙地問丈夫。

不能要回來！袁帥擺擺手說，這錢已經不是咱的了，是他李峰李大處長的，要要，也是他們家去要！

可，可人家垃圾工是要還給咱的，那些人都在議論，那垃圾工對電視台的人也是這麼說的，不給丟錢的人，給錢真正的主人，咱咋不能要回來呢？再個把月就過年了，借下的錢咋還？

咱的目的是啥？是啥？袁帥不耐煩地嚷起來，咱的目的是給兒子安排工作！妳要回來，人家還給妳安排嗎？

我又不是去他家要，我是去垃圾工家要，不讓李峰家知道。

有不透風的牆嗎？有嗎？這事都鬧這麼大了，能不傳出去嗎？

我當初就不贊成送，人家要是把咱的事放在心裡能給你扔出來？
妳！袁帥脖子上的青筋鼓起來。
你不要我去要！張梅的心臟堅定地亂跳著。
妳坐下聽我說！袁帥自己先坐下，仰臉看著老婆，我琢磨著這錢扔得好！妳想啊，垃圾工撿錢這事肯定會傳到李峰耳朵裡，而且他對這件事情肯定有顧慮的，他肯定不希望咱露面！這樣，他就會對咱兒子的事格外上心！妳想想是不是這個理兒？
張梅慢慢地坐下去，話是這麼說，可要是人家裝死不給咱辦，咱不就竹籃打水一場空了？賭，現在就是賭，沒別的辦法！過年再加把火，再點點鹵水，我覺得這鍋豆腐還是能做成的。
那不就便宜垃圾工了？張梅不甘心。
袁帥說，便宜誰咱也不能去要，送禮也是有罪的事，妳知道嗎？

15

吃晚飯的時候，厲芝期待的節目出現了，不過裡面並沒有出現李守志的形象，更沒有被主持人稱為美麗女人的朱桂芹，只有那個天天婆婆媽媽地拉著東家長西家短的男人手拿一把折扇在說，金陽光小區發生了一件怪事，收垃圾的撿到了一萬塊錢，貼出告示來說要歸還失主，這本是一件拾金不昧的好事，但當我們記者去採訪的時候卻遭到了垃圾工的拒絕，他不肯講關於這件事的來龍去脈，打電話給記者的報料人也不肯留下姓名，使得這件事變得有些奇怪，很多人就猜測了，是不是那垃圾工根本就沒有撿到錢，而是炒作呀？現在可是一個熱衷炒作的年代，儘管炒作在傷害著人們之間的信任，可又都情不自禁地在炒，你炒他炒我不炒，我就沒有顏色，就被你們覆蓋了，所以呀，這炒作已成為現代社會的新流感！說到流感，下面我們來看一條關於流感的報導。

婆婆媽媽的男人消失了，畫面上出現了戴著口罩在擁擠的人群和輸液瓶中間來回穿梭的護士。厲芝啪的一下關上電視說，胡謅八扯！她拿起電話想向電視台質問幾句，想想又放棄了。窗子上已有了哈氣，李守志漫不經心的吆喝聲傳進來，廢品——，廢品——

厲芝下樓來，看沒有走動的人就來到李守志跟前。李守志一看見她就彙報說，荔枝大姐，今天中午一幫人來找俺，扛著錄像機，非讓俺說那錢是怎麼撿來的，俺，我，我沒說，他們看我不說都有點不大高興了。厲芝說，我剛才在電視裡看見了。

看見俺了？李守志笑著說，現在還演嗎？我能看嗎？

新聞，幾秒鐘的事，沒出現你，就主持人說了說。厲芝看著李守志臉上的笑容消失了，她說，能上新聞已經很不錯了，電視台的幾秒鐘可金貴著呢，不是誰想上都能上的。

咳，我就是覺得新鮮，上不上電視無所謂，只要那人能趕緊來認領了去我就安心了。

今天電視台採訪你，你咋不配合呢？多好的機會呀，一宣傳說不定你女兒上學的事都能解決的，有這麼個揚名的機會，多不容易呀。

嗨嗨，我怕把話說全了，再有人冒領。

厲芝想老實得像團泥巴的人是點撥不開的，又怕別人看見她和垃圾工過於熱絡，就說這年頭好人難當，你自己當心點，什麼人都有。

你是說有人會因為這事害俺？李守志睜大眼睛。

那倒不可能，但啥人都有，也不可不防。

經厲芝一提醒，李守志原本坦蕩蕩的心裡也有了皺褶，看天色已黑，就趕緊往家走。

朱桂芹早早收了工在家裡等李守志。被電視台的人追著問來問去的時候她曾衝動地想找到他！問問他是哪根神經不頂對了？吃了什麼龍肝鳳膽撐成這樣——要把撿錢的事捅鼓到電視上去？一家子吃喝都成問題的人發哪門子神經?!考慮再三，還是決定等李守志回家來，免得在外面吵起來讓人家看笑話。無心炒菜，往中午的剩菜裡加了水，攪進去兩把玉米麵，做成鹹粥，讓歌唱把煎餅泡進去吃。自己坐在邊上生悶氣，想著質問李守志的話。正想得出神，表姐和表姐夫來了。朱桂芹趕緊讓座。

表姐夫伸脖子看了看歌唱的碗說，嘿，我還以為李守志的兒吃香的喝辣的呢！

朱桂芹聽表姐夫不鹹不淡的諷刺，心裡冒出一股反感，她也乾笑兩聲說，吃香的喝辣的他倒是想，那要看他爹娘掙多少！

表姐說，咋啦？聽妳這話是嫌工資低啦？

朱桂芹陰著臉不接話。

表姐說，我們沒別的意思，就是生憨李的氣，妳說妳兩口子容易嗎？平日裡一分錢都捨不得花，這回倒當起雷鋒來了！那是撿的垃圾，歸咱是名正言順，幹嗎要吆喝出去？朱桂芹正要隨和表姐說幾句，不想表姐夫的嘴裡又滾落出沾了冰碴子的石頭子來——李守志可不憨，他那是精過了頭，他也不掂掂自己幾斤幾兩，也想賺個名利雙收呀？你看看人家電視台的人咋說的？聽了我都臉紅，人家說是炒作！城裡人都是些啥？人精！他還跟著瞎摻乎！沒數！自己窮得叮噹響還充能！

朱桂芹雖然生著丈夫的氣，雖然想起那沓子錢就心疼不已，可這不滿和心疼還沒到任人奚落嘲諷自己的男人而不動怒的分上。聽著聽著，她的後背和脖子就直了起來，又擔心話說過了頭得罪人，一瞬間，臉憋得通紅。

不許你這麼說我爹！歌唱的聲音。

三個人一起把目光投向歌唱。因為激動，他把面前的鹹粥碗碰倒了，玉米糊和幾片菜葉慢慢地在椅子上蠕動。朱桂芹拿了空碗放在椅子邊下，用手指輕輕趕著蠕動的菜葉，眼睛低垂著，彷彿那幾片菜葉是特別有趣的東西一樣。歌唱看母親並沒有像以往一樣喝斥——大人說話不准小孩插嘴，他被三個大人的目光嚇退的勇氣又湧上來。

我爹是個拾金不昧的好人！荔枝阿姨是個很有學問的大幹部，她都這麼說我爹呢！我老師也這麼說！我同學也這麼說！我老師今天還說下次開家長會一定要請我爹去，讓大家都認識他，向他學習！你們倆也得向他學習！

朱桂芹抬頭看著兒子的手指理直氣壯地指著表姐和表姐夫，一股小小的驕傲在胸膛裡火苗一樣竄動，她看表姐和表姐夫的臉上都掛著尷尬的霜花，就抬手假裝打歌唱。咋說話呢？還你們你們的，那是誰呀？是你表姨和表姨夫，招呼沒打一個，倒犟上嘴了！

歌唱躲著母親的手掌說，還有妳，妳也要向我爹學習！

嗤——朱桂芹心裡面的那股驕傲再也無法壓抑，她笑著落下巴掌說，小兔崽子，蹬鼻子上眼了！

表姐拉住朱桂芹的胳膊，朱桂芹順坡下道，停下來說，小孩子說話不知輕重，我知道你們是為俺好，可已經這樣了，說啥都晚了。

表姐夫乾咳一聲，說，其實就這麼回事，就覺得你們太不容易，趕緊吃飯吧，走了。

朱桂芹送出來。在樓下聽得清清楚楚的李守志趕緊把車子晃出動靜來，假裝剛回來，對表姐夫說，我剛回來你就走啊，坐一會兒，咱倆整一盅。表姐夫悶聲悶氣地說，有空的時候吧。

表姐和姐夫走遠了，朱桂芹擰住李守志胳膊上的肉，使勁旋轉著。李守志吸哈著，任憑朱桂芹發洩。朱桂芹說，能了你了，這麼大的事不和我說一聲。李守志說，妳鬆開手，疼死我了。朱桂芹說，鬆開？門兒都沒有，說，為啥不跟我說一聲？李守志說，不是怕妳心疼嗎？朱桂芹再使使勁，李守志跟著她轉著圈。李守志說，妳鬆手，我和妳說正經的。李守志悄聲把撿錢這件事對李歌唱的影響和回家的經過說了一遍。朱桂芹說，咋不早說？今天那電視台的攔住我，我以為是破案的，嚇得我從車上掉下來，下巴都磕腫了。李守志抬手摸摸她的下巴說，讓我看看。朱桂芹甩開他的手，往樓上走，邊走邊氣哼哼地喊，歌唱，給高尚的人盛上飯！

16

李峰在酒桌上聽說了垃圾工拾金不昧的事情，當下就暗自嘀咕，酒也不敢多喝，好在桌上沒有他那信奉酒品即人品的領導，自己無須捨命表現，隨即捂著肚子假裝胃疼，想應付一會兒就回家。做東的人是下屬企業裡的一位老總，說什麼也不放李峰走，讓服務員重新添加了保養胃的菜餚。李峰也不敢得罪人，擔心萬一人家日後高升對自己不利，只得強裝歡顏挨到深夜。

馬豔麗中午下班後，開樓道門的時候鄰居就把一天來小區裡的新鮮事說了一遍，馬豔麗饒有趣味地聽著，聽到八月十五的一箱葡萄時，眼珠上不覺就有了驚慌和躲閃，鄰居看得清楚就小聲問，妳家的？馬豔麗趕緊固定住眼珠子說，嗨，妳想哪去了，是誰家的也不會是我家的呀！恰巧，手機響了，馬豔麗趕緊接聽，借機和鄰居擺手再見。回到家，馬豔麗坐臥不寧，後來想到妹夫的表叔在電視台，就給妹妹打電話，叮囑不管花多少錢也要幫忙把事兒壓下。打完電話，班也沒心思上了，飯也沒心思吃，一直守著電話。直到妹妹回電話說，把專題報導改成了幾句話的新聞，關鍵的和潛在的都模糊掉了，她才算是透了口氣。

李峰一進家門，馬豔麗看他的臉色就猜到他已經聽說了此事，趕緊陪著小心上前接了手包，掛了外套，擺好了拖鞋。李峰坐到沙發上嚴肅地看著馬豔麗。馬豔麗低了頭說，怪我，當

回來身子，輕輕揪揪兒子的鼻子說，明天星期六，冬天真麻煩，生怕凍著他，放當中礙事。李守志拉滅燈，不一會就聽見了朱桂芹的鼾聲，自己一時睡不著，就躺在那裡把中秋節往這的事情仔仔細細地在腦子裡放電影。正回想著，突然聽見門上有輕微的動靜，立馬抖擻了精神，豎了耳朵聽。門上的動靜落下去，李守志赤著腳丫子摸了菜刀站到門後。幾秒鐘後，動靜又起，是輕輕的敲門聲。李守志低吼一聲，誰？外面的聲音打著顫回應說，對不起，打擾了，聽說你撿了箱葡萄，裡面有一萬塊錢，有這事嗎？李守志腦子裡回想起荔枝大姐的話，握緊菜刀說，深更半夜的你想幹啥？門外的人說，我想來認領，不是說你要還給失主嗎？李守志說，明天去十號樓前的垃圾桶那裡找我，現在我睡下了。門外的人說，我想問一句，那葡萄是濟寧大嶧山的嗎？那錢是現金還是卡呀？李守志說，我說了，明天去十號樓前找我。門外人說，我就問問，不是我的我就不再跑了。李守志說，是現金。門外的聲音歡快而低低地說，是現金呀？那好，不打擾了。另一個聲音附和說，不是就好，不是就好，趕緊回家吧，凍死了。李守志在淩亂的下樓的腳步聲裡長舒一口氣，發現自己的身子打著哆嗦，趕緊回到被窩，仍心有餘悸，把菜刀放到床墊子前伸手可及的地方。想睡去，又擔心還會有情況出現，乾脆穿了衣服，把枕頭豎起來靠著，側耳聽著外面的動靜。颼颼的寒風裡，偶爾傳來一兩聲汽車的聲音，他靜靜地聽著，心臟跳得格外有力，如同大鼓被激情的鼓手敲擊著。聽著，聽著，睏意就上來了，李守志打個哈欠，往下縮縮身子想睡去，卻在風聲和自己的心跳聲裡辨出了鬼鬼祟祟的腳步聲。他重新抓了菜刀等待著。這次的動靜沒有出在門上，而是在靠近樓梯的小窗子上，聲音急促而響亮，鐵條一類的東西發出的聲音。

誰？李守志站到窗子後面。

趕緊把錢拿出來。男人沉悶的聲音。

什麼錢？李守志聽來者不善，邊搭話邊去推醒朱桂芹。

別廢話，給你一分鐘的時間，趕緊從窗子裡遞出來！

錢又不是你的！李守志說著，蹲下對坐起身的朱桂芹低語，別出聲，真有什麼事的話護好歌唱。朱桂芹哆嗦著使勁點頭，然後伏下身，罩在兒子身上。

再廢話，我就衝進去了，殺你全家！

李守志說，錢不在我手裡，你就是殺了我也拿不到錢，我說，人活著都不容易，你幹嗎為了這點錢把自己以後的路都堵死呢？

別廢話，我再給你一分鐘的時間，有多少拿多少出來！外面的人一用力，玻璃發出了破碎的聲音。

爸爸，你的手機呢，趕緊給警察叔叔打電話呀！歌唱醒來，掙脱媽媽的胳膊大聲說。

朱桂芹按下兒子的頭低聲喝斥說，別出聲。

爸爸，趕緊撥一一○！趕緊撥一一○！歌唱大聲喊。

李守志會意兒子的聰明，說，好，手機在枕頭底下，你撥！

外面的人說，嘿，撿垃圾的還有手機呢，一一○來了也抓不著我。聲音裡面明顯沒有了起初惡狠狠的勁頭，腳步往外面移動了幾步。李守志聽著外面的動靜，知道那人有些膽怯了。他說，我勸你趁警察來之前趕緊走吧，我琢磨著你也是上有老下有小的人。

警察叔叔，有壞蛋來要殺我們，因為我爹撿了一萬塊錢要還給人家，就有壞人來要錢，快來救救我們！歌唱裝模作樣地喊著。

別裝了，趕緊把錢遞出來，要不我可不客氣了！

朱桂芹說，我聽出來是誰了。

誰？

三號樓那個無賴，開開門我出去罵他。朱桂芹穿上衣服。

李守志說，不行，萬一傷著咋辦？

朱桂芹說，量他不敢咋著，你沒看他天天抱著個小閨女，也寶貝得不行，拿孩子當眼珠子的人成不了亡命徒，我高腔罵兩聲嚇嚇他。

不行！李守志拉住她，就站屋裡罵，他又不是聽不見。

朱桂芹扯起嗓子說，門外的人你聽好了，你別以為深更半夜的我就聽不出你是誰來，我告訴你吧，我這人只要聽上一回人說話，就是隔上三十年我都能聽出來，你就住在三號樓，天天手裡牽個三四歲的小丫頭對不對？

外面響起快速下樓的腳步聲，三個人同時鬆了口氣，朱桂芹抱住歌唱啜泣起來，李守志趕緊打開門試圖看清歹徒的樣子。昏暗的路燈下，一個頭上包了褂子的人落荒而逃。

17

馬豔麗牽了她妹妹的狗在李守志周圍轉來轉去，有認識她的人都熱情地停下來看狗，她每次都解釋說，我妹妹的，這幾天出差了放我這裡養兩天，我可不喜歡狗。

今天陽光好，李守志把破沙發從陽台底下拖出來，蜷縮在上面晒著太陽，看著馬豔麗大紅的羽絨服和小狗身上同樣顏色的棉坎肩，一幅饒有趣味的樣子。馬豔麗等待著她的小狗能在李守志面前拉屎，能給她一個和垃圾工說話的理由。

正午的時候，小狗終於拉屎了。馬豔麗用驚喜的語調責怪著狗，看看你，這不是給人家添麻煩嗎?又扭過頭對李守志說,不好意思,你剛掃乾淨的地。李守志說,不礙事。他撕了塊報紙,去抓狗屎。馬豔麗說,這怎麼好意思?還是我來吧。說著,拉著小狗往後退了兩步,看李守志抓了狗屎扔進垃圾箱,馬豔麗跟過去說,一分錢,聽說你撿了一萬塊錢打算還給人家?

李守志說,嗯。

還了嗎?

沒,昨晚上有來認領的,但不是。

這麼說你知道是誰的了?

不知道是誰,我當時聽見說話聲了,再聽見那聲不就知道是誰了?

哦,是嗎?憑聲音呀?那萬一有聲音相似的呢。馬豔麗說。

我當然有辦法。李守志自信地說。說完以後,他打量著馬豔麗。馬豔麗緊張起來,拉著小狗說,走,逛逛去。小狗跑起來,馬豔麗也跟著跑起來。

張梅發現馬豔麗在遛狗,趕緊回家把袁帥叫出來。兩個人朝馬豔麗走來。張梅說,她見了我,裝不認識,見了你看她還怎麼裝?

袁帥說,一會兒妳少說話。

馬豔麗和小狗像兩團火焰一樣在路上跑著,等待著。終於看見了她要見的人。馬豔麗拉住狗，狗和人都有點氣喘吁吁，說起話來就有了頗為自然的誇張和親熱。馬豔麗拍拍胸口朝袁帥兩口子笑笑說，哎呀，哎呀，我這氣都喘不勻了，人讓狗給治著了，你們這是幹啥去呀？袁帥笑著看看狗說，這狗漂亮呀！我記得中秋節那會兒妳家還沒有狗吧？馬豔麗的臉色一暗說，昨天剛弄來，煩死了，我妹妹的，出差了，哎，最近沒看見你家小子呀？張梅說，去……袁帥趕緊打斷老婆的話說，別提他了，從畢了業就窩在家裡，說沒找到工作不好意思出門見同學，我就一再告訴他，你李叔可是真正管事的大官，咱求了他保準能成。袁帥滿懷希望和要脅地瞅著馬豔麗的眼睛。馬豔麗在心裡罵著他，不懂事的東西，拿粒芝麻就想換西瓜？但嘴裡不好說出來，往前伸了脖子小聲說，現在這事難辦著呢，一千多人就要一百，光領導寫條子的就二百多，愁得李峰頭髮都白了不少，不過你家的困難我告訴他了。馬豔麗看著逐漸活潑興奮的四個眼珠子果斷地把話打住，抖抖手裡大紅的繩子，她妹妹的狗心領神會地狂叫兩聲，往前跑去。馬豔麗朝後仰了身子，裝著吃力牽拽的樣子，朝袁帥和張梅笑笑說，哎呀，不懂事的東西，沒看見正說話嘛。說著就跟著狗跑起來。

張梅看著她的背影說，她啥意思呀？

袁帥說，啥意思，告訴妳有希望。

朱桂芹騎著三輪車躲過馬豔麗和狗，再躲過袁帥和張梅，朝十號樓奔去。對於昨晚上的事她越想越後怕，她收完早晨的垃圾就去了菜市場，那裡有一家修理手機的，上個月她去買菜的時候看那家的女人坐在門口給孩子縫棉襖，一看拿針的樣子就知道是個生手，朱桂芹看不過去就毛遂自薦地說，我幫妳縫吧，看妳拿針跟拿棒槌似的。從此後，兩個女人成了朋友，見了面總是站住腳扯拉幾句。女人聽了朱桂芹的講述，爽快地說，客戶的手機沒法借給妳，我老公的白天又要用，這樣吧，我先給妳個手機模型，妳讓大哥白天拿著，裝裝樣子，晚飯的時候妳過來拿真的，萬一再有事就打一一〇，早晨給我送過來就行。朱桂芹原本是下決心給李守志買個二手手機的，聽女人這麼一說，覺得兩全其美，就連連道謝，拿了模型回來。

李守志看見手機模型激動地坐直了身子，依舊揣著手，皺了眉頭說，弄個這玩意養著，得多少錢？妳還真買了？朱桂芹把手機模型塞進他的棉襖袖裡說，拿著看看呀。李守志說，我不拿，我一個收垃圾的拿個手機不怕人笑話？朱桂芹笑笑說，平日裡那腦子一個頂我仨，今兒個不靈了吧？假的，裝裝樣子，嚇嚇那些龜孫王八蛋。李守志嘿嘿笑起來，讚許地瞅著朱桂芹說，從昨晚上我就覺得妳不一般。朱桂芹說，熊樣，才知道我不一般呀？你兒才不一般呢，你說那麼點小屁孩不但不害怕，還很機靈呢。李守志按著手機殼上的數字說，沒看誰的兒！朱桂芹用腳踢踢沙發說，讓我坐一會兒。李守志站起身，繼續研究著，說，這跟真的沒啥兩樣吧？

朱桂芹問，看見昨晚那龜孫了嗎？嗨嗨嗨，說曹操曹操就到，來了，來了，你趕緊裝打電話。李守志趕緊把手機模型放到耳朵上喊起來，小張兄弟嗎？我是李守志，我沒啥事，就是告訴你我買手機了，你以後找我就打這個號碼……李守志來回走著，眼角掃描著低頭而行的男人。待男人走過去，李守志方結束了他的「通話」，回身看見朱桂芹笑咪咪地看他。他問，還行吧？朱桂芹哈哈笑起來說，行，就跟人家那小品裡說得一樣，移動電話移動著打，看你走得那個起勁，跟著急去撿錢一樣。李守志的臉拉下來說，還撿錢呢，簡直就是撿麻煩。朱桂芹的臉也陰下來，她叮囑丈夫說，你沒事就在這擺弄著，讓人家都看見，天黑後，人家答應借咱真的，到時候有真傢伙誰來咱也不怕了。

18

一個又一個夜晚在忐忑不安中平安地度過了。李守志不敢有絲毫的大意，他每天照舊在收垃圾的閒暇擺弄著手機模型。晚上，蹲縮在破沙發上的時間越來越長。他蜷縮在那裡，用破棉襖包著腿，哼唱著或咳嗽著，向別人傳達著「我在這裡」的信號，等待著那認領的人和冒領的人。一隻流浪貓鑽進來避寒，他們相互溫暖著。等他打算回家的時候，他就用破棉襖把貓蓋好，貓總是會發出兩聲感激的喵喵。

深夜，李守志手腳冰涼地進到被窩裡，朱桂芹曾嘟囔說，受這個罪，要不咱把錢拿回來，離開這裡，再找個別的活幹吧。李守志說，那樣咋跟歌唱交代？咋跟歡喜和娘交代？咋跟咱的良心交代？妳想一輩子活得心裡不亮堂？朱桂芹說，我就是覺得你幹一天活本來就夠累了，再為這事受凍受苦，何苦呢？朱桂芹說著，用腿夾了李守志的腳暖著。李守志說，能天天有老婆給暖腳，也叫苦？朱桂芹愛憐地說，自找苦吃。李守志笑起來，懂啥呀，有奔頭有目的的苦不叫苦，就像我當年趴在妳家地裡幹活一樣，誰見了誰說我跟驢一樣，嗨，怎麼樣，誰也沒娶到手的俊媳婦不是天天給我暖腳麼。

年越來越近了。平淡寒冷的日子裡突然漾滿了興奮和忙碌。原本靜悄悄的夜晚裡多了來往的人和汽車。那些人在十號樓前徘徊著，小聲打著電話，等待著樓道的電子防盜門打開。那些汽車閃著刺目的光朝李守志奔過來，距離六七米的時候突地掉轉頭，停下。李守志的眼睛被燈光刺得白花花的一片，什麼也看不見，只聽見剎車的聲音，開車門和後備箱的聲音。李守志豎著耳朵聽著。汽車消失後，尤其是看見有黑影走近，他就再哼唱起——我在馬路邊撿到一分錢，用歌聲告訴他期待的人——我在這裡等你。

後記——這樣相識

人與人的相識有千萬種緣。一直固執地認為，源於文字的，是最為美好的。當您的目光行走至此，我們就有了因文相識的緣——源於對文學的熱愛，源於對文字的痴迷，源於對芸芸眾生悲憫的情懷。或許您已讀過正文裡的小說，通過它們對我的文風有了一些了解，現在讓我向您介紹一下我這個人吧——

上個世紀七十年代，我出生在山東省莒縣浮來山腳下的一個小村子裡。山上有一棵老銀杏，已經有四千歲了。它在我物質貧窮精神匱乏的童年生活裡，給了我神祕的佑護和激勵。比如，「雞丁」了的我，因身材矮小自卑到不願意和小夥伴一起玩耍，母親告訴我在春節的早晨給老銀杏磕頭就能長高。當我唸著——銀杏王，銀杏王，您長粗來，我長長……跪在它面前時，一種必長的信念竟真就在小小的心臟裡扎扎實實地站立了。後來，當我以將近一米七的身高窈窕在人群中時，我總會想起它和我的家鄉。我的兒子曾說，如果姥姥家的那棵大銀杏死了，我媽媽非哭死不可。小孩子說這話，是因為前年看見我常為老銀杏淚流滿面——那段時間，它病得厲害，一想到可能會失去它，我就不能自已。

人在貧窮到食不果腹的時候，鼻子就特別尖，不管誰家有香味飄出，都能聞見。像小狗一樣，順著味道嗅到人家的門口，趴在門框上眼巴巴地盯著人家的嘴巴。這樣的時候，我母親就會用她高亢嘹亮的聲音把我和姐姐弟弟妹妹吆喝回家，用故事把我們圈在她身邊。偶爾的，也會用鐵飯勺在爐火上炒三四十粒黃豆或用鹽水泡軟的玉米粒，當我們乖順聽故事的犒賞。母親的故事，講得可謂栩栩如生。有浮來山上老銀杏的傳説，有天上的王母玉帝，也有英雄美人，山野怪獸……母親用繽紛的故事餵養著我們兄妹四個的童年，也在我懵懂的心裡種下了對故事的痴迷。也許，這就是我不識字的母親給我的最早的文學啟蒙。

由於常年在醫院有繁忙的工作，加上生性懶散，我的作品並不多，但每一部作品都是因為某個形象或者某個故事的核兒深深地擊中我，讓我為之心痛，覺得自己既然有緣看到聽到想到思考到，如果不用文字進行記述，如果不能用文字讓他們的痛楚困苦甚或幸福快樂得以展現和存活，我就是愧對的。我在心裡疼惜著那一個個觸動了我心和靈魂的形象，也在文字中疼惜著他們。常常地，寫作時，面前會有一大堆擦拭過淚水的紙巾，那是我和他們一起痛一起苦一起樂的結果。

我的寫作風格在二〇〇五年有一個明顯的改變。之前，用朋友的話説——我「很狠」「很冷」。那時，我覺得自己作為一個寫作者有責任把對社會的所見所思所感，尤其是它不盡如人意的角落，用尖銳的故事呈現出來，在每一個讀者的心上劃上印痕，讓人警醒，讓那些痛楚和困苦不再繁衍生產。二〇〇五年我成為母親後，突然意識到溫暖對於一個人品性的呵護是最至關重要的。意識到溫暖的傳遞不僅來自於親人朋友的言行，還來自於文字。意識到，如果文字中沒有溫暖，只有自以為鬥士一樣的尖銳指責諷刺，孩子們讀著這樣的文字成長，對他們是不公平的。對任何讀者都是不公平的。從那之後，我「溫柔」了很多，「溫暖」了很多。

這樣「溫柔」「溫暖」的我和我的作品，但願能讓您喜歡，能讓您的目光做長久的停留和關注。

和您能有源於文字相識的緣，源於去年秋天和人間出版社呂正惠先生的相識。參加由文訊雜誌社主辦的兩岸青年作家文化交流時，我贈送給呂先生一本中篇小說集，不曾想在桃園機場等回程的飛機時，中國作協的梁飛先生告訴我，呂先生他們很喜歡我的作品。今年收到責編蔡鈺淩的郵件說打算在台灣出版時，給了我很大的驚喜。鈺淩是個特別認真負責的人，在郵件中就選本的作品篇目和其他一些事項進行不厭其煩地指導。回覆郵件速度之快讓我敬服。從來往的信件文字中，我也感覺到她的熱情和可愛，雖未見面已視為友人。

感謝中國作協和文訊雜誌社創造的機緣，感謝呂正惠先生的賞識，感謝鈺淩的辛苦！感謝

東紫創作年表（按發表日期排列）

作品名稱	刊物（或出版社）
〈請別踩我的腳〉（中篇）	《中國鐵路文學》2003年第2期
〈珍珠樹上〉（中篇）	《人民文學》2004年第8期
〈天涯近〉（中篇）	《人民文學》2006年第6期
〈邂逅〉（短篇）	《當代小說》2007年第1期
〈我被大鳥綁架〉（中篇）	《文學與人生》2007年第3期
〈一棵韭菜的戰爭〉（短篇）	《當代小說》2007年第4期
〈左左右右〉（中篇）	《人民文學》2007年第4期
〈顯微鏡〉（中篇）	《人民文學》2008年第2期
〈夢裡桃花源〉（中篇，原名〈飢荒年間的肉〉）	《青春》2008年第3期
〈幸福的生活〉（中篇）	《特區文學》2009年第1期
《天涯近》（中篇小說集）	作家出版社2009年4月出版
〈春茶〉（中篇）	《人民文學》2009年第7期
〈相互溫暖〉（中篇，原名〈不會吐痰〉）	《山花》2009年第9期
〈樂樂〉（中篇）	《中國作家》2009年第11期
〈在樓群中歌唱〉（中篇）	《十月》2010年第1期

〈生命是這裡的名字〉（散文）　《大家》２０１０年第１期
〈乳房在心臟旁邊死亡〉（散文）　《大家》２０１０年第１期
〈漏雨〉（短篇）　《百花洲》２０１０年第２期
〈大洼坑村紀事〉（短篇）　《野草》２０１０年第５期
〈大圓〉（短篇）　《文學與人生》２０１０年第８期
〈白貓〉（中篇）　《人民文學》２０１０年第１０期
〈被複習的愛情〉（中篇）　《山花》２０１０年第１０期
〈穿堂風〉（中篇）　《山東文學》２０１０年第１１期
〈同床共枕〉（中篇）　《時代文學》２０１０年第１１期
〈好日子就要來了〉（長篇）　《芳草》２０１１年第４期
〈北京來人了〉（中篇）　《山東文學》２０１２年第３期
《被複習的愛情》（中篇小說集）　二十一世紀出版社２０１２年４月出版
〈寫給老銀杏的信〉（散文）　《時代文學》２０１２年第９期
《白貓》（中篇小說集）　山東文藝出版社２０１２年１１月出版
〈正午〉（中篇）　《人民文學》２０１３年第２期
〈偽綠色時代的掙扎〉（中篇）　《中國作家》２０１３年第６期
〈遙遠的烏魯木齊〉（紀實文學）　新華網山東頻道２０１３年１２月５日
〈賞心樂事誰家院〉（中篇）　《十月》２０１４年第４期
〈蘋果〉（散文）　《時代文學》２０１４年第１０期
〈最美的是山菊花和親嘴兒〉（短篇．未發表）　創作於１９９３年

〈雷管〉（短篇．未發表）創作於1995年
〈一次輕率的旅行〉（中篇．未發表）創作於1996年
〈界限外的愛情〉（中篇．未發表）創作於2002年
〈地獄來信〉（中篇．未發表）創作於2003年
〈奶奶媽〉（長篇．未發表）創作於2010年
〈隱祕時光〉（中篇．未發表）創作於2014年
〈臘月往事〉（中篇．未發表）創作於2014年
〈紅領巾〉（中篇．未發表）創作於2014年

國家圖書館出版品預行編目資料

在樓群中歌唱 / 東紫作. -- 初版. --
臺北市：人間, 2014.12
329面；14.8×21公分
ISBN 978-986-6777-78-3（平裝）

857.63　　103021611

在樓群中歌唱

作者　東紫
責任編輯　蔡鈺淩
校對　陳惠鈴、高怡蘋、蔡鈺淩
封面設計　蔡佳豪
內文版型設計　黃瑪琍

發行人　呂正惠
社長　林怡君
出版　人間出版社
台北市長泰街五十九巷七號
電話　（02）23370566
傳真　（02）23377447
郵政劃撥　11746473·人間出版社
電郵　renjianpublic@gmail.com

定價　三二〇元
初版一刷　二〇一四年十二月
ISBN　978-986-6777-78-3

排版　龍虎電腦排版股份有限公司
印刷　中原造像股份有限公司
總經銷　聯合發行股份有限公司
新北市新店區寶橋路二三五巷六弄六號二樓
電話　（02）29178022
傳真　（02）29156275